幼女戰記

Alea iacta est

〔11〕

カルロ・ゼン

Carlo Zen

Kadokawa Fantastic Novels

contents

內務人民委員部製作

聯邦

總書記（非常和藹的人）

羅利亞（非常和藹的人）

【多國籍部隊】

米克爾上校〔聯邦指揮官〕——塔涅契卡中尉〔政治軍官〕

德瑞克中校〔聯合王國副指揮官〕————蘇中尉

義魯朵雅王國

加斯曼上將〔軍政〕————卡蘭德羅上校〔情報〕

自由共和國

戴・樂高司令官〔自由共和國主席〕

相關圖

帝國

【參謀本部】

傑圖亞上將（戰務／東部檢閱官）—烏卡中校（戰務／鐵路）

盧提魯德夫上將（作戰）———雷魯根上校

【沙羅曼達戰鬥群　通稱：雷魯根戰鬥群】

第二〇三魔導大隊

譚雅．馮．提古雷查夫中校
- 拜斯少校
  - 謝列布里亞科夫中尉
  - 格蘭茲中尉
  - （補充）維斯特曼中尉

阿倫斯上尉（裝甲）

梅貝特上尉（砲兵）

托斯潘中尉（步兵）

[chapter]

I

第壹章

萌芽

Create a rift

人性限制了我。

——傑圖亞上將

統一曆一九二七年九月十日　東方方面軍司令部／傑圖亞上將勤務室

「我看過預備計畫的計畫書了……我想問你一件事。你瘋了嗎？沒有誤把玩骰子時的筆記紙拿給我看吧。」

傑圖亞儘管特意裝出冷靜的態度，這句話還是說得微微顫抖。眼前這傢伙如果是平時的他，說不定會察覺到這件事。

但如今的盧提魯德夫臉上卻只有露出困惑。

混帳東西——老人在心中抱怨。

「我就直說吧。這是什麼？你是為了什麼寫出這種東西的。」

「為了避免敗北。這用不著我說吧。」

他所述說的內容，是賭上帝國未來的計畫。

既然如此，就該感到興奮才對。

年輕時與誓言從軍報國的友人一塊述說的未來消失到何處了。自己為什麼得要反駁相信是刎頸之交的友人所說的話。

傑圖亞這名上將壓抑著油然而生的疑問，就只是基於對帝國的義務，機械性地向相信是友人的那名男人發出譴責之聲。

「一旦外交談判失敗，就要發動預備計畫，還真是驚訝。確立軍事獨裁，立刻對義魯朵雅攻擊會是解決對策？」

傑圖亞朝著那個一本正經地點頭的笨蛋，丟出發自內心的疑問。

「你這是打算解決什麼？」

恐怕對職業軍人，而且還是能直接窺看到核心的參謀本部內部的軍人來說，帝國這個國家的命脈正在枯竭是所有人的共識。

如此相信著。

所以不論是自己還是他，才會像這樣為了尋求活路，讓事情在最低限度的失敗之下結束而苦苦掙扎著啊。

直視著友人。

吾友，盧提魯德夫那個笨蛋，到底是在玩弄怎樣的道理？

「阻止最快迎來的破滅。義魯朵雅的舊傷要是不處置的話，很快就會裂開吧。」

傑圖亞微微抬起頭。

沒想到會是這種回答，甚至令人忍不住湧現期待。

「能夠避免破滅，你是這樣定義的嗎？」

「應該要去避免，我是這樣理解的。」

不是能夠，而是應該。

不是在說「做得到」的可能性，而是「但願如此」的願望。到極限了啊——傑圖亞在心中嘆了一口氣。

帝國已不再適用理想論的窘境，不就是催生出「預備計畫」的主因嗎？

儘管如此，舊友卻——

那個笨蛋卻——

「事到如今，還在說理想論啊。盧提魯德夫，你該不會是開始把願望與預測混淆了吧。」

「傑圖亞，有上萬人在我們的指導下死去……我們不得不承認錯誤。而且，也不能讓他們的犧牲變得毫無意義。我們必須得竭盡一切萬全的手段。怎能讓他們所相信的願景毀於一旦……」

相信勝利而死去的將兵。對他們的愧疚之情，也深深苛責著自己。

儘管如此，就算是這樣。

老人伴隨著苦惱斬斷依戀。因為副戰務參謀長，必須得是帝國最為精通國力狀況與物資動員情況的人。

對帝國來說，勝利女神早已無法觸及。

啊啊，那個該死的女神。是用希望的蜜糖迷惑我們，最終將故鄉引導到地獄深處啊。

「我愚蠢的友人，給我聽好。你所追求的女神就只是一道幻影。花心可不好喔……你難道忘了與尊夫人之間的深情熱愛嗎？」

「我將私人的自己與軍人的自己分得很清楚。再說，我可不曾搞錯占據我內心的對象。」

「雖然你這麼說，但似乎是苦苦迷戀著無益的戀情啊。」

「國家是這樣規定的。既然如此，我就只能善盡職責。」

啊啊，是這樣啊。

失望，或是近乎絕望的嘆息。

誓言成為國家之僕的友人，會為了萊希不擇手段吧。這雖是出色的愛國心，這份愛卻是不想失去一切的迫切吶喊，讓人悲從中來。

狀況明明已經讓我們別無選擇了！

「就看在你我的情分上，讓上將閣下給你一個忠告吧，盧提魯德夫。」

「喔？願聽其詳。」

「……賭博欠下的負債，沒辦法申請破產喔。你有想過攻打義魯朵雅會失去什麼嗎？要是還有這種餘力，就給我交到東部來。」

緊迫的戰線。

慢性缺乏的將兵。

不足的物資。

「哪裡還有餘力去殺害義魯朵雅這名外交中介人啊？我們明明就只能基於帝國的現狀談論了吧。」

換言之，帝國現在就只能看準著破滅，討論善後處理了。傑圖亞懷著愧疚之情在心中抱怨。

如今不是該談論勝利，而是該從容地談論失敗的時候了。

不過，帝國還沒有結束。

國破山河在。

就算萊希滅亡，只要故鄉還在，我們就能將最後的希望與情感寄託在下一個萊希上。我們該守護的、軍人該效忠與侍奉的對象，終究還是故鄉。要為了今日，將故鄉的明日全都推入戰火之中？

罪人是要怎樣成為愛國者啊。

「……這你難道不懂嗎？盧提魯德夫。你能理解我的意思嗎？」

朝著伴隨著內心糾葛苦惱的自己，舊友忽然笑了。

「你有話就直說吧。憑你我的交情喔？」

他一如往常的話語，令傑圖亞展顏舒眉。

「……只要立場改變，該說的話也會改變。這是艱難又沒意義的道理，但也是事實吧。」

「這還真是驚訝啊。是要我用敬語跟你說話嗎？還是直來直往的好？」

舊友以中將在與上將對話時顯得太過輕佻的語調笑了起來，被拱為上將閣下的自己就像是要他別幹蠢事似的聳了聳肩。

「反正因為我晉升了，所以你也會收到任命書吧。既然如此，就視為同階之間的對話也無所謂。」

「雖然不是我在自誇，但你說得沒錯……消息還真靈通呢。」

「就只是想像過官僚機構的想法罷了。這種情況……要說是『調整』與『平衡』吧。」

盧提魯德夫雖然緘默不語，但只要看他的表情就一目了然。能看出他有以他的方式同意這件事。總而言之，也就是對自己步步高陞的地位感到羞恥。

只不過，自己可是早他一步因為掌控東部的必要性，基於政治理由獲得「便宜將軍地位」的人。

而且，做出安排的還是眼前這名男人。

東方方面軍的黑幕傑圖亞上將！還真是驚人的邪惡啊。就算要補上一句「軍閥主謀者」的評語也行。

只是——老人自嘲。

誰會想要這種晉升啊！

年輕時要是知道會有這種未來的話，就不會去夢想了。

憑著年輕的特權，曾經相信過。自己會是作為開創萊希帝國未來的領導者，即使是非主流派，只要能憑實力撬開參謀本部的大門，就有望在軍中飛黃騰達。

即使成為骯髒的大人，心中也還是有某處這麼期盼著。認為只要勝利就能美夢成真。

准將時代，追求著勝利。

少將時代，幾乎掌握勝利。

中將時代，苦苦迷戀著勝利。

過去的時光還真是美好啊。

跟現在相比，就只能嘆氣了。戰敗處理時的上將閣下，完全是慘不忍睹的榮光餘暉啊。

令人深深感到命運的殘酷。

「我就作為肩膀上掛著便宜星星的前輩，對得到膚淺星星的舊友發出由衷的恭賀吧。」

用恭敬包裝著委婉，向舊友寄送出挖苦的話語。應該有權利向他抱怨吧。

「恭喜晉升上將，盧提魯德夫。原以為我是帝國軍政史上晉升理由最為膚淺的上將閣下……

但這個最底層的地位要讓給你了。」

「是戰爭的錯。」

堅決不承認自己有錯的反駁，很有舊友的風格。儘管有部分因為戰爭的艱難而改變了，但根本的個性還是一樣啊。

既然如此，自己的回答也像是早就決定了。

「沒錯、沒錯。這不是任何人的錯。拜此所賜，像我們這種不太受帝室、政府喜好的非社交性軍人專家，才能歌頌著我們人生的春天。」

「這算是春天？」

「黑死病的春天。怎樣？腦袋清醒了嗎？」

堆積如山的戰死者。

耗費掉的國家歲出。

帝國最後換來的，卻是一無所獲的下場。只要是有著正常感性的將校，任誰都不得不愁眉苦臉。

不對，這是身為愛國者，不論是誰都應該唾棄的現狀。

正因為如此，我們才不能忘記。

總體戰的火焰，燃燒的是擁有未來的年輕人。

為了「繼續戰爭」這個手段，作為祭品而屍橫遍野的當事人們，不能將視線從他們身上移開。

這是為了什麼而犧牲，是要追求怎樣的目的啊。

就算會被說是失敗主義者，也不能不去想。

「是要化為骸骨，伴隨著輕快旋律不斷跳著骷髏之舞嗎？還是差不多該考慮收拾行李，返回墳墓裡了？」

傑圖亞隔著司令部的簡樸桌子凝視著舊友的眼瞳……同時不得不祈禱。友人能將敞開到無法如願的雙手收回。

「我們可是帝國軍的上將閣下。就算說我任性，但不論你我，都有決定這麼做的權利不是嗎？」

傑圖亞自身也已經不可能再假裝相信自己是個善人。

但就算是惡人，也能為祖國著想。為祖國的未來著想，為故鄉的安寧著想。總而言之，思考事情的結尾是我們的義務。

結束的方法。

理想的落幕形式。

也就是說，該如何降低帝國這個國家在臨終前的痛苦啊。

傑圖亞這個「政治軍人」已經開始在考慮這種事了。而他投出言語與視線的前方，是一名默默抽著雪茄的男人。

那麼，舊友有何想法——懷著這種心情注視到的是一張憔悴臉孔。

「……傑圖亞，我也承認現在很痛苦。祖國正處於困境吧。」

但是──那個叼著雪茄的笨蛋，竟一臉做好覺悟的表情說道。

「『萊希的上將』不許訴苦。不論你我，都只是在追求勝利的裝置裡的一塊零件。」

「甚至足以讓你誇示著用年輕人屍體堆起來的星星嗎？盧提魯德夫。」

「我承認自己殺死了許多人。正因為如此，才不能輸。就算敗北是必然的，也沒有道理要乖乖吞下去。我們可是帝國軍人。不過就一兩個必然，怎麼能不想辦法顛覆啊。」

啊，該死。

這是正論。

老人微微苦笑，就像在掩飾絕望般的搖了搖頭。

「……是死者的帝國嗎？盧提魯德夫。」

想作為一名善良的個人贏取帝國的未來是很好。但可悲的是，以要享受「如果、或許」的議論來說，現實太過殘酷。

而很不幸的，自己與他都是「將軍閣下」，是位高權重，在後方耀武揚威的無能同夥。考慮到時局與情勢，明明就無法避免談論敗局，卻斷然地拒絕敗北。

這是對現實的反叛。

參謀將校就連道理都想要扭轉。

然而，卻沒辦法無中生有。

這是就算靠著名為參謀將校的魔法師施展魔法，也無法實現的奇蹟。如果期望著無法實現的奇蹟，參謀將校這個人種就必須得保持清醒。

儘管如此——

「你追求著勝利。所以才打算在『還有辦法排除』義魯朵雅這個『未來的威脅』時發動攻勢啊。」

看對方微微點頭表示沒錯，傑圖亞上將就向他丟出一句忠告：

「盧提魯德夫，你可以認為義魯朵雅在我們敗北之前都會保持中立。他們或許是狡猾的風向雞……但國家理性比我們還要正常。預備計畫的對象應該要侷限在本國那群不明事理的傢伙身上。」

「所以就要對義魯朵雅這個威脅置之不理嗎？你太過於把義魯朵雅視為交易對象了。義魯朵雅也是一把刺在帝國側腹上的短劍喔？給我考慮到地理狀況。」

「你說得確實也有道理……」

一面微微點頭，一面在心中補上一句：「這只不過是尚未來臨的敗局啊。」

正因為如此，擔憂才會突然膨脹開來。

要是盧提魯德夫那個笨蛋無法放棄「勝利」的話，「預備計畫」的風險就未免太高了。

國內指揮系統的單一化，以及藉由攻打義魯朵雅確保南方安全的戰爭指導。

儘管很有道理，卻嚴重地背離現實。

「這難道不是畫在紙上的大餅嗎？」

「……要是這樣的話，就去做出能吃的大餅。這就是參謀將校吧。」

傑圖亞上將就像同意似的點頭，同時臉上也開始表露出心中那股無法說出的反感。

光是現在就有極少部分情報洩露的疑慮在了。

要是所擔憂的情況是事實，儘管不知道是暗號、通敵者，還是失誤……都會讓帝國背負上過多的限制戰鬥吧。

在這種情勢下，要是「勝利至上主義」深植到參謀本部的樞要之中——就難以再靠尋常的手段修正軌道了吧。

哎呀、哎呀。

神呀。

祢這該死的混帳。

把祈禱還來。

把希望還來。

什麼殘酷的命運啊。

玩弄人心的愚者啊。

祢這傢伙。

要是某種超常的存在打算消滅帝國的話。

很好。

很好——再度笑了。

做好覺悟了。

本來就有著要為了故鄉淪為畜生的覺悟了。就不惜變成卑鄙小人吧。

朋友啊，請原諒我。

「好吧，我們聊過頭了。你是為了關於『預備計畫』的事才親自跑這一趟的。而且還帶著我一手栽培的部下……就讓我們來討論實務上的事吧。」

若無其事地看過去後，就見到男人像是鬆了口氣的表情。

……他雖然是個好傢伙。

「我想讓她同席，沒問題吧？」

「當然。」

「提古雷查夫中校，進來！」

盧提魯德夫上將閣下的怒吼連在候客室都聽得一清二楚。那道聲音很宏亮，但對譚雅來說也是帶來問題的聲音。

……逃避現實是無益的。

她站起身，條件反射地將厭煩情緒收到表情底下。

人類是社會性的動物。早就戴慣面具了。在戴上認真的表情後，譚雅就作為十分嚴肅的提古雷查夫中校小跑步起來。

對於長官的呼叫，她一直都是機敏對應。讓上級等待是百害而無一利。儘管動作迅速也還是恭敬地敲響司令官室的門，一如預期地傳來很不耐煩的聲音催促她入內。

好了，先深呼吸。

一推開門，就以適當的聲量俐落問候：

「提古雷查夫中校，請求入內！」

然後在依照教範做出一連串敬禮動作時進行偵察活動。

室內的氣氛……離最糟只有一步之遙吧。火藥味太重了。

儘管能預期到在踏入室內的瞬間就會充滿緊張感的事實……但這比想像中的還要過分。

直覺地感受到這裡的氣氛很糟糕又危險。心情冷靜不下來。宛如遭到敵人奇襲之前的氛圍。

真想掉頭就走……正因為辦不到，所以譚雅才會用格外有精神的態度開口詢問：

「請問有何事交代。」

配合詢問的動作，首先該確認的是兩位長官的臉色。

很遺憾的，由於兩位都是怪物，所以難以看出內心想法……但姑且就跟往常一樣。不過，桌上的菸灰缸卻透露著ＮＧ項目。

盧提魯德夫閣下是雪茄。這跟往常一樣。

但傑圖亞閣下的菸灰缸就糟糕了。用香菸量推測長官的心情是非常簡單的手法……但就從他不僅沒抽雪茄，還拚命把廉價軍菸往菸灰缸裡塞的情況來看，是露骨的「不耐煩」。

譚雅帶著不好的預感，特意端正姿勢。

笑咪咪的傑圖亞閣下雖然乍看之下是在笑，但還是認為他實際上是在生氣會比較安全吧。就譚雅所見，是還不到盛怒的程度。因為他還沒把菸灰缸翻過來，而且最重要的是，他把菸蒂塞進菸灰缸裡的動作很規律。

是冷靜的憤怒吧。

就算是這樣，心情依舊很不好。可說是超乎預期的程度。似乎是老交情的盧提魯德夫閣下如果有注意到這點卻特意無視的話……這也讓人感到微妙的不和。

當長官心情不好時，詢問他心情如何是蠢蛋做的事。於是譚雅特意閉嘴，作為專家保持著立正站好的姿勢，接受傑圖亞閣下就只有語調平穩的詢問。

「中校，部隊的狀況如何。」

「我的部隊大致上還能發揮戰力……但根據阿倫斯上尉的報告，裝甲部隊在領取新型戰車後，戰力實質上算是減半了。」

譚雅的答覆，出乎意料地讓盧提魯德夫上將叫了出來。他帶著意外的表情，在放下雪茄後插話提出疑問。

「妳說減半？」

「裝甲戰力有著堆積如山的早期故障。要是行駛系統令人不安的話，就會扼殺掉沙羅曼達所擅長的速度了。」

「……有到這種程度？」

似乎是無法想像的樣子，他的詢問中帶著疑惑的語調。這還真是偏離現實的詢問吧。看來盧提魯德夫閣下這位住在雲端上的人，擔任參謀本部勤務的副作戰參謀長閣下，似乎不知道「東部的現實」。

這些所謂的新型裝備，一直都有著堆積如山的新問題。更何況在東部，戰車的發展就有如恐龍進化般的非常快速。

「喂，盧提魯德夫。你果然是待在後方勤務太久了喔。」

「什麼？」

上將閣下之間的對話，才說到一半就中斷了。

既然傑圖亞閣下微笑不語，譚雅就領悟到自己無法避免要負責說明了。既然無法逃避，就只能認命接受。

就謹言慎語，以專家般的語調說明吧。

「不僅裝甲要加厚，要朝大口徑發展，還執意要增加主發動機的動力輸出。如果這個也要、那個也要的話……會犧牲信賴性就是必然的事吧。而且戰車的噸位也會跟著增加。這是不得已的趨勢。即使再怎麼努力輕量化，也有個限度吧。」

然後，也沒有確實的證據指出這種「重得要死的戰車」能在聯邦領內的荒野上行駛。但這件事即使不說，房間裡也沒人會誤解。

盧提魯德夫上將彷彿呻吟般叼著雪茄，讓表情蒙上一層陰霾。

「就承認吧。我的經驗有偏頗之處……中校，就從長期待在東部的貴官經驗來看，裝甲戰力能有多少期待？」

「秋季的地面還算可以吧。儘管下雪也很麻煩……但跟春季的泥濘相比，應該還能保持一定水準的機動力。」

不過，就一如阿倫斯上尉一針見血的抱怨。對譚雅來說，她不得不全面性地提出警告：

「就根本來講，請理解這是噸位與行駛系統的問題。作為我方戰車變得強大的代價，讓行駛系統具有著脆弱性。季節對我方裝甲戰力的影響是前所未有的深刻。」

「會陷入泥中啊。我會記住的。」

作戰家一臉凝重地點頭，戰務的老大以從容態度微笑著。雖說是一如往常的景象，但也一直都是這種組合為譚雅帶來問題。

「好啦，既然對副作戰參謀長閣下的教導結束了……提古雷查夫中校，閒聊就到此為止，讓話題回到實務上吧。」

要是能乾脆繼續岔開話題，讓自己回去的話……她將這種懊惱封印到內心深處。譚雅十分嚴肅地注視著傑圖亞閣下的眼瞳。

啊啊，不妙。

「我想請教貴官關於戰力的事。」

「是的，請儘管問。」

儘管非常恐怖……但傑圖亞閣下的語調十分平穩。眼睛和藹瞇起，就像在休息似的放鬆肩膀的力道。

而且還擺出一副從容的態度！

宛如一頭即將撲向獵物的老虎，可怕到讓人不禁如此猜疑。

「不滿就只有這些嗎？」

連催促她別客氣的語調也說得十分溫柔。一副就像是會聽取部下意見的好長官態度，讓人不知不覺地暢所欲言。

但是，千萬別上當。只要看他的眼珠就知道了吧。儘管笑瞇了眼，眼神裡卻不帶著一絲的笑意。

表面上的言行舉止都很平穩，骨子裡卻在冷靜透徹地「觀察」自己。

要是被這種像是在確認實驗動物反應般的視線盯上，心中難免會感到怨言。

能帶著笑容回答嗎？非常困難。就連跟隨他的時間相對較長的譚雅，也在這瞬間遲疑著該不該回答。

不過，既然無法沉默，就只能像隻調教好的寵物乖乖表演了。

「下官是要對砲兵的砲彈儲備量提出警告嗎？還是該對無法充分提供運送砲彈的馬匹發出怨言呢。或者是對航空魔導師的補充表達抗議嗎？」

「還有嗎？」

「下官對航空艦隊的展開速度過慢存有怨言。應該保證好的高空掩護再三中斷，讓戰鬥群面臨到必須得獨自進行防空戰鬥的局面，這是下官想補充的事實。光是本來說好卻淪為空頭支票的增派部隊，就足以再編成一個戰鬥群了，不知閣下對此有何高見？」

「很好，也就是說，跟往常一樣啊。」

他若無其事地答覆，譚雅忍住呻吟微微點頭。就在這時，從旁插入一句彷彿很意外的叫聲：

「等等，這不是一堆問題嗎？」

盧提魯德夫上將閣下的困惑表情還真是罕見。然而，光是這位大人在聽聞前線的實際情況後露出這種表情來，就足以讓譚雅感到毛骨悚然了。

「在東部，這已經算是很好了。」

「這算很好？」

「沒錯。」

朝著啞口無言的副作戰參謀長大人，傑圖亞閣下一臉愉悅地繼續說道：

「正常的指揮官與正常的老兵。沙羅曼達可是個讓人垂涎三尺的寶庫啊。會讓人深深地想把他們調走呢。光是沒有立刻解編，把人調到其他部隊擔任基幹人員，讓整個大隊名存實亡，就已經算是特別優待了。」

就算被長官用眼神詢問：「沒錯吧？」譚雅也只能無言點頭。

第二〇三航空魔導大隊雖然精悍，卻毫無補充的頭緒。相對地，卻擁有大量的資深老兵。光是沒有解散，倒不如算是好待遇了。

……這也能說是習慣已久的困境吧。

「盧提魯德夫，你作為前提的東部的安寧與秩序，實際上就是這副德性。你能明白光是維持就已經到極限了吧。」

「如果是你的話，應該總會有辦法的。」

「我向你發誓，已經無法再靠花招撐下去了。就連現況都是在如履薄冰。」

長官們的對話，是就現實的認知在談論著極限狀況。待在這裡會感到高興的人，頂多就只有歷史學家吧。

而且，還想再加上「後世的」這個但書。

上司在不如意時，往往會對部下提出無理的要求，光是一個人就是災難了吧。更何況蹙起眉頭，抽著悶菸的老大有兩個人了！

雖然不用說也知道，但譚雅無處可逃。

就只能一直待在這個煙霧瀰漫的空間裡，端正姿勢等待著上司的交代。

要是能放她走的話，會有多麼讓人感謝啊。

不過吞雲吐霧的長官們，總是不肯實現譚雅的希望。

帶著鑽牛角尖的表情終於開口的人，是盧提魯德夫上將。

「關於預備計畫，我們就打開天窗說亮話吧。」

「好啊，盧提魯德夫上將。就憑你我的交情，有話就直說吧。」

就是現在——譚雅趁著這個時機特意從旁插話。期待著自己也有萬分之一的幸運。

譚雅溫順老實地，以該說是嚴謹耿直的語調乞求慈悲。

「需要下官同席嗎？」

不過是個參謀中校，給我滾出去——期望這句話帶來的慈悲，會是過分的願望嗎？就像是在證明這個世界沒有神一樣，參謀本部的主謀者們這不是溫柔地微笑起來了！

傑圖亞閣下就像是要她別擔心似的默默微笑著。而盧提魯德夫閣下則是破顏一笑，伴隨著殘酷的話語拍著自己的肩膀。

「反了，中校。貴官可是參謀本部一手栽培的部下喔。實際執行的可是你們啊。」

這是個太過愉快，足以讓明哲保身的內心慘叫起來的提案。

預備計畫的「實行部隊」？啊啊，該死的混帳。

「……該說是下官的榮幸嗎？」

作為被捲入麻煩事的立場，是要她怎麼能不抱怨幾句。儘管如此，也還是因為立場的關係，只能說出曖昧的怨言。

當然，她有在腦海中拚命摸索拒絕的藉口。

古今中外，不論怎樣的藉口都好。

只要能避免在麻煩事上當場簽名同意的話，不論是怎樣的藉口，譚雅都願意擁抱。這是卡涅阿德斯船板。哪怕要對共產黨做效忠宣言，她也會在口頭上照唸不誤。

然而，卻沒有救贖。這個世上本來就沒有這種東西吧。

「提古雷查夫中校，看來貴官不太想答應啊。是沒有意願嗎？我可是打算讓貴官負責一個榮耀的任務喔。」

聽到瞪著自己的盧提魯德夫閣下這麼說，譚雅一時之間難以決定自己應有的態度，不知所措。從明哲保身的立場來看，應該要說ＮＯ。

她有著大量不好的預感。

但是，身為政治動物的譚雅要逃走是件非常困難的事。因為她十分明白，不論就文化符碼、還是組織符碼來講，這都是自殺性的行為。

在這個不得不讓腦袋當機的矛盾之前，譚雅痛恨著世界。這一切的一切，肯定全是存在X那個惡意的化身在作祟吧。

而挽救事態的一直都是人類。在這種情況下，則是指譚雅可靠的上司傑圖亞閣下。

「喂喂喂，盧提魯德夫，是打算逼部下說出自己想聽的答覆嗎？你無能到會要求部下阿諛奉承的地步了？」

他從旁打出一發強烈的掩護射擊。

儘管讓人感激不盡，可悲的是，盧提魯德夫閣下也擺出絲毫不肯退讓的態度。

「閉嘴，傑圖亞。這是不得不問的事。」

不想聽。不想被捲入。更進一步來說，打從心底對麻煩事的邀約敬謝不敏！

「考慮到服從的義務，這會是個不愉快的任務吧。我能理解妳必須得拋開內心的糾葛，但妳要是不答應的話可就傷腦筋了。」

盧提魯德夫閣下的言詞還真是可怕。這句話只可能會是導向無情結論的領航員啊！

狠狠瞪來的雙眸中帶著決心。

啊，該死的。這是確信自己是正確的眼神。是自己所討厭的存在X與其同類們的那種眼神！

「我能理解，也允許妳猶豫。不過，這是必要所下達的命令。」

妳要是不同意可就傷腦筋了——就算受到這種眼神注視，譚雅也想猛烈地主張自己也很傷腦筋啊。

無法說出想說的話，還真是讓人充滿壓力啊！

「閣下，這是必要的問題嗎？」

必要的奴隸，或是必要之神的虔誠信徒。

在帝國軍這個社會團體裡，參謀將校這個階級無一例外，全都同意受到理論與義務的枷鎖束縛。

就算若無其事地向傑圖亞閣下投以求助的視線，盧提魯德夫上將閣下也像是要阻止似的長篇大論起來。

「我是迫於必要，才會將此任務分配給貴官。我儘管不吝於聽取貴官的意見，但事到如今，除了默默遂行應盡的義務外，沒有其他方法能回應萊希的請求，這是顯而易見的事吧！」

讓人立刻明白他恐怕不會接受反駁的回話。這樣一來，譚雅就只能保持沉默了，但沉默往往不是金，而是鍍金。

該開口反對嗎？

或是該立刻衝去找憲兵嗎？然而，要是參謀本部已掌控住憲兵的話呢？

譚雅備受內心的糾葛煎熬，不過她所盼望的救贖之手，就在此時從旁向她伸出。

「如果真的有必要的話呢。」

「你說什麼？」

盧提魯德夫閣下一臉意外地看向一旁，傑圖亞閣下則是提供他一張十分難看的臉色。

擺手要他冷靜下來，幫忙制止盧提魯德夫閣下的模樣，還真是可靠啊！

「提古雷查夫中校，妳覺得如何。貴官的戰鬥群在接獲命令後，有辦法殘忍無情地鎮壓帝都嗎？比方說，有辦法朝反抗的友軍開砲，蹂躪他們嗎？」

更正！

沒救了！

希望急轉直下墜入地獄深淵。

這句詢問，老實說就連是不是援手都非常可疑。畢竟就譚雅所知，他們好像有辦法這麼做。坦白講，他們恐怕是確實能做到。

雖然傑圖亞閣下可能不清楚……但在長年相處之下，譚雅有自負對自己的部下了解得一清二楚。他們會「絕對服從命令」。順道一提，他們甚至還兼具著「不挑敵人的戰爭狂氣質」。

這是戰時狀況下的美德吧。

只要自己指說那是敵人，他們就會忠實執行所要求的命令！即使目標是宮殿，也很可能會毫不遲疑地射出雨點般的術式！

出色的紀律？出色的服從？這種部隊是誰訓練出來的！就是自己啊，該死的！

「這是貴官的部下。我想聽貴官毫無忌憚的意見。」

傑圖亞閣下溫柔地把話題丟過來，但是該怎麼說啊。老老實實地一吐為快？不可能。這是雲端上的人在談話時，有如蜘蛛絲般垂下地獄的救贖。沒有不去抓住的道理吧。

「……失禮了，能讓下官考慮一下嗎？」

瞥見過去，就看到一臉不悅的盧提魯德夫閣下，以及一臉滿意的傑圖亞閣下，這兩張對照似的表情。

看樣子，前者想要譚雅說能夠開砲。後者……該怎麼看？能相信他毫無意願的態度嗎？還是說這是確認思想的踏繪？

「中校，盧提魯德夫那個笨蛋會催促貴官吧……但妳不用理他。」

「雖然聽起來像是在開玩笑，但貴官不理會我也無所謂。這種時候，貴官就作為作戰指揮官，毫不遲疑地說出妳坦率的判斷吧。」

啊啊，混帳東西——譚雅在真摯地進行沉思的演技背後悲嘆著。就算說出十二打的抱怨，也吐不盡心中的怨言。

垃圾處理券在哪裡？想把怨言打包起來大量廢棄（註：在日本，單邊超過三十公分的垃圾（不包含大型家電）不能直接丟棄，需要買垃圾處理券並預約回收）。

「還請不要太過欺負下官。」

這完全就是職權騷擾。

對有著轉職願望的譚雅來說，要是允許的話，真想現在就直奔勞基署。但可悲的是，萊希的帝國軍人就連無能而且是現狀追認型的勞基署都沒有。

啊啊，勞基署。勞基署啊！

親愛的勞基署啊！

我在異世界的最前線，苦苦思念著各位啊！

譚雅一面發出對熱愛市場的自由主義者來說屈辱至極的告白，一面為了面對這個嚴苛的現實重新吸了一口氣。

是否要成為軍事政變的實行部隊，會是個非常重要的決斷吧。

雖然預備計畫是與自己無關的領域也很讓人困擾……但要是自己處於直接介入的立場就更加討厭了。

「義務的要求是很有道理。然而，將兵的心理狀況呢？必須得考慮到他們的觀點與內化的規範。」

譚雅一面在嘴上說著彷彿很有道理的話語，一面拚命思考著。

如果是冒頓單于的話，就會得意地拉弓射向父親吧（註：單于是匈奴首領的稱號，指冒頓單于為了奪權以弓箭射殺父親頭曼一事）。

身為草原的霸者，說不定是能這麼做。但可悲的是，如今雖是戰時狀況，卻也是現代。可以說是特別重視文化性與合法性。

這在當今世上是與文化符碼進行正面衝突。

要是做出這種「暴力行為」，肯定會被世人稱為臭名昭著的惡黨。轉職的前提條件，將會跑去月面旅行或是火星探索。

想要避免無法改變的未來預想，就只有一個方法。

只能敷衍過去了。

「恕下官失禮，但恐怕很難吧。」

沒有說做不到。不過，也沒辦法理解成做得到。煞費苦心所擠出來的聲音，深深透露出自身的困境。

就連看在旁人眼中，都會是狼狽不已到令人傻眼的語調吧。

儘管如此，盧提魯德夫閣下即使一臉彷彿期望落空似的盤起雙手，嘴裡碎碎唸著什麼……最終也還是表示理解。

「好吧。等之後再慢慢研究。」

延後。也就是說，他只是在遲疑做出決定。不過，這下總算是度過一頭撞上擋在眼前的岩礁導致觸礁沉船的危機了。

既然時間資源得以恢復，也就產生了進行緊急迴避動作的餘地。

不論是長期出差還是最前線展開都好，譚雅打算找一個能因為不得已的情況長期避開盧提魯德夫閣下的藉口。

要說是出乎意料，這確實是很出乎意料吧。

話說回來——盧提魯德夫閣下若無其事地拋出來的炸彈，讓譚雅不禁眨了眨眼，渾身僵住。

「我有一個提案。貴官，想不想晉升啊？」

升官？有誰不想啊，就連自己也不例外。希望飛黃騰達是非常有人性的真理吧。追求利益甚至是理所當然的事。

只要內外情勢是在一般狀態的話。

「令人討厭的勸誘呢。」

在露骨的誘餌面前，譚雅苦笑起來。

在危機的時代，優先順位也會跟著改變。

變化是戲劇性的。就跟物品價格在市場上劇烈波動一模一樣。在平常時期升官就是正義，但在危機的時代，安全才是最可貴的。

絕對不能搞錯真正有價值的東西。

「下官忍不住就要上鉤了。」

人事部明明不可能毫無內情就向人提議「破例的升遷」！儘管如此！出人頭地的可能性也還是一樣深具魅力。特別是能在轉職前提高「前一份工作的職位」，這也太過誘人了吧。

然而，這是盧提魯德夫閣下在軍事政變的棋子面前掛上的胡蘿蔔。就算保守估計，也只會是毒胡蘿蔔。

「那麼，貴官有興趣？」

在作戰家高興的視線面前，譚雅特意保持著真摯的表情，一面打從心底感到可惜，一面開口婉拒。

「下官由衷感謝閣下過高的評價。然而，下官是名肩負責任的將校。身為將校的義務感，大聲要求下官不能離開現在的崗位。」

畢竟要是上鉤了，就會被命令去做非法工作吧。

在盧提魯德夫閣下的注視之下，譚雅就作為愛國將校，作為擔心部隊的深情指揮官，作為將自身前程置之度外的指揮官，作為這種噁心的存在，持續戴著假面具。

「我也想體諒貴官熱愛現場的心情……但就將校的義務來講，我是受到來自人事局的壓力才這麼說的。中校，妳有興趣擔任連隊長嗎？」

「咦？連、連隊長嗎？」

「雖說是戰時狀況，也一樣要照野戰勤務的規定戰功升遷啊。妳的戰功太豐碩了。要是累積了如此豐碩的戰功，也很難適用例外狀況。吵著要讓妳的職涯路線回歸正軌的傢伙也增加了。」

職涯、主流，還真是甜美的詞彙。

這迷人且難以拒絕的提議，就連以鋼鐵般的自制心決意轉職的譚雅，都很可能會感到些許動搖。

喉嚨乾渴不已。

這會是作為慰留工作一環的提案嗎？居然這麼大方，可是帝國是艘泥船……不對，就算是艘泥船，在沉船前把能拿的東西通通帶走……

「就像是雷魯根上校那樣嗎？」

「那傢伙是徹頭徹尾的主流派，所以有點不同……哎，是差不多吧。」

簡單來講，就是跟那位只需要在名目上兼任野戰指揮官幫自己鍍金就夠的大人差不多。真是美好的提案啊。譚雅也姑且是名參謀將校，能走上跟雷魯根上校相同的職涯路線。

不過相較於他，果然會有種自己特別辛苦的感覺。

從幼年學校——軍官學校——母連隊——軍大學——參謀本部勤務這條主要路線上稍微偏離了也是事實。

不是因為自己沒讀過幼年學校的緣故。

姑且是有過跟隊經驗，但也由於是魔導軍官，所以跟其他兵科的性質有點不同。

因此，在升遷與地位上有了差距。

會在這裡聞到差別待遇的味道是不當的猜測嗎？

要是這樣的話，這就是學歷差別待遇了。還真是可怕。

不論是在何種情況下，篩選都能具有一定的合理性。我就作為前人事負責人樂於承認這一點吧。同時要我說的話，篩選也有著可能會將有實績的人排除掉的危險性在。

只能認為篩選要是用錯方式，就會有損錄用的主旨。

……果然只能轉職了吧。

要是隨便接受在職進修，也可能會因為契約變得難以轉職。在用公司的錢留學拿到企管碩士後就立刻轉職的話，也會影響到自身的評價。

既然如此，就不得不清廉正直了。

在腦中比較研究過各種方案後，譚雅就像從喉嚨中擠出話語似的說道：

「很難吧。」

要是再早幾年的話，就會很樂意地跳上這條職涯路線了。

只不過，這在制度上與年齡上都已是不可能的事。這一切的諸惡根源，全都得追溯到存在X把自己轉生到距離開戰僅有九年的時代。

正因為如此，譚雅才討厭這一類自稱是神的傢伙。

「唔，看來我似乎被甩了啊。」

相對於嘆氣的盧提魯德夫閣下，傑圖亞閣下帶著非常愉快的微笑。

「怎麼啦，你也有這麼沒出息的一面啊。」

傑圖亞上將一手拿著軍菸，擺出傻眼的表情。

盧提魯德夫上將一面苦笑，一面從椅子上站起來。他在恨恨瞥了一眼掛在牆上的時鐘後，聳了聳肩。

「就快到下一個約定的時間了。」

「是跟自治議會的議員們啊……我給你一句忠告，別給我亂開空頭支票啊。話雖如此，但也不要讓他們喪失希望喔。」

傑圖亞上將一副對他心知肚明的表情拋出這句話，讓盧提魯德夫上將板起臉來向他回嘴。

「你就這麼擔心啊？既然如此，你要跟我一塊去擔任監督嗎？」

「我們要是一塊同行，會是一個太過優秀的目標。聯邦的間諜會忍不住把炸彈丟過來喔。」

「這裡被滲透到這種程度啊。」

響起三道嘆息。

在室內充滿的擔憂之前，在東部持續進行各種調整的戰務負責人帶著十分凝重的表情發出一道基於事實的警告。

「無法保證沒有。儘管我認為有……但你或提古雷查夫中校有能否定的依據嗎？」

「……是沒有。我會注意的。」

「還有一件事。面子也很重要。所以我幫你安排了新的護衛。」

畢竟——傑圖亞上將語帶嘆息地發起牢騷。

「就外交上，我不想讓人懷疑帝國就連小孩子都得要擔任將校。我們必須要有意識地展現出作為強國的風範。所以我幫你安排了優秀並且氣派的護衛了。」

「要我帶著你的護衛，耀武揚威地去與人見面？」

朝著嘴上說著「真是誇張」，帶著厭惡板起臉來的粗獷臉孔，熟知現場的東部負責人十分認真地說道：

「別說不需要。要注意身邊的情況。這是為了你與周遭人的安全。」

「……知道啦，我就收下不煩人的護衛吧。」

還真是頑固的傢伙——傑圖亞上將就像在這麼說似的嘆了口氣。他像是累了一般按著眼角，一副傻眼的模樣朝著譚雅嘆氣。

「哎呀，貴官聽到了嗎？那傢伙還是老樣子。對於像妳這樣擔任護衛的人來說，真是個災難吧。」

「這讓下官想起了部下格蘭茲中尉。真想把閣下剛剛這番話說給他聽呢。他想必會對閣下的貼心言論感動到痛哭流涕吧。」

朝副戰務參謀長閣下瞥了一眼，就見他裝出一副假裝聽不懂的樣子。

「是跟貴官借用的護衛中隊的指揮官吧。他還好吧？」

「現在大概被帝都的啤酒打趴了吧。」

三人一齊哈哈大笑起來。

在因為現場氣氛稍微緩和下來而鬆了口氣的譚雅面前，盧提魯德夫上將就像是被時間追趕似的離開房間，急忙趕去與自治議會的代表們進行「會面」。

就算是毫無內容的對話，也需要留下雙方見面協議的照片吧。特別是在這個危機的時代。一旦是在這種時代負責參謀本部的人，一分一秒都會極為貴重。

在目送他轉眼間就不見人影的背影後，傑圖亞上將苦笑起來。

「他還真是來去匆匆。」

完全同意。作為擔任護衛，陪同他從帝都出差到這裡來的人，她想向幫忙安排代班護衛的傑圖亞上將道謝。

「多虧了閣下，讓我和部下能稍微喘口氣。」

「別在意，回程就拜託妳了。給我好生休息吧。」

他就像個好上司，做出非常正確的貼心之舉。

不過，譚雅事後回想。應該要在這裡察覺到的。

畢竟，在只要人還活著就會徹底往死裡操這點上，傑圖亞上將與盧提魯德夫上將可是同類。

不對，就譚雅被狠操的程度來說，甚至能冒犯地說他們是一丘之貉。

不該被上司忽然展現的溫柔給打動。

「啊，對了。中校，能拜託妳一件事嗎？」

「請儘管吩咐。」

譚雅是不該沉浸在興高采烈的心情裡。儘管如此，卻還是被休假的話語所迷惑。

因此，明明就躲開了盧提魯德夫上將的麻煩邀約——

「沒什麼，這次是件小事。說不定會請貴官殺掉我的一名摯友。就把這件事牢記在心吧。」

結果卻正面收到了這個請求。

「下官知……咦？」

譚雅差點不經意地點頭答應，愕然地注視著上司。剛剛還在敦促友人要警戒身邊情況的那張嘴，發出殺意的輕快旋律。

還以為自己的耳朵很正常，沒想到居然得要懷疑是不是出毛病了。

「閣下？」

怎麼了？——他一派自然地望過來的表情讓人不由得毛骨悚然。

在這瞬間，我領悟到上司在精神性上是頭怪物。

雖然覺得或許是自己聽錯了……但事關重大。對譚雅來說，她不得不確認清楚。

「請問閣下方才說了什麼？是下官聽錯了嗎？」

「去把我摯友的腦袋打爆。這樣說有消除貴官的誤解嗎？」

說得很乾脆。他若無其事提出的要求，真的是再清楚也不過了。

殺掉？

「想請問閣下的真正意圖。」

「喔，貴官對理由有興趣啊。」

「下官並非毫無理由的殺人者。下官是名軍人。而且只會是一名知道義務與名譽的將校。」

喋喋不休地說明立場的效果也不能小覷。譚雅驅使著自己的知識。

儘管若無其事地搭起與傑圖亞上將拉開心靈距離的牆壁，但只要對方有心跨越的話，就能問出他的真心話。

好了，他會怎麼做——而結果無需等待。

「……因為，他是個作戰家。」

傑圖亞上將一面悲傷地嗤笑，一面陳述著自己的心聲：

「如果A計畫不行，就用B計畫。要是B計畫不行，就用預防緊急狀況的『預備計畫』。一切皆是為了勝利。他就是這樣行動的。」

這是軍人的習性。而就只有持續看著最前線的人知道，這種習性有時會是一把雙面刃。

「……速斷速決，以堅定的決心毅然執行計畫是作戰家的習性。而這一切，這麼做的大前提，是將尋求勝利作為最高命令。」

帝國沒有過無法勝利的經驗。正因為是新興的超級強國，所以才會天真地堅信命運站在自己這一邊，就連在戰爭時也沒有例外。

要如何勝利？帝國就只知道這個問題。

大半的帝國人就連詢問：「能確實勝利嗎？」都做不到。而少數的帝國人也因此不得不擁抱著不幸。

傑圖亞一臉寂寞地笑著。

「建國至今，帝國軍一直都是最後的勝利者。只是困境的話，早就習慣了。以防禦行動爭取時間，攻擊，然後反敗為勝。」

他以述說歷史的語氣說出口的，是對已經喪失的神話懷有的眷戀與憎恨。

「無法勝利的這一次，就歷史來看才是例外的情況。不得不在我們這一代面對……真是豈有此理。」

「盧提魯德夫閣下看來是打算拒絕例外的樣子。」

「他會這麼做吧。畢竟是個優秀的作戰家。可悲的是，他這個人甚至從來沒有輸過。因此，就算腦袋能假設『敗北』的情況，在現實中卻無法消化這件事。」

他以呻吟聲說出口的，是對朋友的思考懷有的絕望。

「那個笨蛋，很可能會因為『別無其他選擇』這個理由，自動實行以防萬一的預備計畫。」

苦惱不已的傑圖亞上將傾訴著悲嘆之聲。

「為了勝利，不僅要在帝都引發政變，還要即時攻打義魯朵雅？這就只是延後時程的自殺。就像是為了持續戰爭，而在持續著另一場戰爭。戰爭是手段，不能變成目的。」

「閣下，這就是兩位的歧異嗎？」

沒錯。

即使沒說出口，他的態度也太過雄辯了。傑圖亞上將以精疲力盡的表情點頭，然後厭煩似的搖了搖頭。

「悽慘的我，只支持讓帝國輸得漂亮的預備計畫。」

他的嘴遲疑地微微變形，然後動了起來。

「我跟偉大帝國的忠實作戰參謀盧提魯德夫將軍不同。他在尋求著『拒絕敗北』的預備計畫。要是時代不同的話，我會是該被吊死的失敗主義者吧。」

「不考慮轉為勝利主義者嗎？」

我有想過——長官寂寞地笑了。

「如果是在作戰層面上，我也會堅決追求著勝利。要是在這方面的話，就還有可能達成吧。只不過，在戰略層面上啊。是不該奢望吧……已經能看到結局了。」

他以沙啞的聲音傾訴著。

「……不能將祖國的命運託付在搞錯目標的全自動自殺計畫上。」

雖是很出色的意見，卻是太過迂迴的說法。

就譚雅個人來說，現在必須再問得清楚一點。預防萬一要上法庭的時候。

「閣下，下官是軍人。」

總而言之，要是上級沒有明確說出指示與說明的話，事後會很可怕。譚雅用雙眼直盯回去，以極為認真的態度重複著場面話。

「下官身為軍人，必須得收到閣下的指示。」

「中校，我是善良的個人，邪惡的組織人。有著預防破滅的義務。」

又是義務。

便利的臺詞。

然後也是殘酷的臺詞。

「要是雷魯根上校的議和摸索順利的話，一切都會很順利吧。但我相信，制定失敗時的預備方案是我的義務。」

這是譚雅難以理解的自我犧牲般的使命感。不過，沒有利益衝突。只要有著能正確理解現狀的管理人在，就能期待緩和夕陽產業萊希在破產與倒閉時的衝擊。

對利益相關者來說，搭上這邊的船才是對的。

不過，即使能向陪審員說明，卻還留有能否徹底說服的可疑灰色地帶在。

希望他能再說得明確一點。

「貴官要作為愛國者，將失敗主義的我射殺也無所謂。中校，貴官打從以前就很實際，甚至會主張『不敗北』就是勝利。」

妳覺得如何——傑圖亞上將就像誘惑似的微笑著。

「要射殺我嗎？還是覺得射殺我的友人比較合理。」

「所以要排除嗎？」

「沒錯。為了終戰、為了和平，我們不得不採取行動。如有必要，責任由我來扛。所以，貴官就助我一臂之力吧。」

幾乎滿分的回答。這樣一來，就充分滿足所需的最低限度的形式了。譚雅回以一道微笑。

在譚雅的微笑面前，傑圖亞上將輕輕點頭。

「那麼，舊友就交給貴官處理了。」

「只要閣下下令，下官就會開槍。不過，請容下官再詢問一件事。」

這種時候，想要知道全部。

知道手牌、知道角色，做好知道該怎麼做的覺悟。

既然無法走下牌桌，至少必須要在事前熟知牌局的規則。

「閣下打算怎麼做？」

「別做愚者的行為，中校。不過，假如貴官還是要我明言的話，就另當別論了。我很樂意說給妳聽。」

妳就聽好吧——長官伴隨著這個開場白說道：

「如果要實行預備計畫，就有必要讓萊希準備關店吧。為此我會不擇一切的手段。」

這是在大多數人輕率投入「V字回復、業績挑戰！」時，冷靜考慮債務整理的觀點。而且就連清倉拍賣都考慮到了。

要是他有基於這個觀點的方法，也會讓人突然感到興趣。

這樣當然會引起譚雅的注意。在她默默注視之下，傑圖亞上將不發一語地抽起菸後，緩緩站起身來。

長官就這樣走到房間的窗戶旁，無言眺望起天空。

覺得那道背影，看起來還真是渺小。

這還是第一次。

即使是傑圖亞上將這等豪傑，也會受到無力感的煎熬啊。長官背對著我開口說道：

「束手無策了。至少，必須要軟著陸。」

這是他勉強擠出來的喪氣話。抑或死心了吧。恐怕是抱持著譚雅所無法察覺的感情波濤……上將閣下伴隨著香菸的煙霧，朝著天花板發出嘆息。

「只要能爭取到時間，應該就有辦法著陸了。或許就是這種想法，讓我跟盧提魯德夫那個笨蛋同床異夢。」

負債經營往往很看人選。維持現狀偏見（Status quo bias）可是很可怕的。

讓人感到可靠的是，傑圖亞這個智能生命體在這點上展示了屏除偏見的毅然。

「然而，我是受過軍紀教練的參謀將校。無論喜不喜歡，我的理性都確信不已……必須得用預備計畫為這場戰爭拉下閉幕。」

在現況下，這也就意味著要擁抱敗北。果然只要有著正常的智力，就能明白帝國是艘泥船的樣子。

這是基於邏輯性推論的合理預測。

最讓譚雅驚訝的是，目前在帝國軍人當中，公然聲稱帝國必定敗北的人，就只有這位大人一個人。

如果是有著獨特觀點的首腦群，有時也能讓情勢大大偏離破滅吧。問題就在於那個方法——在探身傾聽後，他就輕易說出接下來的話語：

「糟糕的是，我在調查後發現目前的預備計畫……依舊是戰爭家所制定的那個，充滿著勝利的夢想與希望的計畫。」

「所以閣下並不反對一元化指導嗎？」

「貴官說得沒錯。但我無法容許他的計畫。即使用過於強硬的手段達成一元化指導，也只會讓帝國的破產變得更嚴重吧。要讓戰爭正常地結束，必須得調整好許多條件。」

述說著這件事有多複雜的傑圖亞上將，在民間、政府、軍方之間擔任協調人時，恐怕消耗掉了相當大的精力吧。就彷彿接近死心的苦惱化為形體附在他身上似的深深地嘆了一口氣。

「不論事情怎樣發展，都必須得避免混亂……一旦失敗，敵人自然就會發現到我方的弱點。就算是為了條件談判，我們現在也不得不追求溫和一點的方法。」

因此——傑圖亞上將以彷彿在解釋公式的數學家表情說出沉痛的結論。

「因此，我偉大的友人盧提魯德夫會礙事。該讓他單純地退場吧……只能讓他去死了。」

然而他這番充滿壯烈意志的言論，卻讓譚雅這名實務家無法接受。

忍耐這個詞彙，已從譚雅的字典中刪除完畢。而且，人在疲勞時會暴露出原本的個性。她脫口說出無法克制的憤怒。

「這也太蠢了。」

「什麼？」

「因為礙事，所以就無故殺掉？簡直難以置信。」

這絕無可能。

完全沒得商量。

甚至是不值一顧的蠻橫言論。

「這只是必要的犧牲。責任由我來扛。貴官是會責怪道具的人嗎？」

是誤會了什麼吧。傑圖亞上將開始說起正當化盧提魯德夫排除論的言論，他是不是被壓力逼瘋了啊？

譚雅儘管擔心起將來，也還是試著確實地訂正發言。

「閣下說要單純地殺掉。這種說法未免也太過輕浮了。」

「很好懂吧。」

「這是多麼愚蠢的提案啊。這假如是閣下的命令，下官很可能基於名譽與義務射殺閣下。」

因為事關重大，譚雅絕不能搭錯要上的船。即使傑圖亞上將打算進行破產整理，但要是他的方法沒有可行性的話，也不可能跟他一塊同行。

「……事、事到如今，才反對殺害夥伴嗎？」

傑圖亞上將臉色發白，伴隨著死心發出的質問，讓譚雅不得不感到失望。

真是天大的誤會。

「恕下官失禮，說到底……下官並沒有在談論這種事。閣下難道不是完全誤會了議論的主旨嗎？」

「那麼是什麼？貴官的發言是什麼意思？」

「真是非常失禮。不過，閣下，您難道……真的不懂嗎？」

以觀察的視線直視過去後，眼前是一顆搖著頭的腦袋。

「……這……還真是……」

讓人驚訝。

並不是反對殺人。譚雅明明就只是針對他的手段與活用方式，穩當地提出反對意見而已。為什麼會把他嚇成這樣啊。

「是人力資本的浪費。閣下，我們沒有餘力浪費高級將官了。」

「這是要切除癌症。必然會伴隨著痛楚……」

「閣下，痛楚是必要經費吧。下官想說的是，關於效用與活用方式。」

明明是在講「儘管目的良好，但是戰術路線有著嚴重錯誤」這種極為單純的作戰層面的事！為什麼今天會這麼地無法溝通啊。

雖然自己的溝通能力也絕對說不上是完美無缺。譚雅自負在這方面上有著身為專家的謙虛。不用說，雖然自覺自己講話明確、明瞭，擅長察言觀色，也能聽懂言外之意……但也知道自己並非全能。

譚雅承認。

人類有時會遭到誤解，也會誤解他人。

然而，在戰場上的誤解會使人喪命。只要配合在最前線奮戰的經驗，自己可說是具備著常人以上的溝通能力吧。

更何況還是同為參謀，有著共同出身背景的職業軍人了。與傑圖亞閣下之間不會缺乏共同語言吧。

產生分歧還比較奇怪。

這樣一來，甚至會覺得奇妙了。

是彼此都因為壓力導致認知能力下降了嗎？

既然如此，就乾脆直說吧。很好——譚雅重新建立起說明的條理，開口說道：

「人類應該要有效率地殺死，不應該浪費掉。」

譚雅發自內心地相信著。不對，甚至能抱持著確信，毅然地發出主張吧。人力資本的浪費不論何時都是大罪。

讓可愛的資本增加並活用是一種義務。

畢竟不論是誰，都討厭浪費。

「如果要殺害上將職階，就應該期待能得到符合萊希至今對他投資下來的報酬。因為我們，至少下官個人，絕對不是快樂殺人主義者。」

「那麼，貴官是什麼？」

「和平主義者。」

這是發自內心的斷言。作為不得不參加受到混沌支配的戰爭的一介個人，譚雅比誰都還熱愛秩序與和平。

當然，譚雅相信傑圖亞閣下也熱愛和平。

只要不是會為了戰爭，把國家當成柴火丟進總體戰的火焰之中的變態，文明人應該不論是誰都發自內心地深愛著和平。

譚雅基於璀璨的和平與效率的觀點把話說下去。

「無庸置疑的，下官發自內心熱愛和平的價值與稀有性。同時作為侍奉國家理性的軍人，就只是致力於讓職務能有效率地執行。」

譚雅到底是把「薪水份內的工作」這句讓她顧忌的話吞了回去，不過對她來說，「打不贏的戰爭」是一門很過分的賠本生意。

凡事都應該更加地重視效率，也應該要重視資金。

不需要什麼成為祖國勇者的名譽。必要的是祖國給予的「報酬」。將時間與資歷投資在贏不了的新興風險企業上就只是一種浪費。光是死命掙扎地要取回至今為止的感情投資，就會在泥沼中愈陷愈深。

不過，好聚好散。如果能在轉職前圓滿做好離職手續的話，不肯在這方面上努力就是愚蠢透頂。

要成為始終做到最好的人才——譚雅看準時機，在主觀上盡情盡理地向自己的長官述說道：

「只是殺掉盧提魯德夫閣下的話，就是殺掉一個人。然而要是將他作為軍事政變的首謀者解決掉，反而能強化權力吧。」

從對方倒抽一口氣的反應來看，現在正是自我推銷的時候——譚雅增強了信心。就跟在說明作戰計畫一樣。

因為他有掌握到重點，所以只要指出必要的內容就好。

「下官強烈建議閣下制定在擊潰『預備計畫』後的『對應計畫』。」

「這樣啊。不是只將盧提魯德夫那一個笨蛋用外科方式除掉……」

沒錯——稍微推他一把。

「就以他的死作為開端，在軍中毅然進行肅軍揀選人員。只要趁亂將最高統帥會議納入『參謀本部』的權力之下，就能實現一元化的戰爭指導了吧？」

「……反軍事政變。這就是我的，我們的預備計畫啊。」

只要一次全部解決，就很有效率。

擊潰推翻國家的陰謀，然後順勢「掌握狀況」。

傑圖亞上將立刻就能想到這一點。在他腦海中浮現的是，希望。

「相較於只排除盧提魯德夫的情況，儘管所施展的暴力會愈來愈強……但說不定能抑制住帝國蒙受到的動盪。」

同時也能大步踏入「預備計畫」所追求的「統一指導」的理念之中。

不對，是毫無疑問地能達成「目標」吧。

而且，還是合法的。

「流的血會是最低限度。能以所需的最低成本，得到最大限度的報酬吧。下官認為這會是非常輕鬆的處置。」

「貴官說得還真是簡單。這是要殺害友軍喔，中校。妳明白嗎？」

長官臉色大變，露骨地憤然說道……他是有什麼誤解吧。傑圖亞閣下並沒有搞清楚狀況。究竟何以認為譚雅會以殺害「友方」作為前提啊。

「閣下，請恕下官直言。這有什麼問題嗎？」

「什麼？等等，貴官是在說什麼？」

「閣下，這有必要動用到部隊嗎？」

這是宦官的手法，就跟那個十常侍把屠夫切成薄片的陰謀劇發生之際，曹孟德所斷言的臺詞一樣。

不需要用到軍隊。

反軍事政變就根本上來講，也就是以「秩序與合法性」的名義，毅然地行使體制上的權力。

「軍力是要用來對付外敵的。這件事只要動到警力就夠了吧。」

假如是要在東部闖入敵方要塞，確實是需要戰鬥工兵、魔導師、砲兵、步兵等許多兵科吧。

不過如果是要在帝都襲擊某人的勤務室，那就另當別論了。

只需要穿著制服的治安人員就夠了。

「只需要一個憲兵中隊，就能輕易逮捕相關人員了吧。」

「等等，貴官是打算讓憲兵鎮壓參謀本部……」

這句詢問，傑圖亞上將並沒有說到最後。

他在閉上嘴後，拿起廉價軍菸。

取出像是用彈殼製造的打火機，不發一語地抽起菸來。偶爾朝著天花板吞雲吐霧的上將閣下……要不了多久就結束了思考。

「不錯。」

他簡短地喃喃說出一句。

「只要動用部隊，就會擴大動盪的規模……外科性的一擊，沒必要拘限於魔導部隊。」

他竊笑起來。

或者，是在嘲笑嗎？

傑圖亞上將摸著自己的下巴，就像非常愉快地抽著菸。

「看樣子，腦袋似乎是在東部變成自然狀態了。」

「是指萬人對萬人的戰爭嗎？」

「沒錯、沒錯。想不到我居然被野蠻化的程序給吞沒了。戰場與後方，武器和戰鬥方式明明都不一樣啊。」

長官儘管自嘲著，但他英明的腦袋也在快速理解吧。就彷彿頑童在考慮惡作劇時的愉快微笑，就掛在長官叼著香菸的嘴角上。

「只要先讓事態縮小到只靠憲兵就能處理的範圍內的話……」

被他呼出來的煙霧蓋過去的這句話說得十分清楚。

「將一切的犧牲維持在最低限度，並伴隨著最大限度的成果。之後就能經由審判、經由證據，讓指導權適度地集中吧。」

傑圖亞上將對譚雅的發言默默點頭，將像是津津有味地抽完的香菸塞進菸灰缸裡，重新叼起新的菸草。

然後，就像是要再抽一根似的點起菸後，說出幾乎是獨白的話語。

「……在帝都的暗鬥啊。」

「會是這樣吧。這是必然的事態。」

「外科性的處置，一直都希望會是所需的最低限度。那麼，在這種局面下，如果是貴官的話會怎麼做？」

他就彷彿是軍官學校的教官般詢問著。光以印象來說，他的語氣甚至就像是在平穩的午後教室裡講課一樣。

學者性格的軍人還真是狡猾。

這是殺人的委婉說法。居然將這種不穩當的意思，改用譚雅難以做到的優雅話語表現出來。

「中校，我想聽貴官的意見。」

「首先必須要將盧提魯德夫上將閣下引出參謀本部，誘導到我方能對他動手的地方。」

表面上，最好是讓盧提魯德夫閣下事故身亡。在整理遺物時發現到造反的證據後開始肅軍，是最為理想的發展。

就這點來講，最不會留下禍根的方式是戰死。話雖如此，但到底是無法指望副作戰參謀長在敵前死亡吧。就算能讓他來到東部司令部附近，但要將他帶到最前線去殺害的話該怎麼做？

「貴官的方法概要為何？」

「準備好表面上不會讓他警戒，能把他叫到東部來的環境是最低條件……然後必須想出一個不會對軍中帶來動盪的處理方式。」

因為就像都市經濟學所指出的，光是鄰近就能帶來許多利益。就連在權力上，這個一般原則也是正確的。不論是誰，比起遠在天邊的經理，還是比較害怕近在眼前的頂頭上司。所以要動手的話，在東部是最為確實。

而且……在戰場上，事故並不罕見吧。

「要是能拉攏到雷魯根上校的話，會有辦法順利誘導盧提魯德夫閣下嗎？」

「辦不到吧。」

提議被輕易否決，反倒讓譚雅好奇起箇中理由了。

「咦？下官能請教箇中理由嗎？」

上司一臉意外的表情苦笑起來。

「盧提魯德夫命令雷魯根上校負責經由義魯朵雅的交涉，貴官要把這件事考慮進來。」

「是表示信任他吧？」

這可是賭上國家命運的外交交涉。除了心腹之外還能交給誰去做啊。就譚雅的感覺，能透過這件事確信盧提魯德夫上將對雷魯根上校有著深厚的信賴。

然而，傑圖亞上將似乎有著不同的意見。

「那是盧提魯德夫的『妥協』。若是不僅相信他的能力……還相信他的立場的話，應該會讓他參與預備計畫的主體部分吧。」

「也就是儘管相信他的能力，卻不相信他的立場？」

傑圖亞上將在點頭表示沒錯後，就一面將菸蒂塞在菸灰缸裡，一面發起牢騷。

「正因為他把東部硬推給我，所以我才知道。那傢伙的信用是跟使喚的程度成正比。對於真正能依賴的人，那傢伙一直都是不講理的。」
彷彿很自豪的一句話。
而這句話所代表的意思也太過明瞭。
「那麼，這件事就某方面來講不是很簡單嗎？閣下，恕下官失禮……」
「我知道貴官想說什麼。」
笑咪咪的長官是在對付聯邦這個困難案件上，在全帝國軍中被盧提魯德夫上將使喚得最為嚴重的將帥。
「是要我弄髒自己的手吧？」
譚雅默默點頭，對此傑圖亞上將微笑起來。
那是一張漂亮的笑容。
坦白講，甚至讓人覺得不相稱。打算殺害自己摯友的男人……十分溫柔地低語著：「就這麼辦。」
「方法是？」
答案早就決定了。
「東部出差時的事故如何？像是飛機事故？」
「偶爾會經常發生呢。」

「是的。不幸的是，要是設備的維修與維護保養有問題的話……」

慢性過勞的航空運輸網路難以避免航空事故。即使視為問題，沒有怠慢為了提升安全的努力，然而一旦處於戰時狀況下，必要往往會比安全優先，將些許的事故視為一種「成本」。

「為了確實發生事故，就讓我的魔導部隊擔任護衛。」

然而譚雅的提案，卻讓傑圖亞上將瞬間沉默下來。不發一語地叼起軍菸，用打火機點火。稍微抽了一口後，伴隨著菸霧說出忠告。

「整體來講並不壞……但會波及到機組人員喔。」

他用拳頭輕敲了一下桌面，繼續說道：

「雖說是最低限度，但那可是友軍。就只是在不恰當的時機，待在不恰當地點的士兵喔。」

富有良知的一句話。在人道上是完全正確。譚雅個人也是大為贊同。是應該要尊重人命。雖說是必要的請求，但對於被犧牲的一方來講……也肯定會有意見的。

而對於受到譴責目光的一方來說，是該深感羞愧吧。

假如說出這句話的人不是傑圖亞上將的話。

「閣下，恕下官直言。」

「什麼事？」

要裝出不愉快的表情是很好。要假裝是道德家也是個人的自由吧。就算要大為讚揚美好的良知也沒問題。

但我還是不得不無視這一切，指出一件事實。

「要去照一下鏡子嗎？閣下的嘴角似乎是在笑喔。」

「唔……唔？」

傑圖亞上將有點困惑地摸起下巴。或許，這是他下意識的動作。不過就在他伸手摸到嘴角時，發生了顯著的變化。不愉快的表情綻放笑容，回歸到彷彿春天般的平穩表情……這只能說是戲劇性的變化。

「閣下，您的心情相當不錯嗎？」

「……我的臉像是這樣嗎？」

坦白說，表情就跟快樂主義的殺人犯一樣。洋溢著愉悅，或者說一臉愉快、痛快的表情。不得不說他是個能幹、冷酷……而且精神異常的上司。

「原來如此……似乎是對貴官的優秀提案感到喜悅的樣子。雖然有罪惡感，但看來還是贏不了必要之母的溫暖。」

到頭來，還是一丘之貉吧。

傑圖亞與盧提魯德夫這一對友人十分相似。

就譚雅看來，兩人都是發自內心地對名為國家的奇妙結構抱持著忠誠心的愛國者，是不合理的存在……但就唯獨這點，是近代人與現代人的感覺差異吧。

話雖如此，話雖如此，迎合可是社會人的常識。

「副作戰參謀長閣下是個偉大的人物。」

身為作戰家是完美無缺。但問題在於資質，而非實力。如今帝國需要的是破產管理人。不適任還真是一件不幸的事吧。

所以，至少——

「就讓這位偉大的人物，成為故鄉的百年基礎吧。」

要說到上司愉快微笑的表情啊！該說是提議有成功做到完美的自我推銷吧。

「中校，我該感謝貴官嗎？」

「就看閣下是怎麼想的。」

「哈哈哈哈，真是漂亮的答覆。就讓我們來讚揚母親吧。」

譚雅錯愕得瞠大眼睛。

「是說母親嗎？」

他突然之間到底是在說什麼啊。

平時的傑圖亞上將閣下非常優秀……雖是接近完美的長官，但因為是在戰時狀況下嗎？能開始看到他一些奇怪的地方。對身為常識人的譚雅來說，偶爾也很煩惱該如何應對。當然，由於她是社會性生物，所以會老老實實地保持沉默。

「就是給予如此殘酷擁抱的那位大人啊。要是真有什麼神的話，肯定就是指必要之母吧？」

縱然不懂宗教的事，但這是所謂的必要教吧。這門宗教在教義上，是將必要稱之為母親嗎？

「雖是非常冷酷無情的存在，但母親是偉大的。難道不是嗎？」

存在X是愚蠢且自私的化身……不過要是真有什麼必要之母的話，肯定就跟傑圖亞上將的獨白一樣。

「或許就誠如閣下所言。會是閣下的同類吧。」

「喂喂喂，別這麼誇獎我。我會害羞的。」

譚雅儘管正要低頭賠罪道「恕下官失禮」……長官卻像是在掩飾害羞般揮著手，讓她有點困惑。

該不會真的就跟他說得一樣，很高興自己被稱讚了？……要是這樣的話也很可怕啊。

「那麼，當最壞的情況來臨時，就請貴官讓盧提魯德夫遭遇事故了。作為這種時候的事後對策，我打算返回帝都。」

「諸如憲兵之類的事後處理，請問要如何安排？」

如有必要的話，我原本是打算讓某個可信賴的人擔任傳令。該說很不巧吧，怪物似乎有著怪物的做法。

「我會安排的。這點小事，就算在這裡也辦得到。」

雖是隨口說出的一句話，但他的勢力範圍還真大啊。長年待在參謀本部這個組織裡的人就是這樣。像譚雅這種資歷淺薄的人所無法選擇的手段這麼豐富，還真是讓人羨煞不已。

對了——譚雅詢問起另一個想到的疑問。

「話說回來，能跟閣下確認一件事嗎？閣下會離開東部返回帝都吧？」

「是沒錯。」

「那麼，東部會相當辛苦呢。」

這裡是靠著傑圖亞上將的魔術勉強維持抗衡的戰線。現狀幾乎是靠著他特有的調整、策略與實績才得以實現的奇蹟。

要是負責人換人的話，這裡必定會出現破綻。

「不僅無法維持戰線，還會被迫後退吧。」

「……如果貴官說想做，我能幫妳準備位置喔？只要妳有意願，至少能安插一個首席參謀的位置。」

「聽說就連中將階檢閱官都難以調動部隊進行配置與調整了。中校階參謀？就連要調動一個師團都會搞得焦頭爛額吧。」

況且要是隨便就作為傑圖亞閣下撐腰的參謀就任的話，就再也逃不了了。得負起戰線混亂責任的立場，會讓人坐如針氈吧。

絕對不要。

不是為了發揮能力，而是在人際關係與交涉上耗盡心力是再糟糕也不過了。

對於無法勝任的人事命令，人類必須得要行使否決權。儘管要拒絕合理的公司命令很難，但保留能堅決說NO的環境與情勢，對組織人來說非常重要。

「完全無法期待嗎？」

就算他用滿懷期待的眼神看過來，也不能露出一絲破綻。

「我很期待貴官的。妳難道不感到自負嗎？」

「除了下達放棄東部的指示外，下官還能有什麼作用嗎？坦白說，下官認為這不論由誰來當負責人都一樣吧。」

講白了，即使是隆美爾中將，甚至是盧提魯德夫上將，無論再能幹的繼任者都無力回天吧。

因為太過複雜離奇。

現狀下，擔任指揮官的譚雅就束手無策了。

要是有什麼能做的事情，那就是損害的侷限化。而就連這點，唯一能做的也只有讓自己的戰鬥群在被捲入混亂之前偷偷後退了。

作為與此相關的一點，為了避免被捲入混亂之中，無論如何都想知道「長官所能容許的損害程度」。

「但不管怎麼說，都不得不將東部發生的混亂封鎖在東部裡。必須要堅決阻止會對本國與整體戰局造成決定性影響的事態。」

「如果是這件事的話，貴官無須擔心。因為東部還有我製造出來的空間。」

製造這個詞彙，讓譚雅忽然靈光一閃。

傑圖亞閣下主導的自治組織。那個作為議會所成立的，針對聯邦的多民族性投入「自主獨立」夢想的惡毒組織。

「……自治議會能作為縱深使用嗎？」

「雖是我成立的，但是沒辦法吧。」

也是呢——譚雅點頭同意。

畢竟，那終究是急就章的組織。不是由人民發起的分離獨立，而是以帝國軍的優勢為前提，頂多用來封鎖潛在性游擊活動的組織。

「他們的存在基礎是以帝國軍能『維持前線』作為前提。讓他們承擔起維持治安與民政的負擔就是極限了。」

就算能維持後方的補給輜重安全，這也已經是極限了。

「閣下是在期待他們嗎？」

「不對，我是在期待聯邦。」

「……聯邦會刺激自治議會，視他們為敵人嗎？」

傑圖亞上將默默點頭。

宣稱帝國對領土沒有野心，擺出自治議會理解者嘴臉的面孔底下，有的是完全實用主義的國家理性。

「既然閣下有想到這裡，那就還有焦土戰術可用了。」

「中校，會來不及的……東部太遼闊了。」

最重要的是——傑圖亞上將作為一名失敗主義者吐露心聲。

「沒必要特意播下會在日後受到批判的種子。」

「有道是勝者為王。」

「這也要有勝利的可能性啊。」

雙方都很清楚，這種可能性很渺茫。既然如此，這段對話早已只是在玩文字遊戲了。

「聽到上將閣下這麼說，還真是讓下官震驚。」

「那麼，要我宣稱會勝利嗎？中校，貴官就為了勝利而戰吧。」

「閣下，這是不可能的要求。還請饒了下官吧。」

沒錯吧——在看到他這樣點了點頭後，就只能長嘆一聲了。擁抱著苦澀且難以接受，讓人不愉快到極點的現實，就會是這種感覺。

「正因為如此，中校。有勞貴官的部隊了。」

「……一直以來都是這樣吧。」

「既然如此，就拜託貴官跟往常一樣了。」

帝國果然很黑心。

肯定是流了太多血，血液都氧化變得漆黑一片了。雖然自己深愛著黑字，但可不喜歡黑心與代表違法的黑色。

啊啊，對這個混帳的世界降下災難吧。

「下官願盡微薄之力。」

「很好，那就為了必要流血吧。」

[chapter]

II

第貳章

回憶錄

Memoir

我們必須要重視外交……因為這比總體戰便宜。

——退役軍人　雷魯根

《回憶錄——作者埃里希·馮·雷魯根（前帝國軍人）：未出版原稿》

在寫回憶錄時，我，埃里希·馮·雷魯根就只想說一件事，那就是希望各位讀者能理解我的心情。

我……我們這群人，曾天真地確信著。

自己等人正是讓帝國贏得光榮和平的最大推進力，而且對此深信不疑。

這是個錯誤。

結果慘不忍睹。

因此，這是個失敗的故事。

寫滿著失敗者們在失敗後的怨言與訴苦。

我最初面臨到的挫折，是在義魯朵雅。

畢竟要是報上雷魯根之名，義魯朵雅人至今都還是會擺出一張臭臉。和藹的笑容會沉下來，為了握手所伸出的手會撲空。

儘管寂寞，但這也是當然的吧。

這當中的理由太過單純了。

因為對他們來說，我的名字就跟「闖入家中的強盜」同義。

不幸的是，我對於足以讓他們如此相信的頭緒太多了。在那場大戰時，這是迫不得已的必然行為。

必要、必然、義務，用上這些像是藉口的詞彙，還真是讓我羞愧得無地自容。

儘管想對歷史誠實，不過要是有奇特的歷史學家對這種雜記感興趣的話，或許該把焦點放在我筆下的他與她，以及最該注目的部分，也就是我「閉口不談」的事情上。總之，我身為分家的笨拙居民，免不了披上詐欺師的衣缽。

儘管如此，這邊還是仿效我所侍奉的一名帝國軍人，讓我花言巧語一番吧。

事情的開端，我到現在都還記得。

是在帝國的勝利渺茫，我開始意識到「破產整理」之後所發生的事。

當時，我身為帝國軍參謀本部附屬參謀上校，從事著我們稱之為「主要計畫」，經由義魯朵雅的停戰工作。

只不過，停戰工作是對內部的方便稱呼。

這雖是我個人的認知，但我想極少數從事此工作的相關人員大半都同樣察覺到了。

這就只是無計可施的終戰摸索。

只能伴隨著自嘲承認這件事，是一份相當悽慘的工作。

向人低頭，「懇求議和」。不幸的是，無法交給他人去做的這件事……是一段痛苦的過去。

雖說是要贏得光榮和平，這卻跟帝國所渴望的「勝利後的和平」相差甚遠。即使強辯和平正是勝利，也無法避免這只是換個說法的批判。

然而軍人為什麼要外交？也有讀者懷著這種明確的疑問吧。

實際上，就是這樣。

即使如今在制度上確實是跟過去的萊希有些差異……但軍人就是軍人。就本質上，不是該把政治與外交作為任務的存在。

這甚至是無法容許的越權。

暴力裝置自認為是腦袋，會對國家帶來深刻的弊害。會讓政治服從軍事，引發這種無可救藥的逆轉現象，讓國家的命運犯下錯誤。

即使是我們，也知道這種程度的事。

儘管如此，社會上卻到處充斥著彷彿是帝國軍參謀本部在徹頭徹尾地主導國家戰略般的言論，讓身為作者的我不得不感到遺憾。

不過最主要的原因，也是「可怕的傑圖亞」這個廣泛的戰爭指導太具傳奇性了，所以才會導致這種誤解吧。

實際上，大戰後期是個極端事例頻發的時代。特別是在最後的末期，誤解也不是沒有原因。

迫於必要，帝國軍與帝國在實質上結合為一體。

一步一步地，讓軍事與政治融合。

與其說是融合，還不如說是私通吧……但要說到參謀本部是否成為了國中之國，就還有討論的餘地。

然而就事實來說，萊希並沒有船長。所以作為領航員的參謀本部，確實是不得不擔任某方面的舵手，這也是事實。

而不知是幸還是不幸，擔任領航員的「可怕的傑圖亞」非常能幹。因此在那個破滅的時代，傑圖亞閣下就是帝國。

即使很短暫，但我就承認有過這種時代吧。可是……這絕對不是刻意而為的結果。身為當事人的我是知道的。

要向後世留下證言，這正是我活下來的義務吧。

因此，我要斷言。閣下從未夢想過軍事獨裁。他就只是盡到了自己的義務。

就跟在帝國默默無聞的人們一樣，他就只是服從著自己的義務。在戰爭的時代，故鄉迫切的必要，追求著作為裝置的閣下。

然而，這是在迎來破滅的過程中發生的「例外」。

即使是在戰時狀況下，直到帝國進行破產宣言為止，帝國軍內部大多數的將兵就連想都沒想過，我等軍事當局才是應該指導外交政策的立場。

主流的見解，一言以蔽之就是：「我們可是軍人喔？為什麼要做這種事？」

我也是曾經有過相同看法的人。

軍人畢竟是國家的暴力裝置。只要是帝國軍人，就是萊希的暴力裝置。軍隊與軍人是拳頭。從來就沒有將自己誤解成是腦袋。

我們參謀將校往往也會面對到無端的批評。典型的例子，就是被揶揄成是在綠桌旁不可一世的傲慢者吧。不過……實際情況卻是相反。要說是國中之國，參謀本部也太過於理性，太過於謙虛了。

儘管已經提過，但我就承認吧，沒錯，是有過例外。

這讓我被捲入了作為軍人參與終戰工作的坎坷命運之中。義魯朵雅人會認為雷魯根是隻蝙蝠，也肯定是因為這個緣故吧。

好了，前言寫得有點太長了。會寫得這麼長，是因為各位讀者想必一直都對「為什麼帝國軍人會去從事終戰的外交工作」這點懷有疑問吧。

雖然囉嗦得不像是名參謀將校，但這是由於我不擅長講述歷史，還請各位見諒。

差不多是該言歸正傳，詳細述說事情的原委吧。

一言以蔽之，是因為沒有其他人能做。在帝國這個國家裡，有辦法擁抱敗北的組織，只可能存在於軍方的心臟，參謀本部的內部裡。

還請回想一下。

直到在那場大戰中敗北為止，帝國都以常勝不敗為榮。儘管不起眼，但作為與現代的決定性隔閡，這個事實束縛著帝國。儘管在個別的會戰之中，曾經吞下許許多多在戰術、作戰層面上應該飲泣的敗北，但在「戰爭」這個大領域上卻是未嘗敗果的超級強國。

這就是過去的萊希。

軍事力，而且是壓倒性的軍事力。

這種帝國的外交，就只會是以帝國的武力、經濟力，也就是國力優勢作為前提的超級強國外交。

現在的年輕人或許很難想像吧。過往的萊希，跟現在有著很大的差異。

當然，現在的美德正是基於過去的犧牲與反省吧。

活在現代的萊希人民全都擁抱了敗北。但反過來說，當時的情況也與現在不同。

在當時。

在那個戰爭狀況下。

帝國從未進行過「承認敗北的外交」……甚至沒有容許這麼做的根基。

就連外交部也不出例外。

總之，沒有置身在瀕臨破滅危機現場，感受到戰場有多麼殘酷的人們，併發了逃避現實與超樂觀主義。

就連軍人也一樣。

就連在戰爭中執行戰爭的當事人——軍人也一樣。要接受敗北，需要漫長的時間與令人絕望的內心糾葛。

就連我自己，要是沒有戰地經驗；要是沒有率領雷魯根戰鬥群轉戰東部的經驗，也不知道會怎麼樣。

當時在我內心的某處，仍然期待著希望。

然而，戰爭一直都是殘酷的物理法則的僕從。關於這件事，有個光景我至今仍歷歷在目。

那個令人震撼的光景，是發生在東部的戰場上。

當時，我被戰鬥群的年輕軍官（我必須得承認，恐怕是太過年輕的軍官。戰爭讓大人們徹底死去，導致在其他時代該稱為小孩子的人們擔任軍官。）帶領到一輛剛被擊破的聯邦軍主力戰車面前。

我也有看過報告書，知道聯邦軍戰車的裝甲很厚。也自認為在看過戰鬥教訓報告書後，有理解到擊破有多麼困難。

百聞不如一見。

在那瞬間，我的大腦拒絕理解年輕將兵們是如何擊破眼前這輛拋錨的鋼鐵怪物。

宛如人類在挑戰神話中的怪物一般，而且還是靠肉搏戰。

作為上校階還很年輕的我，當下也不得不痛感自己腦袋裡塞滿了陳舊的價值觀。

我所知道的戰車，頂多就是能用反戰車步槍擊破的玩具吧。

而我在戰場上實際目睹到的，坦白講，卻是連航空魔導師都會感到棘手，不得不動用大口徑砲對付的鋼鐵怪物。

直到被現實壓倒為止，我的思想都還很陳舊。

正因為如此，所以對於前線再三表露的危機感，我承認自己曾經感到困惑過。作為親身經驗與鋼鐵怪物肉搏，經歷過這種反戰車戰鬥的他們，與在後方看著報告書的人們，雙方置身在不同的世界裡。

不知幸還是不幸，我在受到戰場的，不對，是在受到困境的洗禮後，稍微成為了現實世界的居民。

……就連站在戰場上，都還有許多人無法醒悟。

我試圖讓後方文官理解到這份迫切感，但這份努力僅得到有限的成功。

對於這些理解我，願意幫我集結力量的人們，直到現在我都只能發自內心地感謝他們。就算置身在黑暗的日子裡、置身在絕望的深淵裡，也還是能為祖國貢獻一切的眾多人們，他們的功績實在是讓人無法輕易遺忘。

有人就這樣默默無名，在戰場上作為無名屍體消失了。

有人懷著被稱為背叛者的覺悟，回應了義務的要求。

有人為了故鄉，貢獻了自己的一切。

因為他們與她們的獻身活下來的人，該對他們說什麼才好啊。如果覺得這聽起來像是我們集結了眾人的智慧，那是因為你不是當事者。

對當時的我來說，這是詛咒。

能聽到宣告破滅來臨的腳步聲，然而不僅無處可逃，也找不到擊退方法的那段日子太過黑暗了。

不知道該何去何從。

就連外交部都認為議和的話題無法在內部保密，判斷這對於內外的影響太過危險。正因為如此，所以才會基於當時的傑圖亞與盧提魯德夫兩位上將的私下承諾與指示，由軍方一小部分的人從事終戰工作。

相信這是拯救帝國的唯一道路的，就是這一派。

……而我，也是這少數派的一人。

正因為如此，我至今仍不得不對這些為數不多的理解者們表示感謝之意。

在開始行動時，能獲得在帝國這個國家裡能幹且誠實的外交官協助，在當時算是意外的幸運吧。

我的可敬友人……該稱為「戰友」的康納德參事官，他給了即將要在義魯朵雅進行交涉的我有益的建言。

「雷魯根上校，我想給你一句，不對，是兩句建言。」

康納德參事官說話的語調一直都很平穩，當時也是如此。那位先生依舊帶著戰前職業外交官發光發熱時的優雅，以非常像是貴族的舉止把話說下去。

「所謂的外交，看似靈活自由，卻又守舊僵硬。然而，流動性的部分也很大。最後要用正當性與代價的天平讓交涉取得平衡，還請你要理解這一點。」

聽到這句話，我就像理解似的點了點頭。

畢竟對於在外交方面上，就連業餘水準都沒有的參謀將校來說，沒有什麼比「過來人」的建言還要讓人感謝了。

但我還是得說，接下來的建言到底是讓我苦笑了。

「這種時候，卑鄙這個詞彙是沒意義的，希望你能夠理解。」

事到如今還在說什麼啊——我一本正經地笑了起來。卑鄙這個詞彙？如果是在講這個詞彙的話，已經在必要的命令之下從字典中刪除了。

這是當然的吧。

政治性的清廉與純真……是不可能留在萊希與故鄉瀕臨危機時的參謀將校心中的吧。

在我若無其事地請求第二句建言，康納德參事官也一臉明白的樣子說出祕訣。

「……為了取得平衡，請不擇手段。」

在我詢問具體來說應該要做到什麼程度後，職業外交官大人就毫不害臊地笑著說道：

「卑鄙？欺瞞？偽善？什麼都行。能派上用場的手段請全部用上。畢竟所謂的外交……在無中生有這點上跟鍊金術很類似呢。」

換句話說，就是傑圖亞上將在東部展開的詐欺師詭計嗎？——我這樣向他詢問，卻被當場否定了。

「戰爭是例外，外交是永遠的。只要國家還在，我們就不得不與各國進行外交。奇策與謀略是很便利，但就像是調味料。重要的是信用這道食材。」

真是矛盾呢——我笑了起來。

一面特別提出要我不擇手段，一面卻要我注重信用，這是能並存的事嗎？未免太奇怪了吧。

不過，康納德參事官卻非常認真。

「這是優先順序的問題。正因為信用很重要，所以只要是為了建立信用，就無法奢侈地選擇手段。不論是人命還是其他事物，總之就通通丟下鍋裡煮。」

外交官談論信用的態度，是把它視為一道食材。

還真是無情的說法，我卻點頭同意了。

在理解到外交的戰鬥，是將信用作為武器，靠著信用武裝自己後，我就接受了這個論點。心想這如果是武器的話，那就大量準備吧。要是將這說成是在利用信用的話，或許會受到良知的批判，但不幸的是，現實總是在背叛著良知。

而這時能清楚明白一件事，那就是有著戰場經驗的我，就只是專心聽著康納德參事官的發言。畢竟，帝國——現在已滅亡的過去「萊希」，有著大量的男女老幼在戰場上馬革裹屍。他們甚至不允許在故鄉長眠。

祖國啊，弔祭這些無聲英雄吧。

只要能阻止錯誤，我不論什麼都會去做，也打算這麼做。

正因為如此，我就只是作為一名準備迎戰的軍官，興致勃勃地敦促康納德參事官給予下一句建言。

而答案，非常明瞭。

「正因為有信用，所以才能夠對話。此時的原則是正當性與等價交換。或者是，對了，雙方都這樣『相信』的情況。」

而這邊的重點在於——話說到這裡，康納德參事官卻在關鍵的部分緘默下來。

親愛的康納德先生應該沒有溫柔到會顧慮到我的心情，擔心我在聽完後受到衝擊。

因為我們不論是好是壞，都是在暴風雨夜晚共乘同一艘帆船的不幸乘客。是在互相怒吼、咆哮，總之為了避免沉船而在苦苦掙扎的一夥人。

所以，我直到現在才想到。

當時的康納德參事官，或許是想將壞消息傳達給我知道。只是當時的我還經驗不足，沒辦法從他接下來的話語中讀出言外之意。

「只能一面以信用為基礎，一面將能對交涉派上用場的手段全部用上。而對方也會做同樣的事。這當中有的，就只是國家理性。」

關於這點，我想這是讓我毫無誤解餘地的回答。我能理解國家理性會造成的影響。

戰爭也要有對手才打得起來，我的腦袋裡也有著策略。雖是一點自負，但不論是在圖上演習，還是在實戰上，我都還算是優秀的。

換句話說，終究也只是優秀的程度。

像我這種水準，在過去的帝國就跟廢物沒兩樣。

就連比我年輕的參謀將校，都比我還要優秀許多。而最好的例子，就是受到世人稱為「可怕的傑圖亞」的那位大人。

作為親眼目睹閣下把「玩具箱」打翻的那一瞬間的人，比起對自身的才能感到自豪，更想向對我們有系統地施行良好教育與規範，曾經存在於那裡的那個組織發自內心地說出感謝與怨言。那位大人的戰爭指導，讓萊希的故鄉化為焦土。

根據必要。

是該認同這件事，還是視為一個錯誤，對我來說……是個永遠得不到答案的難題。言歸正傳，在那個時代、那個時候，我將外交官的建言理解成極為單純的「談判教學」。

「這不限於義魯朵雅這個國家。中介人放在天平上衡量的『材料』往往與我們不同。」

「戰爭也一樣。這我早就習慣了。」當我這樣回話時，我的答覆就跟康納德參事官完全是雞同鴨講了吧。

看似明白，卻又不明白的對話。

就這點來說，康納德參事官就連對同僚都毫不留情的智力，對上參謀將校也絲毫沒在客氣。他理解我在想什麼吧，擺出就像教授在指導愚笨學生的態度，對我說出詳細的補充說明。

「假如戰爭是究極的現實，外交就是究極的非現實。要仔細觀察天平的理論。就算看到的事物相同，解釋往往也會不同。」

是這樣嗎？我總之先像是理解似的點頭。

對萊希來說不幸的是，參謀將校這種生物抱持著與生俱來的缺點。在這點上，即使是我也怎樣都不可能例外。

在「對事物的看法」這點上，參謀是無可救藥的愚蠢。他們被訓練成會以軍事去理解一切。就連對政治的理解，也是以軍事為前提。

不是政治優先，而是政治是為了軍事的扭曲觀點。我們高級參謀所抱持的這種壞毛病很嚴重。這份無可救藥的愚蠢，就連康納德參事官那麼辛辣的智力也沒能看穿吧。

他一副幸好我能夠理解的模樣，揚起微笑拍肩激勵著我。

「希望你一切順利。只要軍人幫忙建立道路，之後我們就會打進去的。」

「就像裝甲衝鋒一樣呢。」我回應道。

由我們軍人化為前鋒開路，外交官就像步兵一樣的壓制，我是這樣理解的。對身為軍人的我來說，這可說是我非常能夠理解的方法。

就跟我在東部實踐過的，或是說經由戰鬥群達成的無數場戰鬥一樣。即使承認戰場與外交有所不同，但終究是人類的行為。

總而言之，就是手段都很相似……還記得我當時擺出這種明白的表情。

能毫不迷惑地決定自己的角色是很重要的一件事。就這點來說，我由衷感謝康納德參事官可貴的諄諄教導。這是足以匹敵一個師團的有益建言。然而，很可悲的。我需要的是一個軍團吧。

因為，神終究只會對擁有較多大隊的一方微笑。

只不過，訓練良好的將兵有時也能在合理的範圍外博得神的微笑。由於我不得不博得神的微笑，所以我也為了將不可能化為可能，一路前往義魯朵雅。

既然機會難得，我就留下有關當時交通情況的回想吧，這或許能有什麼幫助。具體來講，就是關於前往義魯朵雅的物理性通道。

……基於不幸的原委，這也是我往返過好幾次的一條道路。

主要幹道、鐵路路線，還有都市之間的連接道路。

不論是好是壞，都維護在良好狀態下。四通八達的幹道對於腳程快速的裝甲師團來說，足以作為理想的進擊路線。

只不過，我卻很難說是在無條件地享受這趟旅程。

不是物理性的理由。不對，雖然算是物理性的理由……但請原諒我沒辦法好好表達出來。

那麼，該從哪裡開始寫好呢。在那個時代，兩國之間是經由國際鐵路連接起來的。只要搭上這班列車，即使再不願意，也能經由車輛的搖晃程度明白到一件事。

帝國方面的路面崎嶇不平，義魯朵雅方面的路面維護良好，搖晃的程度也很輕微。

能感受到非常露骨的差距。

這是一趟讓陰鬱心情惡化成黯然情緒的旅程。帝國所引以為傲，在戰前勝過義魯朵雅的鐵路網路，如今卻是這副德性。就連在路途中，都會讓愛國者湧上一股辛酸吧。更何況在越過山岳地帶後，所抵達的是……另一個世界了。

那是光。

太過耀眼的光。

要是覺得這種說法很奇怪的話，還請各位讀者要理解到一件事。

在當時，義魯朵雅幾乎是戰火的局外人。因此在這塊土地上，人們依舊還在歌頌著和平，讓我感受到這個事實。

太陽，歡樂的人們，明亮的街道色彩。

要是有著充滿光明的世界，那就是位於帝國南方的這個國家。

幹道沒有封鎖，就連檢查站都沒有設置，而且自家車還能自由通行。甚至沒有把燈火管制的概念帶進來的日常世界。

然而，這份光源卻是基於「中立」的立場。

對於當時就彷彿是從帝國這個灰色世界裡溜出來的亡者一般的我來說，怎樣都難以忍受中立這個詞彙。

現在的話，我能老實承認這是在忌妒。

被逼到極限的帝國人要是走進春滿花開的世界裡，會感到忌妒也是當然的。義魯朵雅還真是做得太優秀了吧。

就算受到我的稱讚，義魯朵雅的人們也不會高興。

但實際上，他們做得真的很優秀。

先不論自身的好惡，義魯朵雅政府對國民的生命與財產所付出的努力與獻身，我必須給予正當的評價。

如今很不幸的，有許多人因為自身的不理解而當面痛斥義魯朵雅政府與義魯朵雅軍。這真是天大的誤會啊。對於他們在「作戰層面」上的失敗、愚蠢、能力不足的爭論，大都是來自後世單方面的胡亂猜測，我想在此為義魯朵雅當局人員的名譽辯護。

就算被我辯護，他們也不會高興……但真相，就該記述下來。

義魯朵雅人在戰場上確實是不適合用萬夫莫敵、百戰百勝、常勝軍團來形容也說不定。但義魯朵雅人卻是預防的天才；而帝國人就只是對症治療的天才。

預防勝於治療。

所以帝國才會不斷地戰爭，義魯朵雅則是享受著和平。

作為清楚指出兩國差距的一段小故事，瑣碎到我不好意思說，不過我就坦承自己曾對「伴手禮」感到苦惱吧。

雖說是公務上的應酬，在外交上就得偽裝成私人的應酬。就這點來講，義魯朵雅人的彈藥實在是很豐富。

每次造訪，他們都會毫不吝嗇地招待我嗜好品。總是在誇示著物資的豐富性。當然，這儘管也是個人的善意吧……但在外交現場上，就連一樣物品也能充分述說著自己等人的富強，以及要向對方展現的姿勢。

即使是虛有其表，但要是帝國的伴手禮太過差勁的話，可是會嚴重影響國威的。

虛榮。

面子。

總之就是表面上體不體面。

儘管很愚蠢，但國家可是打腫臉充胖子的慣犯。到頭來，我也做了種種勉強自己的行為，期待能籌措到必要的禮品。

也由於這是完全不同領域的工作，所以我籌措得很不順利。

畢竟我的交涉對手卡蘭德羅上校可是義魯朵雅中央派系的富裕人士。要找出不會相形見絀的「薄禮」，只會讓人想抱頭呻吟。

重大提案的使者，就連應該要提去的伴手禮都匱乏。

這聽起來很好笑吧，卻是實際發生過的事。並非是預算的問題。如果是用來議和的工作費，能從參謀本部的機密費中無限量地支出。但是關鍵的禮品，在現狀下已經無法用貨幣買到了。

至於參謀將校用機密費到黑市買東西，不用說也是令人有所顧忌的一件事。要用正當的手段……既然如此，就需要相當的巧思。

我就坦白吧，我當時懷著悲慘的心情，做出了類似強盜的行為。

不曉得各位讀者知不知道，在過去的帝國裡，存在著宮中社交界。要說到戰前的社交界，那可是非常華麗絢爛。

而宮廷與外交部會格外用心地舉辦宴會。人就是一切，這全是為了培養信用。我相信即使到了現在，這件事在根本上也依舊沒變。當外交官為了國家進行交際時，應該要給予他們很大的獎勵。

因為比起戰爭，讓外交官喝酒要來得便宜多了。

比起總體戰，外交攻勢在性價比上較為優秀，我作為一名軍人，要在這裡明確寫下這件事。

就讓話題回到當時吧。

對華麗的社交來說，葡萄酒是不可或缺的。所以宮中與外交部都有設置專門的酒窖。經我偷偷調查之後，得知宮中的倉庫裡還備有戰前儲備的社交用葡萄酒。

身為參謀將校，在這種時候該怎麼做？

連討論都不用。我坦承自己靠著參謀本部的強權，以幾乎搶劫的手法取得了葡萄酒。

我就靠這樣保住了相當大的面子。只不過，並非只要有伴手禮就會受到歡迎。

畢竟，義魯朵雅是中立國。

在各國的注視之下，要是讓帝國軍人在光天化日之下大搖大擺地走在街上的話，會讓他們陷入相當麻煩的立場。

因此當列車抵達首都車站後，他們就迅速做出對應。

作為帶路人兼監視人等候我下車的，是義魯朵雅的警官們。我就在這群身穿制服的健壯警官們的帶領下，一出車站就很自然地被軟禁在飯店裡。

當然，整個過程他們都表現得很有禮貌，但態度堅決。

總是將我與外界的接觸壓到最低限度，做得非常徹底。就連入住登記時的櫃檯人員都是眼熟的面孔。肯定是義魯朵雅王國軍情報部門之類單位的所屬人員吧。

而且還再三要求我使用客房服務。

儘管我來此的目的也不是要在餐廳進行社交活動……但他們相當不希望我外出的心情有傳達給我。

話說，我也能無視他們的要求。

我是帝國軍人，就形式上是義魯朵雅的同盟國軍人。就算是中立國，也沒有法律禁止同盟國軍人不能在同盟國內行走。

只不過，既然是處於期待義魯朵雅釋出善意的立場，就難以提出會招惹他們不高興的為難要求。

順道一提，可能怕我等得不耐煩跑去逛街吧，卡蘭德羅上校總是立刻就趕到我入住的飯店。我想那一天也是如此。

在午後依照要求辦理好入住登記，聽到自稱是護衛的義魯朵雅警官通知卡蘭德羅上校來訪時，我才正要把公事包放到桌面上。

舊識的義魯朵雅軍人在有禮貌地敲門後出現，擺出一張只能說是難看的表情。才一開口，就說出辛辣的話語。

「那位伊格．加斯曼上將可是在害怕唷。說是煩人的傢伙又來了。」

開口第一句，就是假裝親切的露骨牽制。可悲的是，我也只能假裝沒神經，若無其事地朝他走去。

帶著滿面的微笑，互相握手。

「儘管對加斯曼閣下很不好意思，但暫時……得請各位和我好好相處了。」

坦白講，雖然就連我自己都有點驚訝，但我似乎有著進行這種交涉的才能。平心靜氣，或是說不會把事情鬧大的態度。以前曾被教官評論說：「貴官作為參謀將校，很難得有著『平凡的個性』。」雖然不曉得這是好是壞。

至少，有辦法讓義魯朵雅軍人驚訝吧。

「真是意外。就像在跟外交官對話呢。」

讚賞的一句話。

不過一旦在外交場合，一言一行都會是策略。在稱讚的同時進行試探，不過是家常便飯。

「只不過……貴官是軍人。而且還是參謀將校。難道不會對進行外交一事感到厭惡嗎？」

要是想到以前，這還真是難以置信吧，我點了點頭。曾經大言不慚地宣稱軍人不是外交官，軍人就是軍人的過去，讓我羞愧不已。

「卡蘭德羅上校，我是軍人。」

「沒錯。」

「既然如此，這就是祖國的必要所下達的命令吧。」

這種對談，就像是暖場的一點招呼。

牽制與諷刺。

怎樣都讓人感到兜圈子。這樣覺得的人似乎不只是我。卡蘭德羅上校也是軍人，喜歡有話直說的類型。

因此，他很快就說出今天的主題。

「……聽說您帶了重要的條件來。」

我帶重大提案過來的主旨，已經由駐帝國義魯朵雅武官通知過了。不論是好是壞，帝國軍參謀本部凡事都喜歡按部就班。

理想的情況，就是照著軌道進行。

只不過，計畫會不會照著軌道進行是個大問題。

「下官就直問了，貴方提出的條件是什麼？」

追問的卡蘭德羅上校十分認真，正因為如此，才讓我認定這次的提案會成功。

自信滿滿地……當時的我懷著打出決定性手牌的心情，向卡蘭德羅上校提出帝國軍參謀本部在部內絞盡腦汁所想出來的條件。

「是無賠償、無併吞與民族自決的三道主軸。」

這是帝國所能讓步的極限。

不對，是極限以上的讓步。

是更進一步地跨越極限，懷著堅定決心所做出的讓步。

這是就連在部內都被視為危險的求和主義的提案，要是草案在交涉決定之前外流，就很可能會在帝國內部掀起驚濤駭浪的一步危險的棋。

要佯裝冷靜，不讓聲音顫抖，意外地很辛苦。

等把話說完時，自己所肩負的重大使命就到此結束了吧——心中甚至湧起這種清爽的心情。

而義魯朵雅方的反應……看起來也不壞。

在這瞬間，讓我感到了希望。

「考慮到貴國的現況，這還真是相當『有勇氣』的提案。只不過……恕下官失禮，這是交涉的草案嗎？」

卡蘭德羅上校臉上充滿驚訝。

這是個好徵兆，我當時是這樣理解的。因為我無比坦率地將帝國的讓步與誠意傳達出去，並成功讓對方感受到了這一點。

「……這是十分足以讓擔任中介人的貴國恢復大陸和平的條件吧。」

這是讓戰爭結束的提案。

所夢想的終戰，總算能實現了吧。

這次，這一次，總算是能獲得帝國所渴望的終戰了吧……的這種期待。

然而，很意外的。

對方眼中卻愣然地浮現疑問。

「只靠這個條件？這……很難講吧。說到底，您真的認為沒有賠償就能讓事情談妥嗎？」

「我們帝國甘願接受這個條件。之後也不會提出賠償要求。」

「恕下官失禮，是我聽錯了嗎？儘管不想認為自己的帝國語有這麼差勁……但您是說『接受』嗎？」

像是感到動搖似的，卡蘭德羅上校緩緩地用帝國官方語言發出確認的話語。

當時，我是這樣確信的——看樣子「對他來說，我方的提案有這麼震撼啊」。

因為……他眼中浮現著毫無虛假的明確情緒。

儘管不明顯，但卡蘭德羅上校的表情出現動搖。這足以讓我確信，他沒料到我方會提出這種提案吧。

就是現在吧——我下定決心地用力點頭。

這樣就能安排議和的程序了吧。我無法自欺欺人地說，心中沒懷有這種淡淡的期待。

「您並沒有聽錯。我方已準備好接受了。想進行無賠償、無併吞，以及民族自決的提案。」

重要的一點。

帝國的失策很簡單明瞭吧。

至今為止的外交交涉是即使曠日費時，也要追求「最大限度的果實」。而當沙漏的沙開始滑落時，當時，參謀本部所能選擇的就只剩下確實收穫「最低限度的果實」。

正因為如此，才會相信這次的交涉會成功。

「恕、恕下官失禮。雷魯根上校，為了小心起見，請容我整理一下。為了避免誤解，這邊請容我用迂迴的說法表達意見。」

「沒問題。」

下官就恭敬不如從命了——伴隨著這句開場白，卡蘭德羅上校開口說道：

「貴國提出的無賠償，不是『拒絕支付他國對帝國請求的賠償』，而是『帝國不會請求他國賠償』，下官的理解沒有錯吧？」

雖說是非正式……但這可是明白帝國軍樞要意思的參謀將校親口說出切盼議和的話語。儘管如此，卡蘭德羅上校卻還是不太能理解的樣子。

這到底是怎麼一回事啊。

「確實是如此……請等一下。為什麼要問這種事？」

「貴國沒有賠償的意思吧？」

他帶著困擾表情的詢問，由於太過意外，讓我一時之間無法理解。

我想我當時是愣然地回望著他。

從卡蘭德羅上校口中說出的這句話的意思，超出我的想像。在大腦徹底理解他的意思之後，在這瞬間，我目不轉睛地探頭窺視對手的表情低語。

「賠償？我們嗎？」

「……雷魯根上校。請問貴官，這句話是認真的嗎？」

「這種事情假如不是認真的，是不可能提出來的。我作為乞求和平的當事人，是打算進行最大限度的提案。」

我們注視著彼此的臉，應該都從雙方的眼瞳中看到了疑問。

有什麼，不太對勁。

想吶喊，這不可能。

帝國應該是債權人。掀起戰爭的是協約聯合與共和國。帝國終究只是為了防衛而戰，是基於這種認識在追求著勝利。

然而帝國人的觀點，義魯朵雅人卻無法理解。

「貴官這句話是認真的嗎？難道不是為了免除賠償，才提出『無賠償』的交涉條件嗎？」

怎麼可能，我當場氣憤說道：

「我們，可是放棄了請求喔！就連這種程度的妥協，都不足以作為讓步嗎？」

「……恕下官失禮，那麼，你指的無併吞是？」

「當然是解放帝國現有的占領地區。我們有準備好證明萊希並不想要領土！」

簡單明瞭。

毫無誤解的餘地。

本來應該是這樣的。

所以雙方雞同鴨講的對話，甚至讓當時的我感到煩躁。

「也就是說……放棄紛爭地區呢？貴國在原則上不考慮轉讓領土？」

「如有必要的話，進行民族自決投票就夠了！還有，這就只限於占領地吧！」

不對，我說不定該承認自己在當時是抱持著困惑與恐懼。

儘管試著大喊，卻毫無氣勢。雙方雞同鴨講。而且，還是在某種致命性的根本部分上。

「……恕下官失禮，貴國在亞雷努之後說這種話？如今在紛爭地區，帝國留下了多少分離獨立派系的人啊？」

「這在法律上沒有任何問題吧。」

「說要民族自決，也就是現狀下帝國所占領的地區歸屬要由當地居民來決定，下官可以這樣理解嗎？」

「沒錯，有問題嗎？」

我在對話中思考著。這種對話，帝都肯定就連想都沒有想過吧。

實際上，沒人暗示過我對方可能會有這種反應。

義魯朵雅人不是會非常高興地開始中介的手續，就是會帶著惡意的背叛我們。可能會有的反應，就只有這兩種。

這就是帝國的看法。

但出乎意料的，義魯朵雅人感到了困惑。

伴隨著嘆息，卡蘭德羅上校隨手拿起桌上的水瓶往杯子裡倒水，一面嘀咕著什麼話，一面把

水一飲而盡。在潤喉之後，他伸手拿起雪茄，卻又中途收了回去。

「雷魯根上校，我們就放輕鬆一點吧。彼此都是軍人，希望您能稍微敞開心胸，讓我們坦率說出自己的意見。」

他在不顧形式，朝我直言不諱地這麼說後，同時遞來一根軍菸。記得是義魯朵雅軍的制式品。在他的勸菸之下，我也把菸叼起。然後我們就一手拿起打火機，莫名感到很疲憊的兩個男人一塊抽起菸來。

跟平時抽的外交用高級品有著不同的香味。讓熟悉到生厭的香氣充分滲入肺腑之中後，帶著莫名認真幾分的眼神，卡蘭德羅上校開口說道：

「我就不作為外交官，而是作為軍人之間的私下對談再請教您一次。」

「這是當然。請您儘管問。」

的確——卡蘭德羅上校一面點頭，一面抽著菸。

「有種完全在雞同鴨講的印象。恕下官失禮，如果有什麼挖苦或是比喻的話，還請您直言不諱。」

不知您意下如何？——望來的視線帶著試探之意。然而作為參謀將校，我個人也只能表示困惑了。

「以我個人來說，是打算作為軍人盡可能地簡潔說話。」

我所說的全是肺腑之言。

話語之中不帶有任何言外之意。是簡單明瞭，毫無誤解餘地的提案。在乞求議和的事實之前，帝國軍參謀本部盡可能消除了任何會被誤解的部分。

「無賠償、無併吞與民族自決的三道主軸是認真的提案。還希望您能感受到帝國的誠意。」

「對帝國來說這是在不斷讓步之後的提案，下官能這樣理解嗎？」

這是當然的吧——我點頭同意。就連在部內，這個提案都引起了相當的爭執。

「放棄賠償請求。不取得新領土。而且，帝國不會建立傀儡政府，而是由當地民眾的希望來決定取得地區的歸屬。這就是我們的覺悟。」

不是玩笑，也不是策略。

考慮到目前的抗衡狀態，這是徹底讓步到無法再奢望更多讓步的提案……在那個時代，我們是這樣相信的。

「貴國是這樣想的啊。」

卡蘭德羅上校疲憊的表情變得更加憔悴，說出這句牢騷。他就像在思考該怎麼說似的，就這樣抬頭仰望著天花板。

卡蘭德羅上校雖然平時態度柔和，但此時的舉止怎樣都很粗魯。不過在我的人生之中，不可能再有比他隨後硬擠出來的話語還要讓我震驚的事了。

「貴國的提案，會被對方視為挑釁吧。」

我當場反問。

到底是哪裡挑釁了。

「拒絕賠償，拒絕割讓領土，最後還點燃民族問題。看在『交戰各國』眼中，帝國的提議內容是露骨的挑釁吧。恕下官失禮，雷魯根上校。您真的沒有預想到這一點嗎？……」

我難以理解卡蘭德羅上校的話語。

不對，是在這之上的問題。

大腦一時之間無法處理這句話的意思。

「恕下官失禮了，雷魯根上校。從您的表情來看，看得出來您從未想過啊。」

「這是……」我氣喘吁吁，只能等待他提出殘酷的指摘。

「對帝國來說，這是乞求議和的提案……但看在第三者眼中這完全是傲慢不遜的要求。讓人感到隔閡喔。」

我壓抑著險些僵硬起來的表情，一面用手指推著眼鏡，一面在腦中提出一個假說。難道是我們所看到的世界不同嗎？

「……和我們的原理原則不同？」

此時所暴露出來的觀念差異，我們帝國直到最後都還是無法消化。

這是不同理論的衝突與摩擦。

是透過不同的鏡片看到的世界，是不同次元的典範。

帝國認為自己是受害者。然而，各國也都期望著「受害者的立場」。

對帝國來說這是很矛盾的事。掀起戰端的可是他們。是協約聯合、是共和國、是聯合王國與聯邦的這股憤怒。

因此，當時的我大聲反駁：

「可是，卡蘭德羅上校。貴官也知道吧。帝國就只是在被挑起的戰爭之中保護自己啊。」

這是帝國方眼中的這次大戰。

我憤然吐出的這句話，沒有得到同意。

義魯朵雅人儘管深深點頭，卻一臉疲憊地一手拿起雪茄苦笑著。這在外交上代表著彬彬有禮的反駁：我能「理解」你說的話，但是無法「同意」。

「如果要談論正義的問題，請去學校找老師投訴如何？」

「……原來如此。」

得到的答覆是簡單明瞭到讓人頭痛的比喻。

瞬間就讓我理解到，即使爭論著正義或公正的觀念，在交涉上也不會得到任何結果。

當時的我一面受到徒勞感的煎熬，一面詢問著：

「該怎樣讓小孩子們停止吵架？」

帝國到底該支付多少作為議和的代價？

我明白他想要我詢問行情觀而開口請教，卡蘭德羅上校則厭倦地承接下細心的講師角色。

現在回想起來，上校或許也很尷尬吧……但我在那個時候，並沒有餘裕去注意到這一點。

畢竟……我是很拚命的。想要為帝國開出一條活路。不想放開議和的頭緒。我憑藉著這一心一意，就像依賴似的期盼著卡蘭德羅上校的答覆。

不幸的是，我的交涉對手非常誠實。

他當時的話語，我直到現在都還想得起來。

「直截了當地說，帝國有必要讓『戰場上的勝利』與『外交上的勝利』進行等價交換。貴國的敵人會要求代價——足以讓他們收手的正當性吧。」

等價交換與正當性。

康納德參事官所說的外交重點，居然會是這麼噁心的邏輯。當時的我儘管感到暈眩，也還是按著眼角，繼續聽著這段有如玩笑般的說明。

「該假設他們會對帝國請求賠償吧……儘管難以啟齒，但也有可能會要求割讓領土與軍備限制。」

「意思是要交換領土，以及互相減少軍備？」

「……會是單方面的義務吧。只有帝國需要執行。」

本打算進行試探射擊的詢問卻釣上了強敵。這別說是要尋找妥協點，甚至只會讓人擔心這是否能抵達妥協點了。

「明明不是戰敗，卻不僅要支付賠償，還得單方面地割讓領土？這是不是有點偏離等價交換的原則啊？義魯朵雅王國把這稱為公平？」

「當然，作為帝國的同盟國，敝國會不惜努力地爭取更好的條件。」

卡蘭德羅上校露出滿面的笑容。

啊啊——在這瞬間，我幾乎要放棄了。

總而言之，就是空泛的空頭支票。不對，先拒付支票的是帝國吧。帝國的國庫裡，已經沒有能讓戰爭結束的鑰匙了。

還真是讓人厭惡不已，只能渾身顫抖。

「……恕我失禮，請容我思考一下。」

開口打斷他的發言，我拿起水瓶往自己的杯子裡倒水後，隨即一飲而盡。精神差點就要崩潰了吧。莫名地感到口乾舌燥。

我曾是憎恨著外交官的軍人，常常認為他們沒在工作。我必須要承認這是個天大的誤會。他們也大半都是明知得不到回報，但依舊履行著職務的愛國者。

就跟我們一樣。

即使辛苦過了，也無法保證能獲得合乎犧牲的戰果。將避免敗局放在第一順位，不斷累積著戰術上的勝利，拖延戰略上的破滅。

而在這段期間內，人命也在戰場上不斷流失。那些是肩負祖國未來的年輕人們，是光輝的未來與希望的化身。失去的太過龐大，讓維持現狀的意義變得渺茫。

於是我試著賭上一個可能性——「正因為是軍人，所以敵國的人們也跟我們有著相同的觀點吧」。

「……基於恢復和平的大義，交戰國之間彼此各讓一步，這是完全不可能的事嗎？」

這是外行外交官為了尋求退讓一步所說出的一句話。

如果是現在的話，這種話我實在是難以啟齒。很可悲的，這在國際政治的殘酷現實之中是毫無意義。這個提案甚至就跟不知人間疾苦的夢想家口中的妄想相差無幾吧。

……而比我熟知外交與政治的義魯朵雅人，就用那雙憐憫的眼睛注視著我。

「雷魯根上校，您是誠實的軍人。下官能基於這一點，跟您說一個……個人見解嗎？」

「要是您有意見，還請儘管發表。」

語調、眼神，還有發自肺腑的誠意。這是很可能會踰越職權，基於人道善意的一句話。

所以，他的見解肯定——

誠實善良的卡蘭德羅上校的發言，將我想藉由這場交涉摸索和平的構想推入了絕望的深淵。

「帝國得要提出相當的讓步……才有進行交涉的基礎，還希望您能理解這一點。對方就是如此強硬。」

「這樣就只有帝國在單方面的讓步吧。」

不對唷——他會對我微笑，是因為溫柔吧。

他是個會稍微思考該怎麼回答，朝著認為已經失敗的對手據實說出一切的誠實交涉對手。

「總而言之，他們想要帝國毀滅。這是對方毫無虛假的希望。」

我憤然回道：

「……對我們來說的大讓步，對他們來說是挑釁。所以他們希望我們做的，是死刑犯的下跪求饒啊。」

在這瞬間，卡蘭德羅上校就像在說「你誤會了」似的搖了搖頭。

「沒到這種程度。」

他以安撫的語氣勸我不要這麼急著下判斷，希望激動的我能冷靜下來。

但是，我怎麼可能冷靜得下來啊。

怎麼可能，冷靜地，接受這份衝擊啊！

「但實際上，他們是打算讓帝國受到戰敗國的待遇吧？」

詢問後，答案就只有一個。

儘管一副不情願的態度，但卡蘭德羅上校並沒有直接否定這句話。事實太過明瞭了。

「義魯朵雅就只是個中介人……只能說敝國沒有自信能靠半吊子的條件進行中介。」

我就像完成一幅拼圖似的理解了。只要將一片、一片細小的碎片組合起來，就能完成一幅驚人的景色。

我看出來了。這是一場無法勝利的戰鬥。

不對，打從戰鬥方式就是個錯誤了。

早在軍人談論著外交，向中介人請教「敗北的方式」時，就已經無可救藥了吧。因為帝國雖然無法成為勝者，依舊自認為是一名光榮的戰士。

就連要說是「被打敗了」都會感到困惑。

不對，實際上，就連有沒有被打敗的自覺都很可疑。

而我們可敬的諸位敵手，一點也不打算賜給帝國光榮敗北的「榮耀」。

他們已經到了無法用這種程度原諒我們的層級。

而我們還在夢想著用這種程度的事解決一切。

這很滑稽吧。

不在乎不名譽，基於義務的要求……就連陶醉在這些話語之中的我，也仍是個不知天高地厚，傲慢自大的帝國人。

與現實的遭遇，往往會伴隨著非常不愉快的經驗。一旦面對到祖國的悲慘命運，淚眼矇矓還算是可愛的了。

回程路上，等我注意到時，搭乘的國際列車已越過國境。恍惚的我會注意到這件事，是因為列車開始搖晃。

列車的搖晃，聽起來就像是國家的嘎吱聲。

讓人感到寂寞的是，我無法否定這一點。

考慮到當時的情勢，能到糧食情況良好的國際鐵路餐車上用餐算是一種特權吧……但我什麼也吃不下。

隔著車窗眺望到的祖國景色，就彷彿是將沮喪的心情推下懸崖般陰暗。回到帝都時，整座城市的陰暗感無可奈何地刺傷了我的心。

徹底落實燈火管制的市區。

過去的帝都，明明是無比閃耀的光之堡壘。當我踏上車站月臺時，我已接受了自己失敗的事實。

假如沒有義務在身的話，當時的我究竟會變得怎樣啊。說不定會就這樣突然飲彈自盡吧。

不知是幸還是不幸，我被加工製成了參謀將校。內化的軍紀教練與激烈的教育殘渣在最後一刻制止了我，將恍惚出神的我帶到了參謀本部。

要是覺得我講得就像事不關己一樣，那你一點也沒錯。

在紀錄上，我確實是去報告了。

根據舊識的將校說法，當時的我就像一具故障的發條人偶，踏著無力的腳步徘徊在參謀本部之中，所以我實際上是有把報告帶回來，這是事實沒有錯。

但是我毫無記憶。

「外交沒有活路」的報告。

我在進行這段報告時的關鍵記憶，直到現在都還是曖昧不清。

根據熟人的說法，人腦有時會特意忘卻痛苦記憶的樣子。或許，我也只是把記憶封印起來了吧。

現在回想起來，那一天就是「轉捩點」了。因為就在那一天，帝國對經由義魯朵雅進行交涉的希望變得無限地渺茫。

帝國所夢想的是作為「勝者」的議和。

對如今的讀者來說，這是無法理解也無法認同的觀點吧。戰後冷靜下來，重新讀起自己所寫文章的我也有同感。

太過於貪婪。

太過於無知。

但也因為這樣，當時的我們就只能期待這個結果。

嘶吼著難以接受，進行反抗的結果……就是播下了讓我在現代的義魯朵雅聲名狼藉的種子。

在這之後，我奉命參與了一場非我所願的戰役。

作為對義魯朵雅戰爭的先鋒。從交涉人員突然轉職成為侵略者。

不過，我想在此訂正一個誤解。

我不是打從最初就以外交交涉作為偽裝的間諜，這與事實不符。我所進行過的外交交涉，沒有一次是以對義魯朵雅戰爭作為目的。

我以名譽與義務發誓。

我就只是一心一意地摸索著帝國的退路，然後耗盡心力。

即使假設過對義魯朵雅戰爭是「有可能」發生的事，也還是為了避免破局，持續努力到了最後一刻。為此我奉上了一切。

不幸的是，我的努力並沒有成果。

而且……我得承認我有責任。

就只能承認了。如果想誠實以對的話，我就只能承認了。

當時的我能確信，除了「外交交涉」之外，參謀本部恐怕還有其他計畫吧。甚至有著懷疑「攻擊計畫」出現徵兆的正當根據。

不過正確來講，或許該用稍微不同的說法。其實應該說是我能確信「攻擊計畫」的存在。如果不用奇怪的說法，總而言之，就是我有感受到要是自己失敗的話，參謀本部恐怕就會採取其他計畫吧。

儘管沒有任何人通知我……但能感受得到氣氛。簡單來說，只要將掉落的拼圖碎片組合起來，就能看到事情的全貌。

這聽起來像是在自誇嗎？

我所做的事就跟偷看文件沒兩樣。只是當時的我有著能察覺到這件事的立場與人脈。

不論是誰，只要處於我當時的立場，就有辦法察覺到這件事。

當然，當時的參謀本部在資訊安全上並沒有很寬鬆。

對大多數的同僚們來說，應該就連作夢也沒想過要攻打義魯朵雅。豈止如此，就連經由義魯朵雅的議和摸索都是個祕密。所以這些動作與其說是參謀本部的組織行為……不如說是盧提魯德夫閣下、傑圖亞閣下，以及自己在不斷發揮個人本領之後，作為結果所產生的一種形式。

為了解釋這個部分而回顧當時的關聯性，也有益於後世吧。還請各位讀者稍微原諒我講一下題外話。

首先是關於我的地位。

就跟前述的一樣，我是在義魯朵雅方面從事議和工作的專員……總而言之，就是我在參謀本部的立場有點曖昧。

我在官方上的地位是參謀本部作戰局的高級參謀。

只不過，當然也還擔任著外交交涉的業務。我的立場直截了當地說，就是參謀本部裡什麼都做的人。

不僅是作戰局的機密，就連戰鬥勤務機密文件都能隨便我看。豈止如此，甚至被授予了對戰務局裡負責鐵路時刻表與動員計畫的烏卡中校（當時）的有限命令權。雖說是擺好看的，卻侵犯了就連參謀總長閣下都得讓部下分擔的權限。回想起來，打從那個時候起，帝國軍參謀本部就大幅偏離了創設當初的構想。

只不過，當時的情勢讓我們必須得這麼做。

而且是迫切地。

在每天忙於工作，埋首處理龐大業務的當時，我甚至不覺得這有哪裡奇怪。

……雖然也無法否認，有一半是因為我在逃避現實。

比起權限增加的喜悅，常態性的過勞與精神疲憊甚至摧毀了我的胃。胃炎有多麼痛苦，我至今仍能伴隨著戰時麵包的苦澀回想起來。姑且不論逾越制度的對錯，但我作為當事者明確斷言這沒辦法成為常態性的理由吧。

會過勞死的。

即使是能撐過嚴酷野戰勤務的參謀將校，也會因為職務的重擔與過勞在後方獲得光榮的猝死吧。

而這種愚蠢事態的開端，就始於負責如今所說的後方（後勤、物資動員、鐵路整體事務等等）的戰務局老大，也就是傑圖亞副戰務參謀長閣下，露骨地遭到帝國最高統帥會議厭惡的情況（在過去的萊希，副戰務參謀長就是「戰務」的老大）。

他之所以能比較、研究後方與前線的情勢，也有受到立場的影響吧。但就算考慮到這一點，指出帝國難以勝利的傑圖亞中將（當時）也確實是一名獨具慧眼的人才。

如同歷史所證明的，該用「可怕」形容的智力自然而然地展現著光芒。

然而，只需看眾所皆知的卡珊德拉的故事就好。

那名傳說的勸告者，並沒有因為她預言的正確性獲得讚美。很可悲的，將帶來壞消息之人打死是一種普遍性的陋習。人類不想聽到壞消息的欲求，往往伴隨著對現實的否認。

當然，以正論述說著不愉快話語的傑圖亞閣下，其立場急劇惡化。

結果，讓傑圖亞閣下以「出差」的名目擔任東方方面檢閱官，但實際上是遭到調動了。

就跟許多讀者也知道的一樣，作為「作戰家」的閣下就在這之後現身了。

然而當時的傑圖亞中將可是副戰務參謀長。

總而言之，雖然他只是參謀本部的一塊重要齒輪，但就因為他很重要，所以讓我們底下的人為了補上他的缺口被過度使喚。

這些雖是題外話，但也讓我因此能與部下的烏卡中校一起挖掘出關於義魯朵雅方面的「攻擊計畫」。

曾有人問過我，難道就無法阻止嗎？

很遺憾的，我阻止不了。

與我私下交換情報的烏卡中校有發出警告，通知我作戰部署正在一分一秒地進行。在以其他臨時業務的名目商議情勢之際，他以悲壯的表情向我述說著無法制止的苦境。

「上校，我已經削減到極限了，但還是沒剩下多少時間。別說是沒有餘裕，已經是在讀秒階段了。」

對義魯朵雅作戰？在這種四面環敵的情勢之下，再與另一方為敵？只要是有著正常思維的軍人，恐怕都會對此舉雙手投降。

儘管如此，帝國軍參謀本部這座軍事合理性的神殿，卻偏偏親自以自發性的決心，毅然進行與自己奉行的戰爭原理原則矛盾的行為。這看在偉大的前輩們眼中，會怎樣嗤笑我們的醜態啊。

我與烏卡中校互望著對方的臉，不發一語地抽起菸，然後往日曆看去。考慮到路面狀況、天候與氣象條件的話，真的沒有時間了。

「……議和怎麼了？」

「價值觀的磨合無法如願。」

「磨合？」

我朝著一臉不可思議的烏卡中校，直截了當地說出我所知道的事實。

「他們希望帝國屈服。」

「恕下官失禮……這種程度的要求，不是早就考慮進去了嗎？」

理論終究是理論。

諷刺的是，烏卡中校的疑問，跟我在與卡蘭德羅上校對話時所抱持的疑問完全相同。

「正因為如此，所以才準備了相當讓步的提案。」

想請各位讀者們想像一下，當我聽到烏卡中校這麼說時的內心想法。不知是該嗤笑說這話一點也沒錯，還是該哭泣，或者是該搖頭呢。

到頭來，我在那瞬間就只能苦笑。對於我露出曖昧笑容的模樣感到困惑，烏卡中校的表情黯淡下來，儘管對他很不好意思——

但我也還留著啊。

即便只是猶豫著該不該說出惡耗的程度，心中也還是留著良心的殘骸。理由？因為烏卡中校還是人類，所以會猶豫也是當然的吧。

無論如何都能感受得到，他跟自己是不同的種族。

特別是像我這種淪為參謀將校這個種族的戰爭機械的齒輪，感覺會與保有人性的正常將校相差很多吧。

儘管如此，義務仍要求我說出惡耗。

「中校，不好意思，在我說話前……你先在椅子上坐穩了。最好確認一下椅背牢不牢固。」

我在告知最壞消息之前先插入這句話。

烏卡中校聽懂我的言外之意，穩穩地坐在椅子上，做了一次深呼吸。

兩人就這樣抽起珍藏的雪茄，當場吞雲吐霧起來後，我將在義魯朵雅與敬愛的卡蘭德羅上校進行會談後所得到的結論，十分簡潔地說出口。

硬要說的話，就是盡量不帶任何感情。

「烏卡中校，我們認為是讓步的條件啊……對我們的敵人來說，是挑釁且高壓到不像話的要求唷。」

「……咦？」

「他們是要帝國，是要我們萊希『毀滅』啊。交涉是沒得商量。他們的要求很明確，就是要我們下跪求饒。」

此時——

烏卡中校露出的驚愕表情，直到戰後過了好幾年之後的現在，依舊讓我歷歷在目。我怎麼能忘得了啊。

絕望、死心、憤怒，三種感情漂亮混合在一起的苦悶。

因為這張領悟萊希命運的表情，肯定就跟我在卡蘭德羅上校面前擺出來的表情一樣。

當時的我，當時的我們暗自絕望著。

……在那瞬間，我們確實是就要放棄了。

對於之後的發展，我究竟該怎麼說才好啊。該說的事情太多，就連要理出一個頭緒都沒辦法。

而且，不能說的事情也太多了。

歷史學家會怎樣評論我們啊。這是如今已成為老人的我怎樣也無法知道的事。

眾多優秀的前輩、同行，以及各位戰友們先走了一步，讓我成為少數的倖存者。

審判的時刻，遲早會來臨吧。

雷魯根回憶錄／摘自未出版原稿

[chapter]

III

第參章

事故

An incident

搞不懂。那起十月事件真的有太多謎題了。

覺得這是傑圖亞上將策劃的說法很有道理，
但這是聯合王國情報部祕密作戰的說法也很有力。
當事者們的證言歧異太大，
我甚至無法確定真相是不是只有一個。

——記者安德魯——

統一曆一九二七年九月二十六日　帝國軍參謀本部

壞消息總是結伴而來。

當收到一則壞消息時，就該覺悟會再收到另一則。

不過最可怕的，是連第一則壞消息，都是帶著乍看無害的臉孔到來。

帝國軍的軍令部人員在這場大戰之中，可說是相當勞心費神。而讓精神疲憊的他們不得不臉色慘白的惡耗，就自西方大海伴隨著電波到來。

……初報曾讓他們欣喜不已。

所謂，從事無限制潛艇戰的帝國軍潛艦傳來報告，在西方外海擊沉艦種不明，但推定為排水量一萬噸級以上的敵艦。

海軍軍官甚至是得意洋洋地向參謀本部發出聯絡。

海軍也相當能幹呢——就在陸軍軍官們帶著這種幸福心情就寢後的隔天早晨。

急轉直下的發展讓不知所措的海軍負責人直奔參謀本部，在氣氛本來就不好的參謀本部引爆一顆政治炸彈。

所謂，「擊沉中立國定期貨船的可能性很大」。

而且還是最近露骨地違反中立義務的合州國船隻，當聽到這則報告時，參謀本部的將校們全都一齊抱頭呻吟。

心想，「搞砸了啊」。

對於帝國採用的無限制潛艇戰，合州國是不當一回事地無視。

不僅讓自國貨船突破封鎖線，還賭上國家榮耀感地投入客船。最近載滿軍需貨物航向聯合王國的合州國商船團，就連夜間都會光明正大地照亮國旗，若無其事地在大海上往來。

儘管如此，他們表面上卻毫不忌諱地宣稱「中立」。甚至在外交上，直到現在都仍在帝都擁有大使館。

因此要是攻擊的話，就會引發外交問題。

別說是一觸即發，搞不好還會給他們參戰的藉口。話雖如此，但要是置之不理，就會讓通商破壞作戰崩潰。

會立刻認為這是現場把事情搞砸了，這是理所當然的反應。

值班軍官們就像呻吟般向外交部、長官，以及其他相關部門發出警告。

同時開始確認狀況。然而，他們就在這時發現到好幾個大問題。

即使擊沉這件事……本身就是個大問題了。儘管如此，這起事件卻存在著更加深刻且重大的問題。那就是在這顆政治炸彈的製造過程中，讓人十分驚訝的是，居然找不到任何像是「問題」的問題。

因為一切都很完美。

艦長的報告與潛艦的紀錄，否定了過程中存有瑕疵。進行攻擊的判斷，完全符合帝國軍的基準。

事情的開端，是因為接觸。

發現到在指定封鎖海域無燈高速航行的船隻。艦長與值班軍官一同確認過舷緣上沒有免除攻擊的醫療船、人員交換船、帝國認可記號等標誌。

此時還確認到該船隻具有推測為二十節的極為高速的航速，周遭並有複數疑似驅逐艦的音源，因此假定是受到船團護衛的主力艦。

且在接觸時，艦艇很偶然地處於一個好位置。

基於敵艦的速度，還有疑似護衛驅逐艦的敵艦存在，艦長做出孤注一擲的決斷。全砲門的魚雷齊射，這是一場要是搞砸的話，可不是挨幾句罵就能了事的豪賭。然而，這次的魚雷不是鰻魚，而是真的魚雷。

看到報告上寫到，在命中目標後，敵艦化為就連資深艦長都前所未見的巨大火球爆炸沉沒，這一段敘述足以讓任何海軍軍官聯想到擊沉兩個字。

這是讓魚雷漂亮命中載滿可燃物的主力艦船腹的專業表現。還在補充說明的部分提到，爆炸聲響大到就連在潛航離開時都能確認到。

不論是再怎麼愛挑剔的人，都難以在這份報告書上找到違規事項吧。不管怎麼說，潛艦司令部會對這趟久違的豐收大聲喝采是理所當然的事。

潛艦乘員的世界很狹隘。擊沉船隻的艦長人品，就算不用現在才去匆忙調查也是人盡皆知。他是「沙場老將」之中的「沙場老將」，會在戰果報告上過度謹慎，只報告他所確認過的事情，是一位充滿海潮味的軍官。

從附上推測與但書的擊沉報告來看，他也是名穩重的人物。這要是天真的年輕艦長的話，就會興高采烈地做出「敵戰艦擊沉！」的初報吧。

潛艦司令部一面因為久違的戰果感到興奮，一面對船員們發出慰勞的話語，開始著手疑似擊沉的敵大型船艦的確認作業。

當然，帝國海軍的情報分析部門也全力參加。

但同一時期，帝國海軍內部設有的解密部門……卻接收到非常不祥的暗號。在激增的信文中頻繁出現的電碼，是指「民船／合州國」的意思吧，複數的主管軍官提出這項推測。

分析班在收到暗號班的資料後，全都同樣地伴隨著呻吟變更分析名單。

於是，好消息就變成了壞消息。

不論實際情況如何，這都是屬於中立國的定期貨船。難以避免會有包含民間人士在內的大量死者吧。當然，能預期這會成為外交上的重大問題。

會對此抱頭苦惱的崗位不會只有一、兩個的程度。

他們本來就在忍受粗食的腸胃發出哀號。

當帝國軍忍受著針扎般的胃痛整理情報，遲了一步理解到合州國商船隊開始「夜間燈火管制」時，他們的胃壁受到更進一步的追擊。

海軍突然傳來「另一艘的擊沉報告」。不論有沒有海潮味，潛艦作戰的相關人員全都被拋入了狂風暴雨之中。他們在第一發時就已經垮掉的健康，在第二發政治炸彈的直擊下考驗著復原力的極限。

但這本來就是自作自受。

因為是無限制潛艇戰，所以這在理論上就只是可預期的風險。不過要是伴隨著實際發生時的衝擊……搭配時期，就讓他們的頭痛與日俱增。

然而，已經無法挽回了。

是被神拋棄了嗎？還是被惡魔纏上了？當事者們就只能不斷地詛咒上天。

在參謀本部收到詳細報告的主人也得到相同的結論。

「擊沉了合州國的定期貨船。而且還一連兩次！一艘就是大問題了，隔天居然又一艘！」

在煩躁地一拳敲在桌面上發出怒吼後，盧提魯德夫上將這個人忍不住閉上眼睛。

宣告禁止通行，並把仍要通行的船隻通通擊沉。

……這樣就算再怎麼小心，也還是會把合州國的船隻擊沉。

光是搭乘他國船籍船隻的合州國國籍人中出現死者，就是無法輕易解決的事態了。那麼……要是「合州國的船隻」遭到帝國擊沉，結果導致「合州國的國民」出現大量死者呢？

代替行政官站在眼前的烏卡中校用精疲力盡的表情，將盧提魯德夫上將的擔憂化為言語。

「照這樣下去，合州國的輿論也會鬧得不可開交吧。」

豈止如此啊——盧提魯德夫帶著苦笑搖頭。

「康納德參事官傳來一道壞消息。」

「外交部的管道？敵人有動作了啊。」

意外的事態讓烏卡中校蹙起眉頭，不過他很快就面臨到一個事實，那就是想像力往往跟不上現實的發展。

「不是敵人。」

「咦？」

「雖然尚未公布，但外交部的外交政策協調局向新大陸的駐外機構發出電報，要他們警戒『合州國參戰的可能性』並制定對應計畫。」

這所代表的意思，是友方有所動作的事實。烏卡中校儘管得知此事，但他好像一時之間想不到這有什麼問題的樣子。

「……恕下官失禮，閣下。這不是很有常識的處理方式嗎？要是外交部從天下太平的睡夢中醒來開始工作的話，應該是要恭喜吧。」

「烏卡中校，貴官『很幸福』呢。」

盧提魯德夫上將帶著一絲羨慕之情聳了聳肩，發出牢騷。現在要是沒在值勤的話，他就會把收在抽屜裡的威士忌拿出來品嘗了吧。

他就這樣從抽屜裡拿出方才收到的另一份報告書。

「讀吧。」

烏卡中校一臉愣然地接過文件，不過在看完內容後，隨即臉色慘白地抬起頭來。

「對合州國包圍網形成計畫之新大陸工作概要？……起草者是，外交部！他、他們將這種東西，用電報發送給駐外機構？」

烏卡中校在腦海中瞬間想到的感想是，令人驚訝的粗心。

通訊是會被監聽的。

有鑑於事情的重大性，這應該是要由值得信賴的將校運送。就算考慮到那裡是偏遠地區，這也應該是要在通知目的後，將細節交由現場斟酌處理的內容吧。

儘管如此，卻連同詳細程序在內用電報發出？外交官的感覺完全比別人慢了一大圈啊。

「康納德參事官在搞什麼？他應該是知道事情嚴重性的人。下官以為那位先生會加以阻止。」

「等他注意到要阻止時，就已經發出去的樣子。」

伴隨著話語中透露出來的遺憾之情，盧提魯德夫上將毫不吝嗇地向官僚機構發出語帶嘆息的侮辱。

「……這似乎是帝國外交部的正式決定。他終究只是一介官僚。看來在官僚機構裡，不識大局的人要占多數啊。」

有發出警告。

也進行過詳細的解說。

人也有找到，還握了手。

結果卻是這樣啊。

伴隨著失望，徒勞感攀附在肩膀上。要和這種機構一起摸索外交解決的方法嗎？難道不得不這麼做嗎？

深深湧上一股束手無策的絕望。

而且還不只這一次。每天都能在帝都裡實際感受到這種絕望。至今為止全都丟給傑圖亞處理的領域。在接觸到這一塊後，甚至讓他重新認識到友人不為人知的偉大之處。

正因為如此，他才會去摸索其他道路。

即使是完全不知道他這種心境的烏卡中校也能正確理解到這件事的問題癥結，帝國外交部的行動可說就是這麼沒常識。

「那麼在最糟的情況下，要是被敵人破解暗號的話……」

烏卡中校的擔憂正是盧提魯德夫上將所擔心的事。

暗號。通訊的關鍵。西方方面軍的隆美爾中將再三呼籲要對暗號強度存疑。

當然，沒有確證。

儘管以徹底落實重要情報由將校運送的方式對應，不過一旦是在戰爭的話，就不得不在哪裡做出妥協。而且，絕望也並非已經確定了。還有著一線希望——盧提魯德夫上將帶著苦笑指出這一點。

「軍事用與外交用的暗號規格不同喔，中校。」

「下官雖然對通訊領域不熟，但不覺得這代表著一定安全。」

哎，是在聊以慰藉沒錯。就連這麼說的本人都得立刻承認的程度。

即使是盧提魯德夫上將，也沒抱持著外交部暗號會比軍方暗號來得可靠的幻想。

假設真的比較可靠的話，那就無論如何都得逼外交部提供新暗號了吧。

「軍方在擔心外交也是件奇妙的事，但外交部有理解到萬一的事態嗎？這在外交政策上，很可能會演變成重大問題。」

「就如貴官所說的，哎，暗號也不是絕對安全。遲早會在哪裡遭到破解，這是很有可能的事吧。」

點頭表示確實如此的鐵路家，本來可是個有良知的軍事官僚，哪怕作夢也沒想過要侵犯其他部門的管轄權。但是就連這樣的他，都會對帝國外交部的處理方式說幾句抗議與挖苦的話。

「這就像是在贈予對手政治宣傳的題材。更何況還是作為擊沉民船之後的處理方式……是在火上加油的行為。真想問看看他們到底是哪一國的外交部啊。」

盧提魯德夫上將疲憊地搖了搖頭。

「早在我方潛艦把合州國船籍的定期貨船擊沉時，就已經回天乏術了。外交部就只是送給對方多餘的題材。」

打著中立的旗號支援聯合王國的合州國商船隊。

儘管非常礙眼，但更讓人氣憤的是，每當有「民間人上」犧牲，帝國就會遭到譴責。

解決方法就只有一個。

只要採取非常嚴格的臨檢措施就好。就只能在法律上讓人找不到任何漏洞地徹底落實臨檢了。

但是……帝國進行通商破壞作戰的不是水面艦艇，而是「潛艦」。

帝國海軍無法選擇慢吞吞地浮上海面進行臨檢這種手段。

「通商破壞作戰的副作用果然太大了。」

烏卡中校在這麼說後，露出有點猶豫的表情。

「怎麼啦，中校。有意見嗎？」

「是的。」中校就像下定決心似的開口說道。

「能請閣下考慮中止嗎？」

對他來說，這是很大膽的意見吧。

只不過也是在聽到意見後，盧提魯德夫上將當場嗤之以鼻的那種意見。

「中止潛艦作戰？不可能。」

「依下官愚見，是不可能防止此事再度發生吧。這是結構性的問題。只要攻擊商船，當中就絕對會包含到合州國的船隻。此時應該要重新考慮通商破壞作戰的可行性。」

「假如這就是敵人的目的呢？敵我的恢復力本來就差距甚大。這要是解放敵人的通商網路的話，你覺得會怎麼樣？」

結果不辯自明喔——盧提魯德夫上將說出結論。

「這就像是在撫育西方的威脅一樣。」

聯合王國的本質是海洋國家。如果無法截斷他們的海上道路，就會讓他們將潛在的力量發揮到最大極限。

「下官也是物資動員的專家。」

明白流通的重大性。但即使烏卡中校明白這件事，也還是對狀況感到擔憂，不得不提出意見。

「我方的通商破壞作戰已無法對敵人造成嚴重威脅了。敵人現在是用護送船團的方式在確保主要的物流。」

「所以？」

「應該要重新考慮無限制潛艇戰的成本是否合乎效益。」

烏卡中校的進言是基於戰務人的觀點。

就這點來說，盧提魯德夫上將展現了承認自己在某方面上只是個優秀外行人的氣度。

他靜靜地點頭，用精疲力盡的語調喃喃說道：

「狀況是流動性的……這該跟傑圖亞談談吧。」

統一曆一九二七年九月二十八日　聯合王國情報部

要是在聯合王國情報部工作的話，就能充分品嘗到本國自豪的傳統吧。

首先會碰到的是言語。蒙受到親愛的機關長官哈伯革蘭少將閣下擅長的挖苦、諷刺，還有大量尖酸刻薄話語的機會是不會少的。

由懂禮節的諸位紳士組成的屬下們，則是會帶著由衷的敬意以約翰牛語法答覆。批評這種工作環境很不謹慎之人，不是無可救藥地缺乏經驗的笨蛋，就單純只是個極端彆扭的傢伙。

現實很苦。

即使在心裡蹙眉、用力咬著菸屁股、握緊著拳頭，表面上也要帶著笑容。

要是不戴上微笑的面具，柔弱的心靈就會被殘酷的現實擊潰。即使以酒為友，但要是沒有清醒的嗤笑作陪，就連寶貴的理智都會跟著墮落。

這一切全是為了繼續正視痛苦的現實。聯合王國的情報部員們今天也戴著勉強的僵硬笑容，裝出一副泰然自若的模樣前往職場。

在一如往常的陰天下向守衛的魔導師打招呼。感覺敏銳之人很快就會感受到警備負責人正在目不轉睛地觀察自己等人的事實。

大規模作戰，或是突發性的變故吧。

當他們一面微微納悶，一面走在職場的走廊上時，有幾個人……嚇傻了眼。作為紳士，要求自己不論何時都要冷靜沉著的他們當場跌倒。

怎樣都難以相信自己看到的景象。

在他們眼前，約翰叔叔帶著興高采烈的笑容，在走廊上有如小跳步般的輕快闊步，然後停在少將閣下的勤務室前，喜不自禁地伸手檢查領帶。他在憐愛地注視起手上的資料夾後，這不是鄭重地敲門入內了嗎！

即使是嚴格注重保密的情報部門，這種表現也是功虧一簣。不論是誰都能察覺到發生了什麼事。不過對當事人來說，他想必會主張這是沒辦法的事吧。因為這就是足以讓他這麼開心的好消息。

約翰叔叔在面帶笑容進到上司的勤務室後，就以開朗的男中音為祖國帶來福音。

「閣下，有兩個有趣的消息。」

「喔？居然有兩個啊。」

是難得會讓人高興的消息嗎？對於露出笑容如此反問的哈伯革蘭少將，約翰叔叔也同樣面帶笑容地繼續說明。

傳遞好消息一直都是份快樂的工作。

「一個是來自於我們的老朋友們。」

「帝國的蠢蛋們『又』帶給我們什麼伴手禮嗎？」

兩道咧起的微笑。

約翰叔叔說著這是當然，發表最新的伴手禮。

「是帝國外交部向駐外機構發出的電報。這是前陣子監聽到，在派出幾個解密班專門負責後所解讀出來的內容。請閣下過目。是相當蠱惑刺激的內容喔。」

約翰叔叔一面交出魔術情報，一面伴隨著發自內心的驚訝，忍不住嗤笑起所「發現」到的事實。

「哎呀，真是教人難以置信。我以前居然小看了帝國外交部，這說不定該向他們謝罪呢。沒想到一直認為粗魯庸俗的他們……居然會有如此作為喜劇作家的才能啊。真是作夢也沒想到。」

「直截了當地說吧。」

「敵外交部失誤了。在陷入恐慌後自取滅亡。」

預見到「合州國」的參戰，下令制定對應計畫也就算了……居然還詳細要求駐外機構積極準備破壞工作與外交工作，這種指示可是一步壞棋。

這種無從辯解的內容，是不論如何都無法挽回的。

看過資料後，就連哈伯革蘭少將都很自然地竊笑起來。

「擊沉民船後，別說是謝罪，居然還採取敵對性的對應？」

「不懂外交的國家還真是可悲到了極點。居然偏偏是由本國明言要將大使館作為陰謀的據點！這可是電報唷！沒想過會被監聽嗎？真是笑死我了。」

企圖太過露骨。

該說是很有帝國人風格的一板一眼吧，內容還附上周詳的計畫。把要做哪些事情，詳細地列舉出來了！

這是聯合王國軍情報部怎樣也無法做到的「蠢事」。約翰叔叔帶著滿面的盈盈微笑譏諷著。

「帝國人在打著什麼壞主意是一目了然吧。要在中立國喚起反帝國情緒，即使是我方的諸位紳士也製造不出比這更好的題材啊。」

對此，約翰叔叔就只能竊笑了。相對地，他的上司則是充滿懷疑。

「這是最棒的禮物了，假如是事實的話。」

事情要是太過順利，就很可疑。哈伯革蘭少將帶著這種明確的疑心向約翰叔叔進行確認。

「有可能是誘餌嗎？」

「比方說，是怎樣的誘餌？」

「像是被弄成我方捏造的可能性。或者，這難道不是用來確認我方解密能力的計畫嗎？帝國外交部還保有智商的可能性有多少？」

一面不耐煩地用手指敲著桌面，一面盤問著。

這是接近誇大妄想的觀點。也就是對戰時狀況下的情報家來說，是健全的批判精神。

約翰叔叔也同樣基於自身的職務回答：

「我自己也沒辦法確信，但聽說這是金與傑克遜等複數的課長階級在各自的負責部門整理出來的情報。請閣下確認一下檔案的附加文件。」

「我還以為你會說明呢。」

「不好意思，由於相當於第一手資料的情報太多，就連我也無法過目。」

所謂的情報部門，就連在內側也有確實設下情報門檻。雖然也有不方便的一面，但不知道自己運送的檔案內容是常有的事。

好奇心會害死貓。

就算是可愛、受歡迎的貓也毫無寬貸。

要是挖苦家、諷刺家，或是情報部員想偷看的話，就輪到毒藥或斧頭登場了。所以當親愛的上司用拆信刀割開密封文件觀看時，約翰叔叔很有禮貌地別開視線。

儘管很蠢，但規則就是規則。

在這方面上，正因為是資深人員，所以約翰叔叔會仔細遵守。只不過，即便是他的自制心，也在直屬上司拍手大笑起來後出現裂痕。

「哈哈哈，哈、哈、哈、哈！這很好！太好了！」

平時應該明顯擺出一張可怕表情的上司，居然會如此大聲喝采。要乾脆叫醫生來嗎？

「Mr. 約翰遜，你也過來看吧。」

儘管沒什麼興致，但這是負責人自己遞來的。

寫在薄薄草紙上的內容，是疑似向外訂購的物品清單。清單本身並沒有什麼特別之處。不過，要是跟帝國外交部發出的電報對照的話呢？

看在專家眼中，會浮現一個稍微不同的畫面。

「這是帝國的外交官們分別訂購的物品清單嗎？就清單看來，他們正打算靠臨陣磨槍玩間諜遊戲呢。居然徹底兼任著專案官與間諜，還真是令人驚訝的有勇無謀……順道一提，這是怎麼弄到的？」

「他們的駐外大使館，可是我們與友人共同經營公司的老主顧。我們提供廉價的日用品，差額就用機密情報支付。」

在得知帝國大使館被空殼公司徹底包圍後，約翰叔叔就明白情況了。

帝國大使館所購買的日用品與其他物資，全都是由聯合王國情報部整套廉價提供。在戰時狀況下，這不是什麼值得驚訝的工作。

從環境中取得情報是當然的事。

雖說清單細節的機密度太高，到底是無法在部內供大家閱覽。不過，可以相信記載在上面的動作嗎？

「因為收到命令，所以為了以防萬一立刻購入工作道具。儘管也有在警戒我方的監視，但他們是外交官，並非情報部員。對方是連間諜與專案官有何區別都不懂的外行人，所以是件非常簡單的工作吧。」

「既然如此，這就是根據命令的動作了。」

「沒錯、沒錯。那麼就換個話題吧。貴官知道太多了。」

對聯合王國軍情報部來說，作為Mr.約翰遜名聞遐邇，能同時兼任間諜與專案官的這顆王牌級腦袋裡裝有的情報，價值太高了。

萬一要是淪為敵人的俘虜，可是個大問題。

想到這裡，叔叔猛然注意到一件事。剛才會讓我看機密文件，也是為了作為這個話題的延伸吧。

……也就是說，難以再讓我出國了嗎？

「那麼，終於要調到內勤了？」

「唔。」

是要我成為專職的專案官嗎？

對於在內心「喔喔」歡呼，稍微面露喜色的約翰叔叔來說，不幸的是，祈求勤勞的主保聖人庇佑的日子，依舊壓在他的肩膀上。

「想請你去與殖民地人共事。順利的話，就在新大陸的中立各國喚起反帝國情緒。」

「……我、我以為這是外交部的管轄。」

「你說得沒錯。」

哈伯革蘭少將帶著滿面笑容拍起約翰叔叔的肩膀，就像要他想起自己的官銜是什麼一樣。

「還記得我們的正式官銜吧。」

「真是不想變老，怎樣都無法避免腦袋得到健忘症呢。不過勉強還記得自己是國王陛下忠實的情報部員。」

賢明的老人當場意圖抵抗。

只可惜人的夢想，總是虛幻得無法實現。

「Mr. 約翰遜，別裝傻了。」

他伴隨著嚴厲的否定話語，投來無視玩笑的淩厲眼神。

於是，不甘願的約翰叔叔面對現實……聯合王國對外情報部表面上掛著的招牌是聯合王國外交部附屬機關。

也就是說，約翰叔叔也同樣是國王陛下所屬於外交部的一名官員。

「根據本部的消息，據傳義魯朵雅與合州國要簽訂武裝中立同盟……」

哈伯革蘭少將突然不是用「外交部」這種部外人的講法，而是開始用起「本部」，把外交部當作自己人看待，這很明顯是在對他施壓。

約翰叔叔別無選擇，只能果斷舉起投降的白旗。

「下官會致力調查的。」

「辛苦你了！這樣就解決一件事了。這可是久違的好消息啊。跟這一樣有趣的消息，你說還有一個吧？」

不過即使是心情好得一反常態的情報部部長，也料想不到會是這種程度的好消息吧。一面收斂起曖昧的表情，一面取出今天最棒的戰利品。

「請看一下這份資料……敵副參謀長預定要在十月二日去東部視察的樣子。回程需要三天。資料上也包含航程在內的詳細路徑。」

一提出資料，就立刻得到一句簡潔確實的詢問：

「細節。」

他充滿好奇心的閃耀眼神，也包含著「能動手嗎？」的言外之意。

在狩獵時談論獵物是當然的行為吧。不用他問，聯合王國情報部的作戰部就已經開始即時對應。

目前早就完成初期立案的程序了。

「三小時前解密完畢後，襲擊計畫的主管軍官們就在著手立案、討論了。雖是拿過去的假想計畫來用，但大概能通過詳細審查吧。與此同時，分析官們也在重新審查情報準確度與作戰成功率。」

這是由知道自己該怎麼做的人所構成的組織。不是等待指示，而是能理解指示者意圖的集團，動作一直都是這麼迅速。

將每一個人的才能有效運用。聯合王國能伸手到這麼遠的地方，就是靠著手短之人互相牽手連起網路的集體智慧。

「很好。向諸位紳士轉達我的感謝。」

哈伯革蘭少將滿意的謝意，很諷刺地就在他的下一句話中消失無蹤。

「所以？這項暗殺作戰真的是件好事嗎？」

彷彿能聽到「鏘」的擬聲詞，遞來一道像是在評量部下的銳利眼神。這要是掉以輕心的年輕人的話，光是這樣就會嚇得渾身發抖了吧。

不過，約翰叔叔毫不遲疑地提出自己的意見。

「就我所見……這恐怕有甘冒風險的價值吧。」

「理由是？」

「就連所使用的機械、指定的航路，還有護衛部隊都查出來了。能以這麼高的準確度掌握到這麼詳細的情報，可是相當難得的事。要說到最大的風險，就是敵人打算派萊茵的惡魔護衛這點吧。」

「是派那傢伙啊。」

沒錯，就是那傢伙——約翰叔叔苦澀地同意。

還真是個棘手的護衛。

萊茵的惡魔，Named 中的 Named。在萊茵戰線貪食著共和國，在東部狠狠教訓著共產主義者，甚至還擊潰我方海陸魔導師的帝國惡鬼。

因為帶著這種護衛，所以盧提魯德夫上將才有辦法輕易地到處視察。

將最強的獵犬作為最強的看門犬運用。儘管非常奢侈，就貼身警衛而言不得不說是滿分。

如果是一般的偶發遭遇，不論如何都會遭到擊潰。

即使派遣偽裝成偶發遭遇的突擊部隊，尋常的部隊也都會反遭殲滅。

「那傢伙的存在，無法否認會是襲擊計畫的最大風險與障礙。」

「也就是帝國人也很熟悉戰爭，會去考慮到要員保護啊……到底是十分愛用斬首戰術的傢伙，從這方面看來做得很不錯呢。」

約翰叔叔與哈伯革蘭少將都動起他們非常清晰的腦袋，思考起阻擋在暗殺計畫面前的「萊茵的惡魔」這個問題。

不過就這點來講，約翰叔叔心中早有腹案。

「假如要解決萊茵的惡魔，會希望有一個保有戰前訓練水準的海陸旅團。要讓新兵朝著那傢伙衝過去，必須得敷衍自己的良心啊。」

但是——他可以如此斷言。

「如果目標是運輸機的話，就另當別論了。」

「牽制，再對目標下手？」

對於上司的詢問，約翰叔叔帶著笑容點頭。

「只要派出戰鬥機與航空魔導師的聯合部隊，無視護衛對目標下手的話，就有辦法實現了吧。」

萊茵的惡魔，率領著可恨的最精銳部隊的頭子。

不把數量劣勢當作一回事，在大戰中一味淋著將兵的血肉磨牙的獸中之獸。儘管如此，他們也是物理法則的僕人。

就算無法解決掉他們本身，但如果只針對她所護衛的商品下手，事情就另當別論了。就算是神話中的怪物，也有著無數遭到突破的神話吧。

即使跟野獸較量獸性，也是毫無意義的。

「如果要較量智慧的話，我們也有希望取勝吧。」

這是基於事實與推測的結論。

既然是誠實的情報家，那把願望與事實混淆可就不太好了。

要是對上級阿諛奉承，就會造成扭曲。

不論是刻意還是無意，如果只挑上級想聽的情報送過去，就會導致偏離現實的推測。正因為如此，約翰叔叔作為良好的情報部員，總是提醒自己要保持「中庸」。

「實際上，護衛是很豪華。就我個人的見解，我的直覺表示這很有可能是真的。但也無法否認敵方的大獵物讓我太過興奮的可能性。」

「就最後這點，我有同感。」

哈伯革蘭少將的嘴角竊笑起來，盤起雙手微微搖著頭。

他就這樣沉思起來，像是要斂起嘴角的竊笑般叼起雪茄後，開始吞雲吐霧起來。

在上司身旁，約翰叔叔也像是要陪抽似的點燃廉價菸。雖然是軍菸，哎，對在外頭跑的情報部員來說，消除自己的喜好可是很重要的。

在大口大口地吐煙後，眼前的上司卻像是受不了似的把雪茄盒遞來，於是就心存感激地客隨主便了。

芳醇的香氣。

由於帝國軍潛艦的影響，導致運輸嗜好品的優先度下降，能在這種情勢之中取得這種優質雪茄的上司，還真是讓人羨慕不已。

「恕我失禮，能再來一根嗎？」

因為機會難得，所以約翰叔叔打算好好享受一下，但可悲的是，上司就像在說抽菸時間結束似的擺了擺手。

「Mr. 約翰遜，儘管很抱歉，但我想先跟你談談。」

身為國王陛下的善良情報部員，約翰叔叔無法拒絕這個要求。不過在這之前迅速摸了幾根作為伴手禮，雖然被上司狠狠瞪了一眼就是了。

「諸位紳士的襲擊計畫讓我非常感興趣。不過，有確實的證據嗎？」

「如果是旁證的話。」

在被上司用眼神催促說下去後，約翰叔叔提出了根據。

「是帝國東方軍的信文……傑圖亞上將好像會配合這個行程離開前線的樣子。」

「兩個惡人在打著壞主意啊。」

就跟哈伯革蘭少將直截了當的評語說得一樣。

帝國軍之中最為棘手的兩個人要會面！也就是打算私下幽會的意思。這群參謀本部的怪物們！光是聽到他們在打壞主意，就幾乎讓人嚇得渾身發抖了。就連雪茄的餘香，都彷彿帶著一絲苦澀。

儘管如此，哈伯革蘭少將也還是一樣慎重。

「那可是傑圖亞。一名能設局玩弄聯邦人的詐欺師喔？跟他有關的通訊，確定是真的嗎？」

這該說是非常正確的擔憂吧。

偽裝、欺敵，或是特意要讓人誤解的信文。傑圖亞上將已在東部證明自己詭計多端許久。

聯合王國情報部可以為他擔保。

就唯獨這傢伙，明明是帝國人，卻相當於聯合王國人般熟知遊戲規則。

「誠如閣下所言，這點非常棘手。」

「讓人受不了呢。這些參謀將校出身的將軍們……真是太棘手了。」

「他們還真是讓人傷腦筋。還以為帝國這群專業笨蛋們會永遠無法理解遊戲規則呢……」

兩人雖然對此十分同意，但也懂得料理這種棘手傢伙的方法。要是敵人很能幹的話，請他退場是最快的方法。

況且是在戰時狀況下的話，就更該這麼做了。

「排除」也算是一種選擇。不過狩獵的基本，提倡必須在射擊獵物之前多方考慮。

這麼做是否會讓生態系崩壞？而暗殺也是類似的情況。

正因為他們是屬於貴族階級的兩名情報部員，所以哈伯革蘭少將在殺害之前，先提起殺害之後的話題。

「敵軍官之中是否有能匹敵，或是能力凌駕於盧提魯德夫這名敵將的人物，從情報部的資料裡列出一份名單出來。」

「那就是傑圖亞上將了吧？閣下覺得如何。他也非常棘手啊。」

在指出這一點後，哈伯革蘭少將卻自信滿滿地回道：

「他的立場很微妙吧。除了友人盧提魯德夫上將在背後的支持外，傑圖亞上將在帝國高層之中沒有足以獲得支持的基礎。」

聯合王國的情報部門是知道的。

傑圖亞上將在帝國高層之中非常不受歡迎。

倒不如說，他們的消息比帝國的街談巷語還要靈通。因為甚至能輾轉聽到，他在參加最高統帥會議的關係人之間有著「最差勁」的評價。當然，要看穿重要人士的內心不是件簡單的事……但從帝國社交界中傳出來的謠言，也帶有某種程度的真實性。

只要透過義魯朵雅老實地累積人工情報的話，也能得知他遭到左遷的來龍去脈。

而哈伯革蘭少將也十分熟知這件事的始末。

「根據我方在帝都的情報源，傑圖亞是作為『檢閱官』左遷到東部的吧。」

也就是他作為卡珊德拉，或是宣告不幸的使者，發出太多適當的警告了。

能幹的人物被驅離中央，這對聯合王國來說可是一道福音。約翰叔叔也在總論上同意哈伯革蘭少將的見解。不過作為現場人員，有義務要補上一兩句話。

「哎，拜此所賜，讓我們的德瑞克相當辛苦呢。啊啊，姑且還有聯邦人吧。」

「他們都還很年輕。趁年輕時讓他們多吃點苦頭，是親切老人的責任吧。」

兩個老人哈哈哈的打著壞主意。侍奉國家理性的他們，是十分善良的國王陛下能伸到遠方的手，也是耳目。

兩聲國王陛下萬歲與兩道微笑。

也同樣討厭共產主義的兩人，就在這時提起成為「共同交戰國」的美好友方的話題。

「這難道不會讓聯邦人落得輕鬆嗎？」

「傑圖亞上將在東部到底是有做出實績。期待他被換下戰線，是不是有點太過樂觀了啊？」

也是呢——哈伯革蘭少將帶著苦笑低頭看起文件。

暫且不管傑圖亞上將，現在該注意的是一張粗獷男子的臉部照片。作為目標的盧提魯德夫上將，看起來就像是個有如岩石般的男人。

不過真正讓人害怕的是他的腦袋。

要是能打爆他的腦袋，不曉得能拯救多少人的性命啊。

坦白說，聯邦人怎樣都好。

不過，如果是祖國的年輕人的話！要是能讓他們，讓這些肩負未來的年輕人們活著迎來終戰的可能性提高，就沒有比這還要足以讓紳士弄髒雙手的理由了。

該做出結論了吧。

「我想要你們徹底研究傑圖亞東山再起的可能性。」

「立刻就去。」

哈伯革蘭少將一面目送部下離開房間，一面換腿翹腳，思考起來。

「這麼做不知是對帝國有利，還是對我國有利……但願天平能傾向我們這一邊。」

只能希望守護天使停留在自己上方了。

因為追加的分析工作遭到犧牲的，是聯合王國情報部引以為傲的善良分析班職員們。

他們一口飲盡不曉得是第幾杯的紅茶，把今天也被硬塞強人所難工作的怨言吞回肚裡。

正因為有必要，所以這個部門會提供部員充裕的咖啡因。

真正可怕的不是帝國軍的通商破壞作戰。

所謂邪惡的化身，是只用一杯茶就讓加班時間無限追加下去，在戰時狀況下的上司這種生物。

對雙眼炯炯有神的諸位紳士來說，將對上司的殺意轉移到敵軍上頭是早就習慣的作業了。

話雖如此，他們也是人。

即使是他們自豪的腦袋，沒有作為判斷基準的情報也運轉不起來，懷念起酒精的味道。

分析室的公務人員們在衝進情報部內部的酒吧後，他們隨即就一手拿著威士忌，分別說出自己的分析。

「傑圖亞上將東山再起的可能性，最多也不過五成。實際上，我們也很難確認這方面的情報……」

「就算是魔術師，也得要有所準備才變得出戲法吧。」

贊同的意見默默擴散開來。要是朋友突然死亡的話？哪怕是傑圖亞上將，也難免會因為出乎意料的事態無法立即行動吧。

縱使他能立刻行動，事態也會在「情報傳達的延遲」之中不斷變化。

這意味著他會淪為被動。

「加上驟變的後方局勢，會讓他難以東山再起吧。」

即使是會讓怪物恐懼的怪物，他終究也是居住在組織與集團之中的人類。

而人類集團往往是「不合理」的，聯合王國人十分理解這件事。

基於對人性理解的現實性，讓他們的推論方向集中在帝國高層對傑圖亞上將的反應上。

「這是個問題。遭到左遷的英明將軍，真的有可能在危機時刻扮演主角，戲劇性地重返舞臺嗎？」

「帝國的高層們會容許這件事發生嗎？」

「……說到底，傑圖亞上將在帝都樞要之間的評價很糟糕。就連考慮都不會考慮到他吧？」

不論從哪一方面來看，聯合王國人都毫無疑問地推測這很「困難」。

這是來自極為正當的情勢判斷，基於非常理智的情勢分析所得出來的推論。可說是非常正確，充滿常識與良知的見解。

聯合王國情報部門導出一個穩妥的結論。

盧提魯德夫上將與傑圖亞上將是政治上的同盟關係，無法徹底排除當前者失勢時，後者能做出對應的「可能性」。

不過此結論有附上一句但書：「傑圖亞上將並未持有足以承受住戲劇性情勢變化的基礎」。

換句話說，這句但書就是他們做出的保證。

傑圖亞上將也是個人。要是被抛到盧提魯德夫上將突然死亡所導致的大混亂之中，也只會遭到吞沒。實在是沒指望奪取繼任者的位置吧。

這是個一石二鳥的大陰謀。

整個過程就像在說謀略就該這樣策畫般的一帆風順。

等運送報告書的分析官注意到時，就伴隨著驚愕發現自己帶著小跳步來到哈伯革蘭少將的勤務室前敲門。

這下可沒辦法笑 Mr. 約翰遜了——他一面反省，一面同樣地將好消息帶給上司。

而那名上司也同樣翹首盼望著他的到來。

哈伯革蘭少將一直待在勤務室裡等著分析官們熬夜完成的報告，在起身一把搶過資料後翻閱起來。

他看完一遍，做了一次深呼吸。

「……偽裝成偶然的安排萬無一失吧？」

分析官的答覆非常明確。

「完美無缺。正好有個利用聯邦領地的長距離轟炸計畫。只要跟這個計畫連動，就能盡最大限度地偽裝成偶發遭遇。也能騙過敵人吧。」

瞬間就做出決斷。

「我去取得首相閣下的批准。諸位紳士，去準備發動計畫。」

統一曆一九二七年十月二日　東方方面軍司令部

這是巨人之間的衝突。

帝國軍參謀本部所屬的兩名上將閣下。

該作為職業專家備受尊敬的兩位將軍。

有著出類拔群的實績，智力與能力受到保證。是說不定會在戰史教科書上特別保留篇幅介紹的偉人。

這樣的兩位大人物，就像是要決鬥的新任軍官夥伴一樣互相瞪視，帶著堅定的決心與眼神，不掩飾情緒地激烈爭論的樣子，還能怎麼形容啊。

「正因為如此，才必須得要發動！」

「不可能。給我看好情勢。」

盧提魯德夫上將咆哮，傑圖亞上將立刻否定。

就連知道雙方感情很好的譚雅，都希望他們最好在自己不在場的地方進行那種太過直接的意見交換。

場所是在東方方面軍司令部。

雖說是受到嚴格警備，並以警備為藉口排除掉幾乎所有耳目的司令部內部……也無法確實保證將官的激烈爭論不會流傳出去。

就連譚雅的胃，也感到不舒服的疼痛漸漸擴大開來。

偷偷看了一眼，盧提魯德夫上將正好在對傑圖亞上將怒吼。

「我們不能再落於被動了！要是不動，要是坐視不管，就會失去攻略義魯朵雅的勝算！最晚也要春季發動攻勢。可能的話，現在立刻就對義魯朵雅發動攻擊。只有這麼做才是避免破滅的唯一之道！」

「不可能。」

雙方圍繞著「預備計畫」的對立愈演愈烈。畢竟，就連板著一張臉的傑圖亞閣下都盤起雙手，就像在固執己見似的嚴厲拒絕。

「目前可是這種情勢啊。即使攻打義魯朵雅，能得到的也太少了。最晚也要春季？別說蠢話了。有注意到環境是很好，但比起季節，你該看的是政治。」

雙方都有著內外動盪不安，帝國瀕臨危機的共識。

雙方都在擔心帝國的未來，分擔著這種健全的問題意識。儘管如此，聰明且感情良好的兩名人類就連「互相理解」都辦不到。

「即使只限於統一國內的意思，一旦行動，就無法修正了。兵者，國之大事。」

「沒錯！我很擔心帝國的趨勢。正因為如此，就算是拙速也不能錯失良機！巧遲是在開什麼玩笑！不論是生是死，都必須動手！」

「別把賭博說得這麼輕鬆！盧提魯德夫！你作為籌碼的可是帝國與帝國的將兵啊！」

「……你是在東部變遲鈍了嗎？傑圖亞！遲疑會讓命運女神逃走的！就算是為了不枉費犧牲，我們也必須得要動手！」

雙方說的都是真心話吧。

這些毫無掩飾，帶著赤裸情感的話語，充滿著時代精神。這要是歷史學家或是後世學者的話，肯定會感激流涕地把一字一句記錄下來。

但對作為在場當事人的譚雅來說，卻是一點興趣也沒有。

既然如此，這就像是在對牛彈琴吧。現狀是累積了過度精神疲勞的無可救藥的勞動環境。

「你才是離開戰場太久了吧？」

「這是侮辱嗎？」

「……聽好。我想說的是，計畫終究只是計畫。即使是戰場，情勢也是會變化的。為什麼你要拘泥在無法適應變化的舊案上啊？」

傑圖亞上將憤恨地把話說下去，毫無忌憚地朝盧提魯德夫上將投以嚴厲眼神。學者性格的人用理論斥責他人，也能說是相當地有模有樣……但對方也不是會乖乖就範的性格。

「一旦做出決定，就以堅定的決心貫徹到底！這樣就好了吧！」

聽到盧提魯德夫上將的答覆，傑圖亞上將很難得一反常態，情緒性地激烈搖頭。

「……我們不是下級將校，而是冷靜透徹，侍奉戰略的參謀啊。」

對於講不聽的對手，傑圖亞難掩煩躁，憤然吐出的話語是發自內心的盛怒。只不過，對方也是相同的態度。

盧提魯德夫就只是盡可能地將反駁吼回去：

「面對情勢，不要甘願落於被動！不論什麼事，取得主導權都是大前提！你就連戰爭的基本都忘了嗎？傑圖亞！」

對於在一旁聽著的譚雅來說，大人物之間的對立實在是讓人胃痛。

是爭論到動怒了吧，就連總是平心靜氣的傑圖亞上將也終於開始大聲咆哮了。明明是寒冷的東部，室內卻充滿著討厭的熱氣。乾脆開窗透透氣吧——譚雅在心裡妄想著。

「就算鈴聲響了，也不能因此就流口水啊！你是畜生嗎！腦袋是做什麼用的！你的腦袋是裝飾嗎！稍微動腦想一想吧！發揮你的理性！」

「盡是歪理！傑圖亞！你打從軍官學校時就成天在賣弄大道理，不去立刻處理現實的問題！現在要是不動，帝國還會有勝算嗎！」

傑圖亞上將就像難以置信地瞠大細眼，搖了搖頭。

「你瘋了嗎？盧提魯德夫！給我正視現實！你究竟是怎麼了！給我稍微慎重一點！」

「反了！你才是給我下定決心！現在要是不動，我們就會錯失良機啊！你是打算讓為了勝利的犧牲通通白費嗎！」

「給我把感性和理性區分開來！」

「我當然有分開！合理的判斷高喊著現在就是下定決心、做出決斷，斷然實行的時候！要是錯過這個機會，帝國就連要採取行動都會綁手綁腳啊！」

「反了！不要成為在沒必要行動時衝動行事的愚者啊！」

聽好——傑圖亞上將大喊著。

你才給我聽好——盧提魯德夫上將吼了回去。雙方的臉愈來愈近，在會噴到口水的距離下互相對罵。

兩人的主張完全沒有交集。

雖然這說不定是習慣動作，但每當盧提魯德夫上將的手臂突然抽動一下時，都會刺激到譚雅的神經。

他們要是在眼前上演起全武行的話，就真的麻煩了。

煩惱當上司鬥毆起來時的善後事宜，別說是這輩子，就連上輩子都沒怎麼做過，這也太過分了。

譚雅一面忍著暈眩，一面默默將視線移開。

沒有裁量權的立場還真是可悲啊。

要是被迫陪同沒有生產性的爭論的話，就只能行使內心的自由了。如果有能自由出入房間的權利就完美了……但軍人沒有這種權利。儘管非常遺憾，但也只能立正站好，腳跟併攏，在內心裡連連嘆息了。

知道他們討論的問題很重要，但自己為什麼會在這裡？

聯合國安理會在介入糾紛之前也是這種心情吧。

不過就在譚雅開始考慮干涉這個不會有結果的事態時，舉起拳頭的盧提魯德夫上將就在她面前一拳敲在牆壁上，讓事態有了變化。

在用拳頭敲打牆壁後，盧提魯德夫上將就沉默下來。相對地，傑圖亞上將則是閉上雙眼，嘆了口氣。

腦袋清醒過來了吧。

或者就只是發現到自己太過激動了吧。不對，雖然看起來像是恢復冷靜的樣子……但從雙方都顯得精疲力盡的臉色來看，這實在是難以說是「理性」的勝利。

兩名大人在情緒的總體戰中耗盡精力啊。

在懷著適當感想的譚雅面前，盧提魯德夫上將不發一語地握住門把，留下一句：「我去散散心。」便拖著沉重的腳步離去了。

留在房間裡的老人扶著腦袋，暫時悶不吭聲。

而且，就像個空殼似的無精打采。

「閣下？」

「……稍微，等我一下。」

心力交瘁的聲音主人，憔悴到只能說是精疲力盡的傑圖亞上將搖了搖頭，不久後重新擺出學者性格的表情。不發一語，卻從抽屜裡拿出軍菸，默然地在菸灰缸上堆起菸蒂。

也就是他沒有表面上看來的冷靜啊。

就連即將要與聯邦軍主力開戰時刻，都不改從容態度的那位大人居然會如此憔悴。

上司開始用筆叩叩敲著桌面的行為，這還是第一次看到。

傑圖亞上將嘴上叼著香菸，無精打采地朝著天花板吞雲吐霧的模樣，有誰能想像得到啊。

偶爾還閉上眼睛，朝著半空中發出嘆息。

上司往菸灰缸裡塞進好幾根菸，用菸蒂堆起一座小山後，開口說出那句話：

「中校，『動手吧』。」

要動手做什麼？就連問也不用問。

就是要對盧提魯德夫上將「動手」。不過，當看出上級在猶豫時得先進行確認，譚雅知道這麼做的重要性。

「可以嗎？」

「是看到我醜態百出之後，所以才有這種疑問嗎？」

傑圖亞上將發出難以回答的詢問，並隨即說了句：「問也是白問吧。」伴隨著苦笑收回自己的發言。

「不，貴官不用回答。我有自覺到自己醜態畢露。但是……他是友人。讓我起了想讓他回心轉意的慾望。」

勉強發出的聲音，怎樣都散發著寂寞。上將閣下就這樣摸著下巴，暫時不發一語，然後用著好像覺得有點不可思議的語調喃喃說道：

「看來我也還保有人性的樣子。」

「請恕下官直言，我們全都是人。這不是早就知道的事嗎？」

「真意外，中校。貴官是人嗎？」

「是徹徹底底的人類。不論是神還是惡魔，只要阻擋在我的道路之前，就要用人類的力量將其擊潰，我甚至深深相信著這個定律。」

如果要認同存在X，譚雅更寧可選擇相信這世上沒有控制市場的「無形之手」吧。

追根究柢，這是區分他人與自己的自我問題。

人類不論是誰都擁有內心的自由，但不配合他人妄想的自由也是自己所保有的自由與權利，譚雅發自內心確信這件事。

「航空魔導將校會這麼說吧……我的人性，說不定已經燃燒殆盡了。」

「閣下？」

「沒事。去讓盧提魯德夫晉升為元帥閣下吧。」

殺害上司的友人。會害怕遭到秋後算帳的人，只能說是外行人。如果傑圖亞上將是會因此懷恨在心的人，就根本不會提出這種要求。

正因為能共享著理性主義，所以才願意鋌而走險。

人類最重要的，果然還是信用。

「收到任務。請耐心等待惡耗。」

叩的一聲。

以標準動作併攏腳跟後，譚雅離開房間。

目送她離去的傑圖亞上將，愣愣出神的內心不經意地這麼想。

自信滿滿地離開房間的嬌小將校的背影，今天就像是有種難以理解的沉穩感。

這種感覺，或許是因為自己的罪惡感吧。不過，是哪一方面的罪惡感啊。是讓部下弄髒雙手的罪惡感嗎？還是從背後刺殺親暱友人的罪惡感？

「搞不懂。」

戰爭打過頭了。就只有無視自己的心情這種事變得愈來愈拿手。

伴隨著自嘲，叼起廉價軍菸暫時抽了一會。抽慣的軍菸，是在戰前怎樣都不可能拿來抽的東西。

一切都已改變許久。

不過，儘管如此。

「我還以為自己並沒有變啊。」

就連自己的決斷，都已經無法保證是自主性的決斷了。

隨波逐流、被迫選擇，想讓通往破滅的道路能稍微好過一點的掙扎，到底有哪裡是「自己」的意志啊？

把嘆息吞回肚裡，甩甩頭，只將香菸作為友人。抽慣的軍菸味道非常差。儘管很差，但現在沒辦法沉浸在酒精之中。

至少，必須等到惡耗傳來。

「不對，不是惡耗吧。」

面對自己的發言，傑圖亞上將露出徹底失去感情的微笑自嘲起來。

殺害友人。

這是對自己來說，是作為個人最糟糕，但作為組織人卻是必要的行為。

「已經搞不懂什麼是喜訊，什麼是惡耗了。」

義務。

必要。

友情。

究竟什麼才是正確的——甩了甩思考起這種事的腦袋。

「這是總體戰啊。」

已經覆水難收了。

這是為了祖國。

……不對——他嗤笑起來。

自己還真是個卑鄙小人。

只要祖國的未來與歷史能理解自己就夠了。

想要得到更多的認同，未免也太貪心了。

「可惡的人性殘渣。居然這麼頑強。」

人是不行的。

就連參謀將校也不夠。

……必須成為必要與道理的野獸。

統一曆一九二七年十月三日　東部上空

東部通往帝都的增班航班。

以參謀本部副作戰長盧提魯德夫上將為主，乘客全是執行官與參謀將校。

就連護衛也相當有份量。

是從帝國軍全軍之中罕見地維持著訓練水準的第二〇三航空魔導大隊，選出一個航空魔導中隊伴隨。雖是中速的運輸機，卻能輕鬆進行長距離伴隨飛行的魔導部隊。

從帝國的戰力情況來看，可說是非常奢侈吧。

不過就算是大手筆地安排一個中隊規模護衛這批有如寶石般珍貴的人員們，只要考慮到乘客的重要性，即使是帝國軍嚴峻的兵力情況也能容許這種運用方式。

話雖如此，護衛的人數卻非常少。

只有十二名的護衛。

以帝國軍參謀本部的上將護衛來說，人數真的很少。

擔任護衛指揮官的譚雅雖然經常對此感到不安與不滿……但她也承認，這樣對執行陰謀的一方來說比較方便。

因為譚雅此時的任務是要當明智光秀。

是要高呼「敵人就在本能寺」的人。對執行方來說，目擊者不多是非常好的情況吧。

只不過，現實有時也會為世界帶來始料未及的發展。

正在找機會引發「不幸事故」的譚雅，就遇到了出乎意料的變故。

「警報，警報！發現敵戰轟聯合編隊！」

副官的凝重表情，還有立刻以悅耳聲音喊出的警報，將譚雅從引發「不幸事故」的思考中拉回現實。

遇到敵人了？

「是以為這裡離低地工業地帶有幾公里遠……」

在把話喊完之前，她就用雙筒望遠鏡確認到目標了。

兩眼看到的物體確實是機體。儘管似乎想靠迷彩塗裝融入天空之中，但數量眾多。就算難以辨識個別的模樣，也能看出機群的位置。

「是敵機的編隊啊。」

轟炸機在機群之中很顯眼，不過在該死的機翼上發出轟轟響聲的發動機有四座。是重型轟炸機登場吧。

雖然早在西方帝國控制區域的上空看慣了，但這裡是東部的天空。

「他們從哪裡來的？」

從續航距離來看，會出現在這裡也太奇怪了。

「是利用艦載延伸續航距離嗎？」

當下想到的是過去的知名作戰。就像杜立德空襲那樣，是將大型轟炸機裝載在航母上……不過就算是這樣，機數也太多了。

這明顯超出了飛行甲板的裝載極限。

那麼是——思索起來的譚雅想到了一個結論。

「穿梭轟炸嗎！」

儘管並未受到重視，但確實是不該把它從戰術選擇之中遺忘。只要採用穿梭轟炸，如果只是單程的話……就能飛越帝國上空，在聯邦控制區域著陸吧。然後在降落的機場進行補給，再飛回聯合王國控制區域的計畫啊。

問題只有一個。一個小疑問。

這個疑問伴隨著令人討厭的在意之事留在心中，光是這樣就讓人感到很不合理了。

「在這種時候遭遇到？」

在護衛運輸機時，遭遇到敵方的大部隊。

儘管並非本意……但來得也太是時候了。不過，這是最棒也是最糟的時機。就譚雅所知，所有剛好的偶然都是「謊言」。

又不是故事裡的主角，會有機械降神這種事嗎？

足以斷言這是不可能的理性與良知，還保留在譚雅的腦袋裡。

這不會是意外遭遇吧。這樣的話，這裡就跟布干維爾島的上空一樣……必須善盡身為護衛的職責。這應該是暗殺任務，為什麼會變成這樣？

如此一來，就變成可能會在「名為敵人的目擊者」面前做出可疑行為的奇妙狀況。

這也太麻煩了！

「中隊盡全力護衛，採取遲滯作戰。叫運輸機快點離開。」

「中校……這種時候，就以我們是直接掩護的理由……」

「太露骨了。副官，給我自重。」

「不行嗎？」

「不得不顧慮到外人的目光。」

當然，要是能不用弄髒雙手，最好就是借刀殺人吧。只要盡全力進行護衛，然後讓敵人幫忙解決目標的話，就沒必要全部親自動手了。

「而且……我也不想讓部下做這種事……這算是天真嗎？」

「……謝謝中校。」

譚雅雖然愣了一下，差點歪頭困惑起來，但也立刻就理解了。副官也還保有著明哲保身的人性吧。

或者是對牽連到友軍有罪惡感嗎？

不論如何，保有人性都是非常好的一件事，足以讓人露出滿面笑容。

「敵魔導部隊急速接近中！」

譚雅被警報引起注意，重新朝敵編隊看去。

「喔，這可笑不出來了。」

從敵轟炸機中零零落落飛出的不是炸彈，而是一群航空魔導師。又不是戰車騎乘兵，居然還特意準備了機體載運人員，還真是令人驚訝。

小部隊的話只要稍微應付一下就好，眼前的卻是讓人感到殺意滿滿的組合。光是人數就讓人非常討厭了。怎麼看都有大隊以上規模。數量劣勢的事實，讓人想起苦澀的回憶。最重要的是，動作居然還很俐落。這可不是「素質良好」的程度，而是「能跟我方較量」程度般的敏捷。

還以為全世界都在缺乏受過訓練的魔導師，沒想到會在這種時候，在這種地方，遇到這種麻煩的傢伙！

「該死，這怎麼看都不像是單純的偶發遭遇啊。」

「……是啊，怎麼想都不是偶然。」

做出適當理解的副官就像在顧忌隔牆有耳似的，小心翼翼地向譚雅說出自己的擔憂。

「高層裡果然有間諜嗎？」

她懷疑情報外洩的感性也很優秀。

不過，譚雅會比較想懷疑數字與邏輯。

「雖然無法否定……但暗號的可能性比較高。」

今後有必要更加地警戒通訊吧。要是無法自由通訊的話，情況就會變得非常麻煩。能預見到會變得非常辛苦。

只不過，那也是在渡過「現在」之後的問題。

「喂，維夏。緊急聯絡本國防空艦隊，呼叫救援。」

「可以嗎？」

「我相信敵人很優秀。說不定他們就連這種狀況都有考慮到的可能性很高。」

軍用運輸機哪怕是要供給將官搭乘，「舒適性」也會在設計階段就遭到放棄。設計團隊所追求的就只有能裝載多少貨物，讓運輸效率達到最大化而已。

換句話說，即便是上將，在「貨物」這點上也跟他人沒有不同。

在與傑圖亞上將激烈爭論後不免疲勞困頓的盧提魯德夫上將，在成為機上乘客之後也只能閉目沉思。平時的話，還會趁機做點文書工作……但今天真的是心力交瘁了。

與友人顯著的意見相左。而且還是針對時局的激烈衝突。

對剛毅的他來說，友人無法理解自己這件事讓他感到深刻的悲哀與糾葛。

沉浸在沒有結果的思考之中的他，被不該發生的事態拉回現實之中。運輸機突然大幅晃了一下。才疑惑發生了什麼事，就突然改變了航向。

「怎麼了？」

「提古雷查夫中校的魔導部隊正在迎擊！要求本機立刻脫離……」

機長的叫喊瞬間中斷，以顫抖的聲音繼續帶來惡耗。

「第二〇三的緊急通知！確認到新參戰的敵魔導部隊！」

運輸機機內不由得掀起一陣動盪。不發一語面面相覷的乘客們，一齊將視線朝向參謀本部的主人。

「……這該不會是？」

作為機上乘客束手無策的男人，想到了一個可能性。

「閣下？」

「說不定是被擺了一道呢。」

「果、果然嗎！聯合王國的目標是閣下！」

共乘者喊出的這句話中，帶著「但願不要是這樣」的願望。很可悲的，這種情況對機內的人來說太熟悉了。因為以戰術來說，這實在是太有用了。

砍掉敵人的腦袋。這正是帝國軍拿手好戲的斬首戰術。

這對於頻繁運用這一招，並相對地獲取成功的參謀將校們來說，可說是非常熟悉的擔憂。

他們當場就能確信，這是「聯合王國的暗殺作戰」……除了一個人，被視為目標的男人之外。

「……唔？」

盧提魯德夫上將盤起雙手，在心中苦笑起來。很不可思議地，直到其他人說出主犯可能是聯合王國之前，他都沒有想到這一點。

這還真是件怪事呢——盧提魯德夫上將一面擺出感到有趣的微微苦笑，一面無言地摸著下巴。為什麼自己心裡會有其他的凶手人選啊。

是因為自己瞬間想到了他嗎？——傑圖亞那個笨蛋。

無從得知機內的疑慮，譚雅將本來是場鬧劇的護衛切換成真正的護衛任務，伴隨著怒吼朝著無線電發出請求。

「這裡是 Salamander01！趕快緊急起飛！」

要他們趕快派出援軍而怒吼著、責難著，但所有的請求都石沉大海。就連好不容易逮到的地面管制官，反應也都不怎麼好。

「這是緊急事態！要求空中支援！」

「……萊希控制塔呼叫 Salamander01。萊希控制塔呼叫 Salamander01。無法緊急起飛！抱歉！」

瞬間懷疑起自己的耳朵。

該不會是想讓暗殺確實成功，所以不派出增援嗎？

這也太蠢了。

不對——譚雅打消腦海中浮現的疑心。

傑圖亞上將的影響力雖然相當遠，但也有限度。而且說到底，在帝國是不可能這麼硬來的。

譚雅搖了搖頭，一面保持機動不讓逼近過來的敵方集中射線，一面朝著無線電吼道：

「你在開什麼玩笑啊！這裡可是防空識別區喔！航空艦隊是上哪裡打混啦！」

「正在攔截接近帝都的敵方編隊！」

「第二波緊急起飛班呢！東部管區的飛行中隊也行！」

「因為機材的籌措……」

「別開玩笑了！這是最優先請求！是參謀本部喔！給我去確認防空司令部的優先代碼！」

在從事護衛任務時，譚雅等人應該是基於包裹的優先度，從防空司令部那邊拿到最優先的請求支援權限了。

儘管有權限，卻沒部隊可以派？

「航空魔導部隊也行！總之將能動的部隊派來……」

輕快的音樂響起，機內的軍人們全都忍不住瞠大眼睛。要是在緊急撤離時，機內無線電發出盛大的歡樂音樂的話，不論是誰都會是這種反應吧。

不過通訊領域的人受到的衝擊格外強烈。

臉色慘白的通訊參謀們狼狽喊道：

「通訊居然被介入了！」

「這是怎麼回事？」

要求說明的盧提魯德夫上將，所得到的答覆十分簡單明瞭。

「我方的頻率被確實鎖定了！」

參謀本部所利用的頻率。

儘管認為不會這麼快就被敵人輕易找出來，但勝於雄辯的現實擺在眼前，通訊參謀們的臉色變得相當駭人。

他們就在這時捨棄掉這是偶然的猜想。

就算創造主本人跳出來說「這是偶然」，他們也完全不會相信吧。而參謀們即使深陷驚愕的漩渦之中，但在機內也只能束手無策地看著空戰的發展。

他們貼在窗邊，想至少摸索情勢，而眼前呈現著無情的景象。

「敵、敵、航空魔導師，突破第二〇三的迎擊網了！」

「怎麼會！能辦到這種事的魔導師屈指可數吧……！」

相對於驚慌失措的共乘者們，盧提魯德夫上將探頭看著窗外情況，以十分冷靜的表情說道：

「是數量差距吧。」

就算是帝國引以為傲的最精銳部隊，能列入世界前五強的第二〇三航空魔導大隊，要以中隊規模的護衛保護好無力的運輸機也是不可能的事吧。

也曾經聽過，魔導師的特長是速度。

能看得出他們並不適合守護速度慢的貨物。

「唔，敵人的動作也不差……愈來愈難說這是偶然了啊。」

不可思議地，愈是認為這是聯合王國軍的全力，心情就愈加輕鬆。明明都被盯上了，這還真是件怪事，但心情離「不愉快」相當遙遠。

就連在盧提魯德夫上將苦笑時，情勢也在急劇惡化。試圖擋下敵方襲擊，堅守崗位的魔導小隊，在敵方的壓力之下被漸漸逼退。而想要提供掩護，努力想靠機動取得優勢位置的其他小隊也遭到貫徹一擊脫離的敵戰鬥機牽制，無法確保隊形位置。

「第、第二〇三的緊急通知！要我們準備空降！」

該來的還是來了。

終於啊——做好覺悟的男人們毫無迷惘。身為帝國軍參謀將校的他們，在這點上非常果斷。手上拿著降落傘。他們飛奔到上司身旁，就像懇求似的敦促他趕快逃生。

「魔導師是打算用回收的方式！閣下，請動作快！」

幕僚們不顧自身安危，敦促自己逃生的犧牲精神。還真是感謝他們呢——對盧提魯德夫上將來說，這是足以讓他露出微笑的一幕。

只是不知為何，他就是知道。

「閣下，快穿上降落傘……」

朝著仍打算繼續勸說的部下，他溫柔地搖了搖頭。

「已經來不及了唷。」

讓運輸機進到射程內的聯合王國軍航空魔導師，確信一件事。

目標就只有通知是「重要貨物」。並不清楚目標的詳細內容。但不論是什麼都無所謂。重要的是，目標有著襲擊的價值。

就連這點也有受到保證。

畢竟這可是情報部親自出馬！既然如此，自己就只要盡到身為特務的職責就好。

「得手了！」

以雙重啟動顯現重爆裂術式。

這是明知危險的孤注一擲，不過就在他為了發射術式進行瞄準時，皮膚忽然感到某種討厭的刺燙感。

甚至甘受顯現中術式失控的風險，相信直覺採取緊急迴避機動之後，爆裂術式的火焰就撼動防禦膜，甚至還傷及防禦殼。

儘管勉強擋下了，但有效範圍居然能捕捉到開始隨機迴避的魔導師？

「嘖，是看門狗嗎！」

衝過來的敵方小隊就只有是名副其實的帝國航空魔導師才有可能辦到吧。而且還用爆裂術式代替煙幕，亮出魔導刀直衝過來，簡直就是瘋了。

不過分析官在事前就不斷警告過，擔任護衛的是這種危險的傢伙。

……看來情報部人員偶爾也會認真工作的樣子。他們一面感動著，一面以最大的警戒心迎擊新來的敵人。

仔細瞧瞧，還真是漂亮的空中機動。

「該死的也太快了！統一射擊！壓制住前鋒！」

那就警戒、對應，然後周到地歡迎對方吧——他們構築著術式。

以如果是尋常的魔導師，就會被烤得剛剛好的打算，顯現出統一射擊。儘管如此，對方卻輕易避開了。

「機動也做得太好了吧！」

對方與其說是在空中游泳，還不如說是在空中滑行般衝來的模樣，是魔導工程學對重力與空氣動力學的反叛吧。

「真難纏……！」

全身竄起一不小心自己就很可能會被斬首的討厭惡寒，聯合王國軍的指揮官當場提高對方的威脅度。

在確認後，咂了一聲嘴。

「通知α中隊，不對，β也是！快把他們驅離！仔細看好！那是Named啊！而且我的天啊！是該死的『萊茵的惡魔』啊！」

情報部那些混帳，說什麼對方很棘手啊！

「那個哪裡只是『棘手』啊！居然說得這麼可愛！那群該死的詐欺師！」

千鈞一髮。

在差點被敵魔導師的術彈擊中之前，魔導師一如字面意思地展開防禦殼，捨身作為運輸機的人肉盾牌。

「魔導師散開了！是、是提古雷查夫中校！提古雷查夫中校他們捨身保護了本機！」

在眾人的歡呼聲中，一旁受到訊號串擾的無線電傳來提古雷查夫中校的喊聲：

「Salamander 呼叫萊希控制塔！請求地面醫療小組！這是緊急且最優先事項！在所有的機場……」

啊，對了。

危機尚未離去。

「Salamander 呼叫貨機！就算只有包裹也好，請你們趕快逃離！該死，為什麼……會這麼執著啊……」

看來就算是那個提古雷查夫，也是會說喪氣話的樣子。

這是意外的發現吧。儘管是在這種時候，這個發現也讓盧提魯德夫上將稍微感到有趣。

之後要是有機會跟傑圖亞那個笨蛋說就好了。

「……做人似乎是太過疑心疑鬼了。」

「閣下？」

「不，沒事。」

毫無理由地懷疑友人。

不得不對自己感到羞恥。如果自己才是那個被迷惘與固執所困的人，或許是該聽進他的意見吧。

盧提魯德夫上將苦笑起來，愉快地回想起傑圖亞那張不高興的表情。

「敵人接近中！」

這樣就好。

承受著朝向自己的敵方殺意，還比較好。

「不好，閣下……」

請快逃——運輸機乘員來不及喊完這句話。

於是，沒有第二次了。意圖捨身保護的魔導師們來不及趕上，發射的攻擊命中了運輸機。

……最後看到的火焰，好紅啊。

「我可沒打算放水啊，該死的約翰牛們。殺意也太強了吧。」

與敵魔導部隊玩的這場捉迷藏真是太慘了。

如果要認真說的話，打從察覺到這不是偶然遭遇的瞬間，就基於明哲保身與微妙的功名心在徹底進行認真的護衛……但就連當人肉盾牌都還是保護不下來。

眼前是一架燃燒墜落的運輸機。

敵人的術式選擇還真是徹底啊！

特意用爆裂術式讓運輸機在著火後爆炸。

「這就連魔導師也來不及救啊。」

對於試圖靠近的自己等人，敵人就像牽制似的進行猛烈射擊。

而不時讓我方看到準備一擊脫離的戰鬥機機影也是非常巧妙的一招。

聯合王國的那些傢伙做得也太徹底了。看來是無論如何都想讓盧提魯德夫上將晉升兩級的樣子。做得太過露骨，反倒讓人想笑了。

「這也太慘了。」

「中校？那個……下官以為這就『某種意思』上是完美的狀況吧。」

「妳說得有理……但太完美了。對我來說有點做過頭了。聯合王國人的手伸得還真遠啊。」

半是傻眼，剩下的一半是佩服與感謝。

譚雅一面在半空中說著三重奏的奇怪怨言，一面發揮九十七式突擊演算寶珠的機動性，向中隊下達加速命令。

既然護衛對象已死，就要優先撤離。

只不過作為社會性生物，譚雅有點忌諱用「逃跑」這種說法。這是所謂的揣摩上意。正因為自負是溝通高手，所以才必須在用詞上萬分慎重。

「中隊，要突破了！是復仇戰！」

知道內情的副官偷偷朝她瞥了一眼，譚雅聳了聳肩作為回應。說真的，有誰能預期到情況會如此急轉直下啊。

傑圖亞閣下與聯合王國情報部的奇妙合作。而雙方的計畫都沒有考慮到對方也是不可思議的巧合。

對於被捲入其中的譚雅來說，就算帶不走敵人出色的腦袋……也想帶一項伴手禮回去。足以讓他們不被追究護衛部隊責任的「名分」！

「攻……嗯？」

敵魔導師們至今死纏爛打的牽制攻擊一口氣衰減。想說發生了什麼事，觀察起敵方動靜後，發現對方完全是要撤退的態勢。

就算要追擊，對方也打從一開始就準備好要搭乘疑似改造轟炸機的運輸機逃跑了。那實在不是能追上的高度。

我可不想在展開游擊之前先溺死在高度上。譚雅煩躁地甩甩頭，同時下定決心。

最多就是率先去做他人討厭的事吧。

「準備光學系的超長距離狙擊術式！」

一聲令下後，中隊以統一射擊顯現術式。儘管有幾發洩憤用的術式直擊了敵機，但也就只是這樣。

就算打落幾片閃亮亮的機體碎片，敵編隊還是維持著戰轟聯合編隊悠然離去。

沒時間懊惱讓敵人逃走了。

問題是接下來的事。譚雅一想到之後等待自己的難題有多棘手，就在空中蹙起眉頭。

這是個大問題。

毫無疑問是件麻煩事；是最討厭的責任歸屬問題。

儘管如此，也還是不得不去處理——在降落到最近的基地後，就連爭論也省略地直接搶奪軍用電話的使用權。

就這樣以要把電話接線員一腳踹開的氣勢催促著，在撥往東部的電話上強行插隊。

出乎意料的事態，是在這之後發生的。

這可是從軍事基地撥出的電話。

所以譚雅理所當然地認為會在某種程度上優先處理。然而，卻發生了一個問題不大，卻很麻煩的認知差異。

這並不是平時用慣的「參謀本部」的優先通話線路。

在握著話筒怒吼、威脅、哄勸，直到電話轉接到想找的東方軍司令部為止，白白浪費了相當多的工夫。

阻擋在譚雅面前的是官僚主義。

要說到嚷嚷著「這非我管轄」、「妳太蠻橫了」的形式主義有多厚實啊！可以斷言，就跟聯邦軍魔導師的防禦殼差不多頑強。就算告知是緊急事態，就算提出請求，就算不管怎麼做都還是堅持不改自己等人步調的態度令人感動。

等到電話轉接到傑圖亞上將手上時，已經累積了非常驚人的壓力。沒有比浪費時間還要折磨自己神經的事了。

必須得深呼吸好幾次啊！

儘管身為文明人非常不願意這麼做，但在語帶殺意地經過互不相讓的爭論後，譚雅終於成功聯繫上作為目標的對象了。

該說真不愧是閣下吧。

傑圖亞上將的詢問是直接進入主題的精簡扼要。

「中校，什麼事？妳還在執行任務吧？」

「……閣下，非常抱歉。下官只能向您賠罪。」

「出了什麼差錯嗎？」

雖說是軍用電話，還是會有其他人聽到。即使裝得若無其事，但傑圖亞上將的語氣還是有些沉重。

他很在意任務的成功與否吧，儘管就某方面來講是成功了，就某方面來講卻是完全失敗，譚雅將這件事直截了當地告訴他。

「那個……請原諒下官。」

「說吧。」

「我們沒有達成『閣下命令的任務』。」

本來應該要說是護衛失敗，卻改說是「沒有達成傑圖亞命令的任務」的理由只有一個。對於恐怕以為是暗殺失敗，在電話對面臉色大變的傑圖亞上將，譚雅重新說出一道令人驚愕的消息。

「我們遭到聯合王國軍的長距離戰鬥機等戰力襲擊，參謀們搭乘的運輸機慘遭擊墜……很遺憾的，下官得向您做出護衛任務失敗的報告。」

「等等，中校。」

「就如同閣下所懷疑的……下官認為此結果強烈暗示著我方的暗號已遭到敵方破解。」

曾經懷疑過這一點。

因為約翰牛對於解密的執著是貨真價實的。

只要對兩次世界大戰與冷戰時期的諜報戰稍有了解的話，不論是誰都會非常清楚，暗號本身

就是一個巨大的戰場。

而約翰牛們會一面喝著蘇格蘭威士忌嚥下難吃的食物，一面死死盯著任何暗號。

在密碼學校裡，他們就周而復始重複著這種生活。確信情報重要性的人可是非常執著的。她是知道的，作為異世界的知識。

要是以此為前提，再加上這邊世界的進展？就幾乎是黑的吧，譚雅個人甚至是如此確信。那麼，如果再加上這麼多「巧合」的話，就是推定有罪了。

有著只是推論以上的說服力。作為有力的旁證，不論是在帝國軍內外都具有說服力吧。

統一曆一九二七年十月四日　聯合王國

聯合王國在展現對於「帝國本國區域」的攻擊能力的同時，還藉由運用聯邦領內機場的政治展開，重新誇示著「共同交戰國」之間的穩固關係。

不過，在這之上的。

能享用勝利果實的事實讓他們振奮不已。

「「「我們辦到了！」」」

這是他們在收到「擊墜」報告時的第一句話。

就連為了在第一時間接獲報告而擠在分析室裡的作戰主管軍官們，也都在收到作戰成功的通知後不顧一切地爆出歡喜的吶喊。就連那些平時會特意裝出沉著態度的傢伙們，唯獨這一天克制不了自己。

即使是紳士，也依舊是人。

人性的流露是很自然的結果。

葡萄酒、威士忌，還有雪茄。

慶祝時就要拿出慣例的組合。要是獵人打下了大獵物，就必須得要祝賀。

突破「萊茵的惡魔」的護衛，成功排除總是讓聯合王國感到棘手的「盧提魯德夫上將」。

「「「國王陛下萬歲！乾杯！」」」

這是在情報戰上的勝利。雖然能藉此確信我方占有諜報優勢這點也很重要，但這次是在視為對方「擅長項目」的領域上大爆冷門。因為這可是從至今甚至會感到棘手的「萊茵的惡魔」手中，漂亮地奪走她護衛目標的性命。

這是……足以令聯合王國情報部大聲喝采的成果。

幾乎同一時間，愁眉苦臉的副戰務參謀長重返了帝都。十分大膽的還是經由「空路」。

接獲通知的參謀本部，理所當然安排了接送人員。在看到不久後出現在東方天際的一架運輸機與六架戰鬥機後，接送人員安心地鬆了口氣。

幾乎是準時抵達。

運輸機緩緩地降下機頭，開始進行著陸程序。機長非常用心地在操縱吧，機身就像是不允許一點搖晃般的四平八穩，地面人員推測因為是在運送重要人士吧。

哎，也能說是在討好長官。

所以當運輸機降落到基地跑道上後，將校們就急急忙忙地趕過去。然而迎接他們的，卻是一臉不可思議的醫護兵們。

在露骨地覺得這些將校很礙事地瞥了一眼後，他們就開始用擔架從機內扛出大量的傷病兵。

感到奇怪的接送將校們朝運輸機裡探頭看去，發現所要接送的人物不在機上。可是，他們被通知的就是這個航班啊。

這究竟是怎麼一回事啊？如此自問的他們……就在這時看到非常奇怪的一幕。

那是擔任護衛的單座戰鬥機。

不知不覺降落的那架戰鬥機在停機後，駕駛的飛行中隊隊長就一臉憔悴地跳出機艙。然後他一離開機艙，不就連忙把某個像是待在戰鬥機的內部空間，或者說不曉得是硬塞在哪裡的人拉出來了嗎！

在來到一臉「不會吧」的參謀將校們面前站好後，那名將軍就像個惡作劇成功的小孩一樣露出一抹淺淺微笑。

「我不太想搭乘運輸機呢。」

副戰務參謀長傑圖亞上將就像個頑童似的微笑著，悠然走向參謀本部派來的車子坐上去。

不過，要是「勝利者」在享用美酒的話，「敗北者」就只能將苦澀的敗北一飲而盡。

就算戲劇性地歸還，發揮了迅速的做事能力，凡事也都還是有個限度。

重返參謀本部的傑圖亞上將，臉色就算說好聽一點也是不太好看。

具體來說，那容貌只有憔悴不已的眼神異常地炯炯有神。就像是仍然纏繞著戰場之風的將軍，肩膀上扛著重責大任一樣。

「參謀本部還真是令人懷念呢，各位，就拜託你們了。」

歸還的招呼很簡短，預期會有的訓示一句也沒有。

伴隨著冷漠的話語催促參謀將校們回到工作上的模樣，非常不像是被評為學者性格的傑圖亞上將會有的樣子。了解情況的人私語著這是因為他痛失友人，而諸如雷魯根上校這種「熟知內情的人」則是更進一步地抱持著許多猜測。

話雖如此，參謀本部的人都承認一件事吧。

在戰場上，本領足以讓聯邦軍切齒扼腕的人物；在後方時，能讓廣範圍的物資動員不斷安然運轉的鬼才。在讓參謀本部取回安心感這點上，傑圖亞上將的存在非常重要。

「盧提魯德夫上將的繼任者，除了傑圖亞上將外不作他想」。

包含政府、官僚、帝室在內，不論外部的人怎麼說，這都是參謀本部決不讓步的共同意見。

不論是好是壞，參謀就是參謀。

正因為如此，參謀本部的動作極為迅速。

不僅立刻解除傑圖亞上將的東部檢閱任務，還以非常時期為由，授予他副作戰參謀長兼任副戰務參謀長這種前所未有的官銜。

就算政府提出忠告，軍方仍然一意孤行。高舉著統帥權獨立的大旗，堅決地推動人事。

哪怕皇帝本人不願批准也毫無影響。

在被要求提出三名候選人後，就推薦了傑圖亞上將、傑圖亞副戰務參謀長，以及傑圖亞檢閱官這三名人選。

被上奏這種人選，還要他「請隨意挑選」的皇帝當場傻眼，對於這樣的皇帝，傑圖亞上將就以講解的名目在密室內跟皇帝私下說了些悄悄話。

至於說了哪些話，據說就連宮中情報通的好奇心都探聽不到。

能明確知道的就只有一件事。

人事被批准了。

就算被批評是以近乎詐欺的手段取得的批准，在結果之前也是毫無意義。

帝國軍參謀本部成功通過了所想要的人事安排。在這件事上，甚至讓後世笑說「詐欺師」傑圖亞上將的壞名聲超越了國境的隔閡。

比參謀總長還要有權力的兼任副參謀長閣下。

只不過，對於在帝都的副參謀長室裡用屁股磨亮椅子的當事人傑圖亞上將來說，這卻是難以稱得上是愉快的事態。

「就只有官銜變長，這樣別說是被人懷疑是軍閥，還會被人懷疑統率的本領啊。」

在唉聲嘆氣的他身旁，一名參謀上校語帶保留地插話：

「這樣不是就能建立起一元化指導的名目嗎？」

作為參謀本部人員返回工作崗位的雷魯根上校這句話，讓傑圖亞上將默默搖了搖頭。

他就這樣用手指叩叩敲著換了主人的桌面，表情帶著幾分落寞。在前幾天戰死的前任者名叫盧提魯德夫。

他是如今成為房間主人的這名男人的好友。若是因為多年老友死去而調任，沒有人不感到五味雜陳吧。

然而，雷魯根上校卻不得不去確認他真正的心情。

該問嗎？

還是該沉默？

在遲疑片刻後，雷魯根上校調整了一下呼吸。

姑且不論性格，他也是受過軍紀教練的參謀將校……對於事物的理解方式也同樣如此。

基於職業上的見解，他無論如何都很在意這件事。

儘管如此……如果只是好奇心的話，還可以忍。但如果是義務的要求，就不得不開口詢問了。

「憲兵隊的阿達爾海德上校似乎在到處打探消息。」

沒有說是在打探什麼消息。

或許是因為他在害怕吧。怕要是一說出口，就連要假裝沒這回事都沒辦法了。

儘管語帶遲疑，還是問出口的事實，確實傳達給他了。

傑圖亞上將當然很清楚雷魯根上校想問的「疑問」是什麼。

因此，他在雷魯根的面前露出微笑。

笑咪咪的。

望過來的是彷彿在微笑，眼神卻毫無笑意的視線。

被長官以前所未有的危險眼神盯著，雷魯根上校依舊沒有嚇得渾身顫抖，是因為他經歷過短暫的戰場吧。

不論原因是什麼，作為保持沉默的代價，他得到了簡短的答覆。

「我很清楚他。而且，問題跟我們無關。」

沒有問題。

但沒有說是在怎樣的來龍去脈上沒有問題。他有弄髒自己的手嗎？是乾淨的嗎？還是已經洗乾淨的意思？

伴隨著想要確認的視線，雷魯根上校射出兩道箭矢。

「要參加葬禮嗎？」

「還有工作要做……而且，等我下去之後再向他謝罪就好了吧。」

不參加葬禮，而且要在那個世界謝罪？理解到這句話的意思，雷魯根上校忍不住脫口問道：

「閣下？您的意思是……」

「……這是我有生以來第一次感謝聯合王國人。除此之外，就不是我該說的事了。」

至少，不是直接下手。但是，也有著需要下地獄的責任？

……也就是說，他是這樣希望的。儘管是朋友，卻希望那個人死去。

不對，是反過來嗎？正因為是朋友……想到這裡，他甩了甩頭，將這些想法拋諸腦後。再繼續多想，就是以小人之心度君子之腹了。

雷魯根上校注視著傑圖亞上將的雙眼，基於自身的義務向長官提出最後的問題。

「下官能相信自己的所作所為是為了帝國嗎？」

「……雷魯根上校，我是義務的僕人。如同貴官一樣，相信我們如今是一同擁抱不愉快現實的夥伴。」

[chapter]

IV

第肆章

轉機

A point of change

義魯朵雅人述說著對外交的愛，帝國人向軍事告白，
聯合王國人的三寸不爛之舌則是兩邊都用得上。
因此，傑圖亞是聯合王國人的同類。

——聯邦軍分析官　筆記

統一曆一九二七年十月十六日　義魯朵雅

義魯朵雅人熱愛和平。
這是事實。
毫無虛假。
是發自內心的慈愛。
因為和平是美好、耀眼的。
最重要的是，和平能有著平穩的生活。
這世上有什麼比和平還要珍貴的嗎？更進一步來講，有可能會有比本國的和平還要美好的事物嗎？
是不可能會有的——他們如此說道。
當然，要是能實現的話，他們會許願吧。
「但願世界和平」。然後，「要是無法實現的話，但願至少能讓本國和平」。
別說他們自私。他們只是很正直罷了。不論是誰都是如此希望的。

到底有多少人會因為看到新聞報導了別國的戰爭，就捨棄掉自己等人的一切加入戰局啊？義魯朵雅人也不例外。

如果是在晚餐時聽到新聞，會由衷感到同情吧。

「太過分了」、「好可憐喔」、「很辛苦吧」。

他們會在享用完美味晚餐與充滿關懷的溫柔交談後，躺在潔淨暖和的床上享受安穩的睡眠。

也許會稍微有點不同。

因為說不定會有人基於同情寄送某種捐款。也有善人會去尋找自己能為和平做出什麼貢獻吧。

不過就連對這些人來說，「戰爭」這種現象總之就是「隔岸觀火」。

這種想法就連在政府層面上也沒有改變。不對，這在義魯朵雅政府上是格外顯著。

因為看在還保有理性與合理性的他們眼中，帝國與聯邦的激烈衝突已經超乎理性的範疇了。

「基於常識與國家理性來想，這次大戰早就低於損益平衡點已久」，此為局外人眼中的大戰。

戰爭是得不到成果，也沒有意義的行為，義魯朵雅人正確地觀察到這一點。這是非常冷靜，而且理所當然的道理。

為什麼要這樣毫無意義地殺人？就算他們內心裡感到難以理解也是無可奈何的吧。

事實上，戰爭完全是一筆不划算的生意。

只要將進駐到各國義魯朵雅大使館的武官報告整合起來，就會知道參戰各國作為國家核心的勞動世代，全都因為交戰，而像是整個丟到火裡焚燒一樣。

「我們想保持距離」。

就算鄰居開始幹起蠢事，他們也沒好心到會奉陪到底。也沒有這種義務。

義魯朵雅選擇了局外中立這條路。

他們很清楚這是一條充滿荊棘的道路。就算聯合王國等國罵他們是風向雞也無所謂；就算帝國責備他們忘了同盟精神又怎麼樣。跟躍入火中，把年輕人們的未來燒為灰燼相比……哪還顧得了什麼羞恥心啊。

義魯朵雅王國的為政者們不論好壞都很忠於國家理性。順道一提，他們也沒理由強迫自國國民參加無益的戰爭，湧現不了這種意欲。

甚至乾脆地認為，只要最後加入勝利的一方就好。

不對、不對、不對。

他們是要避免被敗北的一方拖下水，或是讓戰火波及到義魯朵雅這個國家。

不過，光是這樣就夠了。

目標是始終保持局外中立。

當然，站在刀口上的鄰國們是氣得怒不可遏。

被眾國要求要表明立場，一面不時在中立義務的界線上與優勢方交好，一面為了避免與「另一方」決定性的決裂，義魯朵雅當局終日埋首於需要全神貫注的協調努力之中。

就算說他們背信忘義，義魯朵雅的當事人也只會一臉嘲弄地鄙視你吧。

國家的責任是要維持國民的生命與財產。

正因為如此，所以義魯朵雅政府就只是非常單純地朝著遠離「戰火」這條路不斷努力。忠於義務；僅僅如此。

如果要補充的話，義魯朵雅人也不是完全輕視人情道義。只要能同時顧慮到雙方的話……也是會想姑且履行一下義務，有著這種程度的善良。

從這個觀點來看，武裝中立同盟被視為是個很理想的選擇。

與合州國的共同防衛同盟，帶有確保安全的意思。並非攻守同盟的「防務合作」是一道實質上的保險。

不會主動攻擊，並且迴避遭到攻擊的風險。

而且客觀來看，帝國是不可能取得戲劇性的勝利。

要是這樣的話，一面保持著「些許距離」，一面看準戰後的局勢，對義魯朵雅來說算是非常合理的選擇。

既然如此，跟偏向聯合王國的合州國聯手不會有任何損失。

對聯合王國等國來說，這會是建立管道，讓合州國介入舊大陸紛爭的完美一步。

他們會由衷歡迎吧。

那麼對合州國來說呢？這也是不錯的選擇。

對他們來說，這能讓他們踏出介入舊大陸紛爭的第一步。是不會太過刺激「輿論」的一手。儘管手段相對穩當，但以介入政策的目的來說是合理的。而作為有利於封鎖帝國的外交策略來看，就算要向義魯朵雅示好，也是可以容許的事。

不過義魯朵雅卻更加狡猾。

因為他們自負，義魯朵雅的外交動靜就連對帝國都有利。

義魯朵雅與合州國的關係深化，讓一如字面意思擔任中介人的義魯朵雅成為一個更有魅力的選擇。這樣一來，帝國人也能在經由義魯朵雅的交涉上看到些許希望吧。

不過更重要的是，這樣也大大盡到了「道義」，他們如此自賣自誇著。

只要有著「武裝中立」的藉口，就有可能用「中立義務」束縛住合州國。這要說的話，義魯朵雅儘管招來區域外的大國合州國，但也同時施加了「封印」。舉例來講，就是「義魯朵雅當局」也能選擇以中立義務的互相監察為藉口，限制「合州國商船團」。

要是帝國呈現確實的敗勢，合州國與義魯朵雅或許確實是會展露獠牙。但反過來，也能說是給了帝國寶貴的時間。

此乃外交術的極致——是足以讓義魯朵雅外交官如此自豪的一步險棋。

而作為附加的副產品，義魯朵雅相信只要讓新同盟軍的合州國部隊進駐，就能將「帝國失控的風險」最小化。

於是，義魯朵雅的外交官們就向各國發出訊息，表示新的外交政策開花結果，義魯朵雅將會在國際舞臺上扮演更重要的角色。

想當然耳，這道包裝著漂亮外交詞彙的訊息，最先送到鄰國的帝國手上。理所當然的，不得不對鄰國動向敏感的帝國十分認真地看待此事，認為事關重大。

只不過，帝國就是帝國。

既然有如義魯朵雅的國家理性已消耗殆盡，他們就只能用實踐總體戰理論的帝國方式來理解這件事，歷史書會記載這個可悲的事實吧。

不論好壞，帝國都是窮鼠。

與能歌頌中立的義魯朵雅，在典範與世界觀上有著根本性的不同。

當天　帝都

在盧提魯德夫上將「戰死」後，迎來傑圖亞上將的「歸還」。儘管靠著相關人士的努力讓混亂停留在最低限度上……但高層的變化無論如何都會讓基層動搖。

即使是參謀本部，也是人類的組織。

扭曲、摩擦，以及不安的蔓延。

注重靜謐、權威與禮節之府的昔日風采已淪為歷史。如今早已是老將校們交織著嘆息的回憶餘暉。

帝國陷入非常嚴重的困境之中。

而這顆強烈且衝擊性的政治炸彈。

義魯朵雅的「轉換」，就是在這種時候從南方拋來。

就連近來已漸漸習慣棘手炸彈的將校們也被炸得潰不成軍的炸彈；就連早已習慣憂慮因素的帝國參謀也忍不住讓聲音顫抖的強烈一擊。

這道消息，毫不留情地在參謀本部的中樞炸開。

「義魯朵雅與合州國出現同盟的徵兆」。

值班軍官在收到報告書後，隨即放聲大叫：

「義魯朵雅轉換了外交方針？開什麼玩笑啊！」

對這聲叫喊產生反應的高級軍官從部下手中一把搶過文件，在看過內容後也同樣臉色大變，憤恨地仰天痛罵。

「居然要與合州國簽訂武裝中立同盟！」

隨後發出怨言。

「……義魯朵雅那群該死的雜碎！」

失去理性，就只是滿懷憎惡的吶喊。

如果是在昔日的參謀本部，這情緒恐怕會因為太過真實而遭到迴避。但他此時所流露的感情，也正是帝國軍將校們今日毫無虛假的心聲。

憤怒與困惑。

這道漣漪，隨即就化為巨浪吞沒了參謀本部。不久後，參謀本部就響徹著造成回音的怒吼。

「這明顯違背了帝國與義魯朵雅同盟的道理！該死的義魯朵雅人，居然做到這種地步！」

「那群蠢狗！難道就沒有名譽和羞恥嗎！」

「外交部的蠢蛋們，就連個徵兆都沒有掌握到！」

「那些駐外武官！他們是幹什麼吃的啊！該不會是沉溺在義魯朵雅的美食之中，忘了工作吧！」

不論是誰都解開感情的枷鎖，異口同聲地喊出心中的憤怒。在不得不高喊的衝動驅使之下，他們發出怒吼。

遭到背叛的想法十分強烈。

「居然在別人陷入絕境時……」

「頂著友人的嘴臉，背地裡卻幹這種勾當！」

放聲大叫的參謀們也絕非忘了國家理性這個詞彙。他們當中也有許多人是只要站在第三者的立場上，就能夠理解義魯朵雅這個賢明的外交政策，甚至是不惜讚賞的理智人士。

然而，他們是當事人。

即使有著相當大的認知差距，但不論是誰都有適當理解到帝國處於困境的事實。

「無法原諒！」的感情；視為敵人的憎惡。

這是置身在他們這種狀況下所難以抗拒的甘甜之毒。腦袋能理解這是應該迴避的衝動。也能理解應該要冷靜對應。

他們也知道義魯朵雅是處於「可以選擇的立場」。不過，能不能接受是另外一回事。正因為帝國軍人處於「無法選擇的立場」，所以才難以原諒合州國與義魯朵雅武裝中立同盟成立的消息，導致了前所未有的反彈。

對參謀本部來說，這足以將他們推入憤怒漩渦之中。宛若天神的參謀將校們，如今已成過去。現在就只剩一群墮落為凡人的參謀們。

最後甚至還響起以前絕不可能會有的吼聲：

「批准中斷了！文件是在哪裡卡住啦！」

他們埋在墳場底下的前輩們會一齊嚇倒在地吧。神聖不可侵犯的帝國軍參謀本部，居然怠工讓業務停滯了！

「給我回到位置上！回去處理任務！」

在參謀本部，長官出面把部下抓回位置上？

這在帝國軍的歷史上……是絕對不可能發生的事。就連戰時狀況下的參謀本部，都不會有人忘記工作。

先人以此為榮。

明明大言不慚參謀就是名為參謀將校的完成品！多年總體戰的弊害，甚至肆無忌憚地讓掌管帝國暴力裝置的工作母機的精密度動搖了。

然而他們就連感慨劣化的時間都沒有。

殘酷的沙漏正一分一秒地逐漸減少。

就算不去正視明確的殘量，只要是帝國軍的參謀將校，就算再不願意，也到底是不得不意識到沙漏的存在。

正因為如此，才會感慨。

對於打算重整態勢，重新審視東部情勢的大多數參謀來說，「南方問題」的爆發就等同是晴天霹靂。

該以外交手段對應嗎？還是採取軍事行動？或是置之不理，把戰力傾注在東部上？事情太過重大。

攸關著帝國的軍事方針。進一步來說，也是很可能會決定國家未來決策的分歧點。正因為這裡是作為國家暴力裝置的參謀本部，所以在裡頭守候的參謀將校們全都關注著掌舵的方向。

「不知傑圖亞閣下打算怎麼做？」

參謀本部屏息等待著首長的決斷。對他們來說，這是一段得忍受內心的焦躁，令人神經衰弱的日子。

然而，當事人又是如何呢？

歸來的參謀本部首腦，即使被推入這場混亂的漩渦之中，也依舊不改其我行我素的態度。

儘管他走空路歸來展現了重視速度，以及在針對人事與帝室進行的交涉上發揮了迅速果斷，然而在收到「義魯朵雅問題」的初報時，傑圖亞上將卻沒有立刻下達指示。

「武裝中立同盟？義魯朵雅嗎？報告辛苦了。」

對於在官舍收到的消息隨口道謝後，就表示要用早餐，悠哉地做著早上出門前的準備。

對於一同搭乘參謀本部派來的車輛，打算向他說明狀況與假定對策的主管課長們，也用「還不到值勤時間」這一句話嚴厲拒絕。

在車上，對於不斷試圖說明的共乘者，傑圖亞上將詢問的盡是些非常個人的事情。

家人、戰友，或是日常生活。

雖然不時會提到參謀本部的氣氛，總歸來講全都是在閒話家常。

只不過，這也是這麼露骨的「不談」的態度。只要是在參謀本部擔任官職的人，都能理解上司這是打算隱瞞自己的想法。

雖說現在是最想知道的時候，但進行無謀的挑戰也無濟於事。

試探射擊失敗了。

也沒興趣打草驚蛇。

因此，他們放棄詢問。

想說只要回到參謀本部，他到底是會下達某種指示吧。

豈知——

接替主管課長們的位置隨侍在側的雷魯根上校所看到的上將閣下，卻是在按時出勤後開始優雅地處理例行業務的模樣。

未免也太悠哉了吧！

甚至擺出一派從容的態度，享用著作為盧提魯德夫上將遺物的雪茄。

「……那個笨蛋還真不像話，居然藏著這種好東西。」

儘管感到傻眼，吸了一口菸後，凝重的表情還是揚起了微笑。他朝著室內吞雲吐霧，心滿意足地點了點頭說道：

「雖然不合我的喜好，但畢竟是在戰時。無法奢求太多啊。」

傑圖亞上將一面吐煙，一面重新叼起雪茄細細品味。就像在說內勤的強處，就是連濕度管理都做得無微不至地享用著。

他那享受雪茄香味的模樣，從旁看來……還真是無憂無慮。

無視參謀本部內部高漲的緊張與糾葛，傑圖亞上將依舊是一派優雅，朝著在身旁立正站好的雷魯根上校和藹說道：

「你來陪我抽一根吧。」

他以讓人完全感受不到內外情勢緊迫的態度說出這句話。就只是一手拿著雪茄盒，在與部下談笑風生，除此之外沒有其他意思。

只不過，被勸抽雪茄的雷魯根上校，表情卻跟他截然不同。

「閣下，那個……」

面對他語氣僵硬的迂迴忠告，房間主人傑圖亞上將傻眼地聳了聳肩，把雪茄盒重新放回桌面上。

「貴官還真不上道呢。」

一面「呼」地吐煙，一面這麼說道的語氣十分平穩。

對雷魯根上校來說，這讓他不解。在這種情勢下，這位大人為何還能如此大膽？

「就連陪老人抽一根也不肯嗎？就不能展現一下你的雅量嗎？上校。真是心胸狹窄啊。看樣子似乎很沒有餘裕呢。」

儘管表情抽搐起來，雷魯根上校也還是提出忠告。

「畢竟，義魯朵雅的情勢在腦海中縈繞不散……部內的眾人皆是如此。下官以為主管課長們今晨也有趕去會面閣下。」

「真是一群打從清早就煩死人的傢伙。」

「恕下官失禮，閣下要是如此輕視軍務的話，對下官來說可是非常驚人的事態。」

「對我來說，貴官這種發言才讓人驚訝呢。」

傑圖亞上將一面愉快地吐出雪茄煙霧，一面朝著部下微笑。

「這種程度的事，居然會搞到連課長階級跟貴官都拿不定主意。帝國引以為傲的參謀將校是消失到哪裡去啦。質的劣化相當嚴重呢。」

雷魯根上校遲疑地搖了搖頭，隨即就像是下定決心似的緩緩問道：

「聽閣下這麼說，是心中已有定奪嗎？」

「雷魯根上校，我要撤回前言。」

傑圖亞上將把叼著的雪茄放到菸灰缸上，愉快地把雙手疊在桌面上。嘴角微笑起來，他的視線就像在打量似的朝著部下看去。

「貴官也意外地挺敏銳的。」

該說跟倒抽一口氣說著「那麼——」的雷魯根上校形成鮮明對比吧。傑圖亞上將依舊是一派自然地微微點頭。

「當然是早就決定好了。」

不過本人在這麼說後，卻像是有點無法接受自己的話語一樣。撫著下巴，嘴角改揚起苦笑的角度。

「要說是決定，會有點不對吧。」

「閣下，恕下官失禮。因為是不得已的嗎？」

該不會……

雷魯根上校基於這種心情提出的疑問，漂亮地正中紅心。

「沒錯，正如貴官所說的。」

傑圖亞上將用手指叩地敲著桌面，在這瞬間變得面無表情。

「我們就跟別無選擇一樣。實際上與其說是選擇，就只是被迫要這麼做吧。」

武裝中立同盟很危險。

對帝國來說，義魯朵雅露骨地想與他們拉開距離的徵兆很可怕。不過，雷魯根上校也冷靜地在這件事上看到了好處。

這說不定只是徒具形式的「武裝中立」。要是這樣的話，就能向義魯朵雅方施壓，讓他們用中立義務束縛住合州國吧。

姑且不論義魯朵雅會不會對我們暗送秋波，然而就算只是個名義……但能以中立的形式封印住義魯朵雅與合州國，可以說比他們成為「明確的敵人」要來得好上百億倍。當然，這全是但願如此的期待。相信事情會如此發展是個危險的賭博，但要是順利的話，就能爭取到時間。

而且，雷魯根上校知道在各方面上的許多問題。

要在冬季越過國境線，而且還要突破山岳地帶，有著非常多的困難。如果要發動攻勢，就要等春季以後。

不過到時候，義魯朵雅國境也會加強防備吧。最重要的是，眼前之人正是主張反對立即對義魯朵雅開戰的傑圖亞上將。

在這種狀況下……他認為維持現狀是唯一的方法。

「我要下達方針了。雷魯根上校，就麻煩你起草吧。」

「是的，閣下。請下令。」

朝著準備要去安排工作行程的參謀將校，傑圖亞上將就像是看著菜單點菜一樣，漠不關心地隨口說出命令：

「即時發令。目標，義魯朵雅。去起草攻擊命令。」

在複誦命令到「即時發令」這邊後，雷魯根上校的腦袋突然陷入一場大混亂。無法理解剛剛聽到的話語。

他眨了眨眼，甩了甩頭。

「咦？不好意思，閣下，剛剛您說……」

是聽錯了吧。我到底聽到了什麼？

對於明顯動搖到反問長官的雷魯根上校，傑圖亞上將依舊是一副泰然自若的態度，語調多了幾分像是感到有趣的音色回應著：

「怎麼，聽力變差了嗎？是被砲聲震傷鼓膜吧，上校。年紀輕輕就這麼辛苦啊。」

「閣、閣下！」

「目標，義魯朵雅。給我即時發令。」

不是開玩笑，也不是聽錯。

就像是要他安心下來似的說出這句衝擊性話語之前，雷魯根上校就只能目瞪口呆，甚至不知道該怎麼回話。

「恕、恕下官失禮……是要進行冬季攻勢？」

「雷魯根上校，參謀本部把事情處理得很好喔。只要有烏卡中校準備的臨機應變的鐵路計畫

案，雖然還得看作戰內容，但就算是冬天也有辦法發動攻勢。我們能夠打死義魯朵雅吧。」

「傑、傑圖亞閣下！閣下不是常說想避免這種事態……」

他甚至帶著絕望叫喊。

然而，上司卻完全不為所動。你說得沒錯——傑圖亞上將以應該說是一派自然的態度點了點頭。

「就連現在也是。但我說過了吧？我們別無選擇。」

發出一道嘆息。

傑圖亞上將重新叼起放下的雪茄，一面拿出火柴一面以打從心底感到可惡的沙啞聲唾罵道：

「他們打著『武裝中立』的算盤，跟我的計畫有所衝突。既然義魯朵雅做了多餘的事，就甚至沒有討論的餘地了。」

這是不得已的選擇。

不對，是連選擇的餘地都沒有。

「這已經不是『意圖』的問題了。義魯朵雅與合州國的武裝中立同盟，對帝國來說就等於是『可容許的風險』轉變為『不良債權』一樣。」

如果是未爆彈的話，傑圖亞上將還能睜一隻眼閉一隻眼。

如果只是說不定會爆炸的「風險」，還勉強在可容許的範圍內。

然而，要是抵觸到傑圖亞上將所規劃的時刻表？在時間有限之下，帝國明明就沒有任何可以浪費的時間了吧？

「已經沒時間了。這正是問題所在啊，上校。我能做到的，就只有貫徹最起碼的掙扎吧。」

知道這是無法說出口的事，傑圖亞上將心想。

對帝國來說，就算是為了在最壞的情況下掌握戰敗的主導權……帝國也必須得在「傑圖亞副參謀長」的一元化指導之下，搶先一步對這顆炸彈進行爆破拆卸。

就跟破壞消防一樣。

而且，「棋子」要是沒湊齊的話，也是個大問題。假如義魯朵雅人會阻礙計畫的話，就要適度處理。

如有必要，甚至不惜毀掉現在的局勢。

因為計畫性的破壞，有時會是避免破局性失敗的唯一之道。

所以，傑圖亞上將淡然地推動事情的發展。基於職務，主導著計畫。

「我難以接受義魯朵雅獨善其身的國家理性。必須導正他們誤以為這只是一場戰爭的誤解。這是世界大戰……這可是世界大戰啊。」

作為「主導者」，進行著由單一負責人推動事情發展的計畫。這是太過於自然的態度。

伴隨著雪茄煙霧，傑圖亞上將朝著室內吐出這句話來：

「即便是貴官，也知道那項作戰計畫吧？」

「閣下是在指什麼？」

「盧提魯德夫在生前準備的對義魯朵雅作戰計畫。金庫裡的文件我姑且拆封看過了……可不許貴官說自己毫不知情喔？」

瞥過來的打量視線，讓人有種被考官質問的感覺。

領悟到無法假裝不知情後，他開口說道：

「……下官有推測是押注在第一波攻擊上的攻勢計畫。」

就雷魯根上校所見，帝國的國力貧乏，而且最糟糕的是國境一帶還是山岳地帶。必須早期決勝是顯而易見的事。

因此，對帝國軍來說第二刀是不可能揮出的。

只要無法用第一刀解決一切，就沒有以後了。

「我認為可能是基於過去的教訓，貫徹速度的賭博性攻勢計畫吧。」

「真是高明呢，上校。你的見解與盧提魯德夫的計畫幾乎一致。」

傑圖亞上將面露微笑，肯定雷魯根上校的推測。在所給予的前提條件下，只要是參謀將校都能導出類似的結論。

在東方戰線的泥濘之中耗盡將兵的帝國已無餘力。要是在另一個方面上因為壕溝戰消耗的話，破滅就是明擺在眼前的事。

帝國是怎樣也無法承受更多的人力資源喪失。畢竟在將一整個世代投入戰爭之中讓人口銳減之後，要是連剩下的生存者都失去的話，故鄉就沒有未來可言。

那麼要珍惜人命，大手筆地消耗砲彈嗎？

根據教科書的話，就是這樣沒錯。

仔細準備砲擊，以及壓制戰壕、要塞的火砲運用準則，是帝國為了兼顧抑制損耗與突破效果，經由鐵與血的學習所完成的。

只要搭配滲透戰術，就能毫不留情地炸毀簡易的壕溝線吧。

帝國累積著理論與實踐。如果是能選擇正攻法的狀況，就該毫不遲疑地這麼做吧。只不過，要是能選擇的話……帝國根本就沒必要打這場義魯朵雅戰役。

最重要的是，經歷過總體戰的國家，已跟過去不同了。

砲彈在哪裡。

砲管在何處。

不對，壕溝戰用的糧食呢？能靠著本來就很惡劣的列車情況，將人力與物力投入大規模消耗戰的後勤網呢？

鋼鐵呢？石油呢？稀有礦物呢？讓帝國能繼續戰爭下去所需要的原料到底在哪裡啊？

人窮志短。

作為窮極之策，就唯獨只希求著軍事合理性，擁有著常人已無法理解的國家理性，把常識當柴火扔進總體戰火焰之中的「參謀將校」才能體悟到的唯一標準答案。

基於砲彈儲備量與各種儲備物質的情況，無法容許短期決戰之外的選項。

所以是追求短期決勝的強攻。

盧提魯德夫上將恐怕是嘔心瀝血、絞盡腦汁才創造出這條狹小道路的作戰計畫，在此計畫之前，傑圖亞上將微微苦笑起來。

「要我總評的話……還真是無聊的計畫。真不像他。」

搖搖頭，就像傻眼似的笑著說出的這句話，帶著失望的言外之意，以及更多的侮蔑之情。

真是無聊——甚至還這樣嘆了口氣。

「惡魔藏在細節裡。」

這是哀傷的嘆息。

「這明明是理所當然的事，盧提魯德夫那個笨蛋卻忘了啊。那傢伙，太執著於要一個人背負起全部，以至於迷失了作戰家的本性啊。」

搖了搖頭，從一旁的金庫裡取出一疊文件推向雷魯根上校。在催促他閱讀後，自己抽起一根雪茄。

等飄到天花板上的煙霧消失得差不多時，似乎大略看完內容的部下說出感想。

「閣下，請恕下官直言。以攻勢計畫來說，這雖然是很冒險的計畫……」

雷魯根上校沒有將並不壞這個評價說出口。因為在他擁護盧提魯德夫上將的計畫之前，眼前就有人長嘆了一口氣。

「太無聊了。這樣就單純只是危險。」

朝著瞠目結舌的雷魯根上校，作戰家的傑圖亞上將擺出極為受不了的表情唾罵道：

「上校，他的計畫太過照本宣科了。」

「這、這樣算是照本宣科嗎？」

對於疑問的回答很堅定——傑圖亞上將毫不遲疑地點頭。

「回想起東部，上校。」

對於得不到要領的雷魯根上校，傑圖亞上將以宛如教育家的溫柔語調，就像要促使他思考似的問道：

「這是個好機會，上校。貴官認為這場攻勢不可或缺的是什麼？」

「……是將突破視為最優先的決心，以及奇襲效果吧。」

「貴官說得沒錯。就某方面來講是正攻法。我在東部時也有充分運用。你知道親愛的聯邦人是怎樣稱呼我的嗎？」

詐欺師、詐術混帳，比較好聽的也是魔術師。即便是雷魯根上校，也不想直接說給長官聽的那種評價。

遲疑了一會後，他選擇用迂迴的說法。

「戲法與機關盡在閣下掌中。」

「貴官把話說得還真好聽呢。總而言之，就是我們沒辦法採用單純的正攻法，不允許做這麼奢侈的行為。如果要照著教科書去做的話，現在早該投降了吧。」

傑圖亞上將一面特意說出失敗主義的發言，一面緩緩起身，轉向掛在內側牆壁上的一幅畫。

這裡是位在參謀本部深處的副參謀長室。

裝飾的繪畫可以說也是相稱的名畫吧。

以浪漫派畫風躍然紙上的景象，表現著滿溢而出的歡喜。

題材是「帝國」的歷史。向統一的祖國、向勝利的故事，表露出天真無邪卻很坦率，還有多少帶了點害羞的主觀。

畫面上充滿著樂觀。

對於帝國的未來、對於勝利、對於榮耀。

這些先人，偉大的建國猛將們深信不疑。

或許，沒有格外強調偉大的戰勝場面，還算是有著謙虛的感性也說不定……不管怎麼說，掛著這幅繪畫的房間可是「參謀本部」這個神話的舞臺之一。

曾有眾多先人在此摸索必勝的策略吧。

或是在名畫之前自覺到對歷史的責任，在此希求著勝利也說不定。

然而，如今這房間的主人卻沒有希求「勝利」，而是在摸索「戰敗處理」的方法。

與畫出這幅畫的藝術家，在心靈的距離上相隔天涯。

要是距離遠到不覺得是在相同的行星上，傑圖亞上將也只能以某處甚至感受到侘寂的心境仰望著這幅畫了。就連只能揣摩他內心想法的雷魯根上校，也覺得眺望著牆上繪畫的那道背影，看起來是前所未有的脆弱。

「我們的教科書必須要徹底改寫。儘管寫滿勝利的方法，卻沒有人寫對應敗北的方法。」

這句暗示困境的獨白所帶有的意思，深深刺痛了雷魯根上校的心。糾葛與煩悶在心中肆虐。是不可能有辦法回話的。

傑圖亞上將回過頭，臉上依舊帶著苦笑地繼續說道：

「榮耀的故事很美，但傷腦筋的是現在派不上用場。」

在這幅相信樂觀未來的繪畫之前，徹底陷入只是不斷磨耗的東部泥濘之中的將官，以精疲力盡的聲音發起牢騷。

「現實是殘酷且醜惡的，但同時也是真理。」

不愉快的事。

不想要的事。

不希望變成這樣的事。

這些就叫做事實。甚至就稱為現實吧。

總體戰，如今已成為世界大戰的戰場非常單純。甚至能乾脆斷言是明快到殘酷的地步。

這是一場「數字的戰爭」。

人類雖然在戰場上戰鬥，卻不再是個人，變成了數字。認為一個人的死是悲劇，卻能毫不猶豫地犧牲掉數以萬計的數字，這還真是精采的倒錯。

對了——想到這裡，傑圖亞上將就聳了聳肩，讓意識回到現實，重新走回工作崗位的辦公桌前。

「有點太過賣弄知識了啊。」

上將閣下一面坐穩在椅子上，一面朝天花板仰望了一下。就算雷魯根上校沒有意會過來，想跟著往上看的好奇心……也讓他確認到天花板上有著一幅畫啊。

但抬頭看到的，是一如想像的天花板。

……先人們肯定沒有要在那裡尋求救贖的必要吧。真是讓人羨慕——傑圖亞上將在心中苦笑著，讓話題回到工作上。

「物資與人員的動員就照盧提魯德夫的計畫。但是，主攻要改。放棄全面性的推進。」

「要用東部風格嗎？」

「沒錯。以突破為優先，使用魔術。這次就利用幹道吧。」

隨口說出的話語，並沒有述說時的態度這麼平穩。因為這對知道目前現實的將校來說，是衝擊性的強人所難。

「是要沿著幹道前進嗎……？如果要占領幹道的話，閣下，那就無論如何都必須要有空中優勢。」

幹道會是很好的進攻路線。畢竟空間開闊，能提高速度。

不過，這也跟沒有遮蔽物與障礙物的「顯眼靶子」是同義。也就是說，沿著幹道前進的車隊對航空戰力來說，會是個剛好的目標。

要是沒有空中掩護，根本談不下去。

「閣下，在南方的友軍航空戰力微弱。因為義魯朵雅方面很平靜，所以甚至沒有像樣的防空戰力。」

這雖然是連他自己都感到很不愉快的事實，但雷魯根上校還是果斷地認為這是自身職務而繼續說下去。

「就連下官方才所拜讀的計畫書，也一再強調只能提供局部性的高空掩護。我方沒有多餘的航空戰力。無法滿足利用幹道的前提條件。」

這是錯誤的認知啊——傑圖亞上將搖了搖頭。之所以會這麼想，是因為相信集中戰力的原則，正因為沒有餘裕才必須要徹底執行。

他以無畏的表情指出這一點。

「西方航空艦隊是當然，東部航空艦隊也要出動。這種時候就當作是順便。就從本土，不對，是從帝都防空艦隊抽出戰力。就算我方的戰力貧乏，只要聚集全部戰力，就能局部性且一時性地取得空中優勢吧。」

「……閣下這話是認真的嗎？」

「我像是在開玩笑嗎？沒有投入機場攻擊的轟炸機，就在宣戰布告的同時派去轟炸敵鐵路路線。」

傑圖亞上將向目瞪口呆的雷魯根上校所描繪出來的，就只是一個紙上談兵的「可能性」。

「空中優勢」。

不過，就算只是可能性，只要擁有空中優勢的話——

只要有著不被敵機壓制上空的戰場，以及奇襲效果的話——

只要能阻礙敵軍移動，我方能任意前進的話——

這是個假定的世界。

然而，卻是個想要嚴厲拒絕也太過誘人的可能性。

「覺得如何啊，上校。就貴官所知就好。義魯朵雅方的防備，難以說具有強韌性可對付這種攻擊吧？」

「就下官的管見，義魯朵雅的鐵路是平時規格。」

雷魯根上校是知道的。義魯朵雅經營著平穩的日常。不論是誰，不對，甚至不論是任何組織，都不曾認真考慮過「義魯朵雅會開始戰爭」的可能性。

這是因為他們擅自認定了一件事。

只要義魯朵雅不主動開戰，他們的祖國就不會被捲入這次的大戰之中吧。

正因為如此，雷魯根上校伴隨著確信提出建言：

「他們也沒有進行封鎖幹道的準備吧。至於機場的對空防衛……下官能確信讓他們的跑道喪失功能是相對輕易的一件事。」

「鐵路與跑道的修復速度呢？」

「下官認為義魯朵雅人不具備聯邦人水準的迅速。」

聽到這句話，傑圖亞上將打從心底感到高興地拍手。啪、啪、啪，室內響起輕快的拍手聲，甚至醞釀出和睦的氛圍。

帶著平穩的氛圍，傑圖亞上將說出結論：

「太棒了。這樣就能打一場像樣的戰爭了。」

雖是冷淡無情的語調，卻散發著一股自負與自豪。這是因為確信穩操勝算，所以才會做出的發言。正因為是想在此揮動指揮棒，在歷史上留下自己的戰爭藝術之人，所以他為了建立舞臺不斷地做出安排。

「打出缺口，利用衝擊與恐懼讓敵人徹底喪失戰力。為此就用梯團方式進攻吧。只要能打穿防衛，我們就能看見活路。」

「儘管很勉強……但只要配合好的話。」

「我會讓這一切配合好的。如有必要，就去鞭策各部隊吧。只要氣勢起來，就連新兵也會衝喔。」

就連樂團的安排都不是一件簡單的事。跟作為暴力裝置完成的戰前相比，一切都有著不像樣的差距。這是以新兵，抑或以老兵作為主體已久的軍隊。最近的帝國軍就連要順利指揮，都不能缺少細心的準備。

如果是在東部統帥部隊的將校，就更是如此了。

就這點來講，傑圖亞上將這句只要氣勢起來就好的話語中帶有的確信，也讓雷魯根上校心有同感。

勝算並不小。

足以讓人抱持著希望吧。

不過就算如此，心情也不會因此變得輕鬆。

這是作戰成功與否之前的問題。

本來是作為議和橋梁的對手，偏偏針對他們討論起「侵略」方式的事態……即使是雷魯根上校，也不得不對這種現狀感到暈眩。

就在此時，雷魯根上校注意到長官的雙眼正盯著自己。

「話說回來，上校，能稍微聊聊嗎？我有點在意一件事。感覺貴官的臉色似乎很差啊……是有健康上的問題吧。」

「……畢竟，最近有許多事讓人擔憂。」

「是議和的事吧？」

雷魯根上校一臉沉痛地默默點頭。對於失敗的悔悟，讓善良的愛國者懊惱不已。

認為自己要是有好好做的話，事情就不會變成這樣了。

在坦白說出內心無法忘懷的糾葛後，長官開給他的處方是一道微笑。

「怎麼，上校。貴官在煩惱這種事啊。」

「咦？」

應該是在冷酷無情地談論軍事作戰的長官，突然帶著充滿親切與慈愛的微笑，溫柔地向自己搭話。

「雷魯根上校，就讓貴官放療養假吧。」

「在眼前的情勢之下，怎麼能只有下官遊手好閒……」

一面基於責任感反駁，心中也一面受到嚴重的不對勁感折磨。

有什麼……不太對勁。

傑圖亞上將就根本上來講是「統帥」之鬼。他會是基於體貼勸部下休假的人嗎？那可是就連精疲力盡的旗下部隊，如有必要的話都會不斷投入運動戰之中，進行著這種統帥的大人耶？

這個無益的疑問，在本人輕易提出答案後獲得了解答。

「主攻之一。第八裝甲師團有一名參謀長掛病號了。」

啊，原來如此。在完全理解後，雷魯根上校甚至是露出苦笑。

這就只是傑圖亞閣下要吩咐他新的任務。

「我對代理人事傷透了腦筋，貴官意下如何。要去稍微呼吸一下外頭的空氣嗎？」

「……閣下方才是說療養假吧。」

「有道是病由心生吧。在煩惱太多的時候，轉地療養會非常有效。就我個人的經驗，沒有比這更好的治療方法。」

話說得還真是好聽，或者說也很少有這麼恰當的論證了。會被投入激戰地點吧。

但不可思議的是，雷魯根上校也有種心情會變輕鬆的預感。

「一旦是野外勤務，身心就會過度操勞，趕走多餘的念頭。而且只需要專注在作戰上，很輕鬆喔。」

要是長官都這樣朝自己使眼色的話，就不容拒絕了。

這本來應該要說是發配邊疆……不過考慮到長官要在對義魯朵雅戰上投注心血的意圖，讓他明白這是必要的請求。最重要的是，心中的惡魔在低語。如果能不用再去想什麼外交與政治的話，朝眼前的職務邁進會比較輕鬆吧。

對於答應要求，他毫無猶豫。

「是要全權交由下官嗎？」

作戰家與作戰家之間的對話不需要更多的確認。長官這不就盤起雙手，板著一張臉搖頭了。

「很遺憾的，是師團長的輔佐。首席參謀兼代理參謀長。哎，你就跟師團長好好協調吧。」

「那就得看長官的意思了。」

儘管不太敢明說，但並不是每個師團長都會歡迎擁有大量的裁量權——而且還是依照參謀本部的意思獨自行動的傢伙擔任自己的幕僚。

對於雷魯根上校難以啟齒的擔憂，傑圖亞上將點了點頭。

「要擔任的是約爾格中將的代理參謀長。雖是重裝備的壓箱寶裝甲師團……但貴官們都有待過那裡，所以十分清楚內情吧。這樣事情就簡單多了吧？」

值得慶幸的是，是個連雷魯根上校都聽過名字的中將閣下。

「約爾格師團長閣下是連隊的學長。」

同一個連隊的紐帶，讓將校培育出初次見面以上的聯結關係。出身相同連隊的人頻繁地一塊用餐，是帝國軍的美好傳統。

……很可悲的，最近一塊用餐的連隊夥伴們，還有端上餐桌的餐點，都比戰前的時候要缺少太多了。

不過，經由出身的連隊，他很清楚同為連隊夥伴的約爾格中將的人品。豈止是認識，兩人的關係也不差。能充分地大展身手輔佐吧。

「要是這樣的話，我偶爾也會挑到不錯的人選呢。如果來自相同的部隊，也會比較容易交流，掌握習性吧。」

會是偶然嗎？

雖然戰務並沒有管到軍人的人事，但參謀將校是另當別論。首先，如果是盧提魯德夫閣下也就算了，但他可是傑圖亞閣下。

「感謝閣下的關照。」

在低頭道謝後，得到一抹非常得意的微笑。

「很愉快對吧。真是羨慕你呢，上校。」

「……沒想到會從閣下口中聽到這樣的話。」

在野戰中發揮自身的才智。儘管諷刺，但對校官級的參謀將校來說……有不少人認為這是最愉快的事。畢竟能在作戰層面上，掌握全權地進行戰鬥。能將「礙事的要素」拋諸腦後，推給其他人去處理。

所以背負著負責人重任的傑圖亞上將，才會略開玩笑地說他羨慕雷魯根上校。

「就讓我說幾句也好吧。我現在可是要在後方面對這種絕境啊。」

集大權於一身，也獨自肩負著重任的男人如此說道。

「政治、外交、國家戰略，還有職務外的各種煩雜事情襲擊過來。我至少有權利開幾句玩笑吧。」

「不會不謹慎嗎？」

雷魯根上校擔心有點失禮的忠告，卻意外地得到傑圖亞上將傻眼的視線。

「上校，如果是勝仗的話，還能允許沉浸在戰爭的悲慘之中，做這種奢侈的行為吧。要因為悲慘而厭惡戰爭也行。」

但是——傑圖亞上將以吸引他注意的語調把話說下去。

「但我根據東部的經驗向你保證。陷入絕境時，就把內心的贅肉丟棄吧。保持愉快的心情會比較好喔。」

命令是要被傳達的。

從上位者，到下位者。

這當中不可能會有任何例外。就連有辦法做到大量越權行為，直屬參謀本部負責游擊的沙羅曼達戰鬥群，也唯獨在這件事上相同。

譚雅從擔任公務使的雷魯根上校手中，嚴肅地收下命令文件。

當然，她在拆封後立刻默讀。

首先看向的是起草日、起草人，還有主要目的。而確認文件格式是基本中的基本。在確認沒問題後開始掌握概要，等回過神時已是面無血色。

忍著暈眩朝擔任傳令的參謀上校望去，就看到一張苦澀的表情。

也就是說，他知道內容。

而且命令文件的內容並不是在開玩笑？

就算立刻重頭再看一次，琢磨著字裡行間的意思，第一印象也沒有錯。是足以讓表情僵住的內容。

譚雅語帶嘆息地說出感想：

「下官收到要把中介人打死的命令了。」

「……我也不願意這麼做。非常不願意。然而我們是軍人，在領受到衝擊性的命令時，該做的就只會是實行。貴官有異議嗎？」

「沒有。」

既然是以合法且正式的文件形式收到命令，下位者就別無選擇。

儘管軍隊的這種權力關係難以說是理想，但這是所給予的前提條件。既然身為誠實善良的現代市民，就得去完成工作。就算不是軍人，也會因為組織命令不得不接受調職，這就是現實社會。而且這還不只是命令，而是基於更高權力形成的軍令。

因此，就算有再多的意見，也只能忍氣吞聲。

「……中校，貴官能接受嗎？」

「上校，你這問題問得很奇怪。我們無法挑剔命令……對軍人來說，議論的自由就只到接獲命令的瞬間。必須要排除萬難，堅定地達成所下達的命令。」

雖然一副不情願的模樣，雷魯根上校還是點頭同意了。只不過，與其說是理解，他更像是看開了吧。

「中校，貴官是正確的。可是，這道命令是正確的嗎……」

「上校，你還好嗎？」

是因為過勞、壓力，還是睡眠不足嗎？對於譚雅出自善意的關心詢問，雷魯根上校以硬擠出來的聲音說出心中的擔憂。

「……他們是中介人。義魯朵雅可是中介人啊。這貴官也知道吧，中校。我們這是在自斷唯一的生路啊。」

聽到這番憂慮的話語，譚雅自負掌握到了問題所在。

簡單來說就是視野狹隘。

恐怕就跟大日本帝國的情況一樣吧。

「上校，中介人並不是必要的吧？」

「什麼？」

關東軍在與突破國境地帶的蘇聯對峙時，也沒有迫於必要停戰、進行投降交涉，所以交涉對象沒必要只侷限於一個。

最重要的是，完全依賴中介人也很危險。

「依靠蘇聯的議和論」徹底失敗，就是歷史的證明了。

只要了解日本史的話，就會知道該如何走上另一條路。因為就算無人中介，也還是有可能議和的。

該喊歷史的效用萬歲吧。

……譚雅特意斷言。硬要說的話，這是出自於想幫雷魯根上校分憂解勞的親切之心。

「直接交涉不就好了？」

要是他的煩惱能因此解決就好了。

就算沒辦法完全解決，但只要找到解決方法，就能減輕人類在精神上的疲勞，這個事實可是勞工管理的基本。

譚雅甚至還期待他的一句感謝。

這是當然的權利吧。

「……在交戰中提出議和？妳瘋了嗎？中校。」

但不可思議的是，他不知為何發出跟預期不同的疑問。

自負是溝通高手的譚雅一面疑惑這是怎麼回事，一面確實撿起對話的線頭。

「雷魯根上校，請恕下官失禮。你是在問哪一方面的發瘋？是指戰時狀況下的發瘋嗎？還是平時狀況下的發瘋呢？」

「也就是無法奢侈啊。」

雷魯根上校就像獨自理解了什麼似的，寂寞地笑了。

「殺害友人、與敵人交涉、把中介人打死。這完全偏離了常態……帝國的失控也在此達到極點了啊。」

「這也是沒辦法的事。現在是戰時狀況。」

「真是便利的一句話呢。」

譚雅掛上曖昧的微笑不予置評，不過他似乎也沒在期待答覆的樣子。唾罵完後，雷魯根上校聳了聳肩朝著天花板說道：

「戰爭啊。直到現在，我才終於注意到『戰爭』的兩面性。戰場的火焰，嚴重焚燒著我們的理性與常識。」

述說著總體戰可怕之處的雷魯根上校，已經徹底累了。

「難怪長年待在後方的人類會壞掉啊……可以認為我有在東部接受過預防接種吧。就這點來說，我說不定是該感謝貴官。」

「能幫助到上校，是下官的榮幸。」

「是啊，我很感謝貴官唷。提古雷查夫中校，多虧了貴官……我似乎得到參加這場戰爭的資格了。」

「派上校參與戰爭的，是國家要求的吧？」

儘管瞬間愣了一下，雷魯根上校還是爆笑起來。

「哈、哈、哈，這樣想也比較容易保持內心健全吧……那麼，提古雷查夫中校，辛苦貴官了，去把義魯朵雅人也殺掉吧。」

「關於義大利麵的料理方式，上校有什麼希望嗎？」

「幫我折碎。只要折碎的話，就算水很少也一樣能煮吧。」

「只要上校下令，下官就照辦。」

「也得要有機會呢。貴官應該會作為戰略預備部隊被狠操一頓。」

「……又是不可能的任務啊。」

提古雷查夫中校露出疲憊的苦笑，那是人類的表情。

不過，也是一個奇妙的畫面。

從年齡來看，她可以說是一名少女吧……雖然因為殘酷的戰時狀況，讓她的身高從初次見面時就幾乎沒有增長。只要展露可愛的笑容，就會是個可愛的幼女吧。儘管如此，她露出的卻是老成軍人會有的苦笑。

深深感到不懂。

不過，這種事無關緊要。

畢竟，我們共享著會被傑圖亞閣下狠狠使喚的命運。

雷魯根上校作為恐怕會被上將閣下毫不留情使喚的人，對著應該會被投入最激戰地區的提古雷查夫中校，甚至感到了「同伴意識」。

「我也是義魯朵雅的前線勤務。就互相好好做吧。」

統一曆一九二七年十月十九日　聯合王國情報部

宿醉會導致頭痛。

狂飲美酒，酩酊大醉到誤判現實的代價，總是讓人感到苦澀。哈伯革蘭少將在公室抽著雪茄，非常英勇地面對眼前的困境。這是一個勇敢、誠實、有榮譽之人的模樣。

不管其他人怎麼說，站在一旁的約翰叔叔都不會忘記這件事的。

即使在苦惱的時候，紳士也依舊是名紳士。

「就承認吧。我們判斷錯誤了。」

哈伯革蘭少將面無表情地喃喃說出這句話，約翰叔叔也小聲地在心中伴隨著嘆息同意。

這到底是怎麼一回事啊。

明明是打算除掉盧提魯德夫上將這頭怪物的。這毫無疑問是對帝國軍報了一箭之仇，但說到有沒有達成本來的目的就非常可疑了。

明明是打算消滅怪物，但令人傻眼的是，等回過神來時，另一頭怪物傑圖亞上將不就已經坐上參謀本部的主位了。

這是在眨眼之間的事。

……那傢伙難道早就預料到這件事，預期會有這種事態嗎？

還是頻頻發生的「漏水」將盧提魯德夫上將的暗殺計畫交到那傢伙手上了嗎？這即使是近乎妄想的猜測，但在哈伯革蘭少將與約翰叔叔兩人面前，看起來卻像是個相當難以否定的難題。

不管怎麼說，能確定的就只有一件事。

哈伯革蘭少將悔恨地承認這件事。

「要說到那個詐欺師，在友人遭到殺害後，竟然不惜立刻拋下『東部』也要重返本國。考慮到驟變的情勢，這說不定是最好的一步……但他難道是怪物嗎？」

太過迅速。

等到愕然的聯合王國情報部察覺到時，不知怎麼就變成「參謀本部團結一心」，無視於帝室、內閣與其他眾勢力的抵抗，靠著面奏皇帝強行通過了人事案。

要說果斷，動作也太快了。別說是來不及妨礙，等到一切都結束之後，蠢蛋們才總算是收起慶祝的酒杯。

脊背發寒。

詐欺師，帝國製聯合王國人，或者該稱為怪物。

在傑圖亞上將這個令人毛骨悚然的存在面前，約翰叔叔混合著感嘆與恐懼之心，呈上這一句低喃。

「是怪物呢……還以為我們領先敵人一步，結果他卻把基礎徹底推翻了。」

他舉起雙手，就像投降似的搖頭嘆氣。

「恕我失禮，我們應該要重頭評估了。內部的整飭綱紀也必須要徹底進行。」

就只有麻煩不停增加。漏水雖然是個大問題，但要是傑圖亞上將是靠自己反應過來的話，這也同樣是個問題。

有誰想知道這頭軍事的怪物，同時也是頭政治的怪物啊？約翰叔叔可是敬謝不敏。

因此，即使他是個紳士，也還是會發起牢騷。

「這位傑圖亞上將閣下不是帝國人，就本質上來講是聯邦人啊……坦白說，跟我們是同類吧。為什麼會當上帝國軍人啊？」

「這我當然知道，Mr. 約翰遜。實在是太棘手了。不久前才狠狠使喚了分析班，要他們全面更新對於目前帝國軍參謀本部的評價，結果就發生了這種事。」

自尊心因此嚴重受損的主管軍官們，目前正在努力了解傑圖亞上將，試圖要比他本人還要熟知他自己。

他們開始收集一切有關於他的資料。

對於俘虜的偵訊自是不在話下，甚至不惜與聯邦人接觸並交換情報。

唉，雖然對聯邦諜報部門的金課長有板著臉呈上「會不會做得太過頭了」的忠告……但這也是不得已的事。

儘管尊敬他們的職務，但認為有此必要的哈伯革蘭少將還是堅持要這麼做。在懷疑漏水時，像金這樣的課長會變得慎重是可以理解的，但唯獨這點是優先順序的問題。

約翰叔叔帶著苦笑撂下狠話：

「畢竟老是讓人擺一道也太不像話了。」

要是面子徹底掃地的話，不論是誰都會受傷。即使是堅固的櫟木桌，在不斷受到房間主人全力敲打之下也一樣會凹陷，這是相同的道理。

所幸聯合王國情報部很快就逐漸掌握到狀況。

只是浮上檯面的現實情況，卻可恨到讓哈伯革蘭少將有必要立刻訂購一張新桌子。

「前程不太樂觀。因為帝國現在甚至有可能是在傑圖亞幫的一元化指導之下。」

「傑圖亞幫？」

「是指傑圖亞上將、雷魯根上校、烏卡中校這三大惡黨。姑且不論形式上，但他們似乎能實質上排除最高統帥會議的干涉了。」

「傑圖亞上將也就算了，就兩名校官……不對，雷魯根？是那個雷魯根戰鬥群嗎？」

約翰叔叔心裡有個底。

想說莫非是他，結果一點也沒錯。

「是在東部擔任實際可用部隊指揮官的男人。貴官也認識他吧。是Mr.德瑞克討厭得要死的實戰派。」

「也就是一般的實際可用部隊吧？」

「跟貴官很像喔。換句話說，就是無法取代的左右手。」

對約翰叔叔來說，這是讓他非常困擾的發言。

「就憑我？這還真是高估我了。」

「我可不是在開玩笑喔。」

「閣下還真是愛說笑。」

實際上，上頭在某種程度是這樣認為的吧……話雖如此，這也是一己之見。於是哈伯革蘭少將就把「上頭就是有如此欣賞貴官」這句話給吞了回去。

哎，就算不論這點，雷魯根這名上校也無法說只是一介校官吧。

就算斷言他是危險因子也不為過。

「言歸正傳。那傢伙……也有在義魯朵雅方面的外交談判上出面。基本上算是傑圖亞上將的左右手吧。作為帝國精心打造的參謀將校，他就某方面來講可是個模範生。」

「那麼，這個烏卡是？」

「似乎是鐵路家。負責在參謀本部排定時刻表。」

「所以是善良的軍事官僚。雖然不想這麼說，但不就是個組織人。特地把他算進幫派成員裡的理由是？」

上司緩緩拆開機密資料的封口，在約翰叔叔面前遞出幾張文件。接過一看，語言是帝國語。

或者該說，這是帝國軍的文件吧？

「在西方搶到這整份文件。你看看，他靠著難以置信的時刻表靈活調度防止了崩壞。真希望家裡的鐵路也有這樣一個人才。」

「……太漂亮了。好用到讓人傻眼啊。」

約翰叔叔把烏卡這個名字記在腦海裡。能實現這麼徹底的效率追求，足以算得上是威脅了。對於鐵路的要求五花八門，他卻能統整出一個優先順序，與各方面進行調整，一面讓民需與軍需兩立，一面維持著最大限度的靈活性？

就連門外漢都知道這肯定很麻煩。

約翰叔叔帶著小小聲的嘆息向主發出怨言：

「命運還真是不公平啊。讓人懷疑起仲裁的主神是不是在偏袒帝國了。我們必須要徹底自力救濟嗎？」

沒錯——哈伯革蘭少將點了點頭。

「得不到手的，就會讓人想毀掉。」

「他的餘生？」

「暫時安泰。畢竟他不肯離開帝都。」

他是工作狂嗎？或是帝國人有在動腦呢？不管怎麼說，看來主暫時還不想讓誠實善良的鐵道家遭遇到意外事故啊。

虔誠的信徒居然會得不到恩寵……還真是令人遺憾。

「這不是該輪到空軍登場了嗎？」

在隨口提出空襲司令部設施的方法後，哈伯革蘭少將也冷淡地搖了搖頭。

「我沒興趣擲骰子。」

「如果是打牌就行了嗎？」

約翰叔叔回著玩笑話，結束這段愉快輕鬆的對話。儘管實在是非常遺憾，不過在戰時狀況下，要是身為國王陛下的情報部員，時間就會比寶石還要珍貴。

「話說回來，閣下。主題是？如果是想找個對象毫無顧慮地聊著機密的話，我這就去搬面鏡子過來。」

輕快的玩笑話就只得到凶狠的一瞪。

哈伯革蘭少將的幽默精神似乎是在漫長的戰爭之中枯竭了。儘管很遺憾，但他別說是諷刺，甚至還回以十分認真的解說，讓約翰叔叔即使不願意，也還是實際體會到了上司的疲勞與憔悴。

「根據我方的極機密情報源，這個三人組有動作了。」

「在東部嗎？」

對於這句懷著確信的確認，上司卻是搖了搖頭。

「根據無線電唱著的打油詩，他們似乎在打著要殺掉可憐的義魯朵雅人的算盤。」

「喔！」

居然是義魯朵雅！這是足以讓約翰叔叔忍不住挺直身子的話題。

不是東部，而是南部。

「在目前的情勢之下，特意跑去襲擊義魯朵雅？我還以為即使是帝國人，也仍然殘留著理性呢。」

「簽訂武裝中立同盟，對帝國人來說似乎是太過刺激了。想在合州國的先遣部隊進駐義魯朵雅之前擊潰他們，是這種意圖的結果吧？」

「理論上是這樣吧，但我可不認為帝國還有這種餘力。如果是敵方的傑圖亞上將的話，我不認為他會不理解這種程度的事，以及攻擊義魯朵雅究竟有多麼愚蠢了。」

有種討厭的預感，內容卻很曖昧模糊。讓人想抽一根菸，整理一下思緒。

就他所掌握到的情報，實在是不覺得帝國會有勝算。

「部署在南方國境的推定戰力有變嗎？稍微增強的程度，連義魯朵雅國境都突破不了吧。」

「你拿去看。」

遞過來的文件上述說著幾個部隊的移動狀態。

是鐵路運輸的紀錄，還有「航空機」的集中配置。

「……恕我失禮，這上頭的數字沒寫錯嗎？」

「雖然大膽，卻很有效的一手。傑圖亞上將似乎就算要捨棄其他所有的空域，也要確保義魯朵雅方面的空中優勢。」

喔——約翰叔叔眨了眨眼。

他不是軍人，對於空中優勢的意義只有知識上的了解。然而，他已用自己的雙眼確認過，現役軍人們由衷渴望著空中優勢的事實。

他在腦海中盤算著。

敵將是傑圖亞上將。

義魯朵雅方是……加斯曼上將吧？

那位大人雖然離無能很遙遠，卻是個「普通人」，而且還很糟糕的是軍政圈的人。最重要的，是他沒有體驗過總體戰。

「情況說不定會變得很嚴峻啊……」

「有這麼嚴重嗎？」

「傑圖亞上將是稀世的詐欺師。恕我失禮，義魯朵雅人要是首次遇到他的伎倆，戰線恐怕會被大幅推進吧。」

就連擁有數量優勢，理當經由實戰訓練鍛鍊出來的聯邦軍都經常遭到那頭怪物玩弄。以擁有局部優勢的傑圖亞上將為對手，要期待義魯朵雅人打一場勢均力敵的戰鬥是在強人所難吧。

倏地，他基於不可思議的直覺開口說道：

「該建議高層提早反攻大陸的時期吧？」

「不可能。」

哈伯革蘭少將不愉快地做出的答覆很冷淡。

「憑什麼要讓我國的年輕人代替義魯朵雅人送死啊？就讓他們為作為中立遲到的部分付出代價就好了吧。」

「……對義魯朵雅人的困境視而不見也不太好。」

這是老情報部員的直覺，不幸的是，約翰叔叔能作為根據的也只有這個直覺。

他以最起碼的抵抗補上一句話：

「就期待分析官能做出足以讓他們洗刷汙名的正確且適當的分析吧。」

統一曆一九二七年十月二十日　聯合王國情報部

就只是將交辦下來的工作做好可是三流；成果超乎要求水準才總算是達到二流；如果是一流的話，在吩咐下來之前就做好安排可是基本功。

而聯合王國的情報部門離無能相當遠。

他們的實績自然是不在話下，最重要的是還十分自負。作為專家的自尊，是不可能容許他們一直輸人。他們沒有屈服，而是發憤圖強要在下次扳回一城。

等待著復仇時機的他們，在經由解密看出帝國的意圖後，就立刻間不容髮地基於複數的假定開始初步分析。

在戰爭與戀愛上，聯合王國人是不擇手段的。

就算要將大量的香菸與酒精作為燃料，過度用腦到極限為止也要完成分析的諷刺家們，因為是全力以赴，所以成果也是可想而知。更何況他們還曾一度輸給傑圖亞上將過。致力於復仇的他們所描繪出的大概情況，有時會是驚人的正確。

掛在室內的地圖上寫著帝國軍的配置狀況。

只須看每隔半天更新一次的部隊所在地與部隊編號，就能一眼看出包含裝甲師團在內的「運動戰」戰力正在日益增強。最後是明瞭到令人傻眼地進行重點配置的眾多航空隊。

即便是局部性的，但能確定帝國會握有空中優勢。

只要看到這種部署，未來就太過顯而易見了。

帝國人是認真的。

要視為恫嚇，部隊也太過靠近。

確信就快開戰的他們，卻在這時抱頭苦惱。

「向義魯朵雅發出的警報怎麼了？」

「發太多次了。」

聯合王國情報部員們一齊半是苦笑半是傻眼地嘆了口氣。

這是外交努力所意想不到的副作用。

為了讓「義魯朵雅」疏遠「帝國」，他們付出了各種努力。以聯合王國的立場來講，這是當然的吧。

結果就是……強調帝國威脅的訊息，早從以前就陸續發出了。

對經常收到警告的義魯朵雅方來說，這是早就聽慣的事。

現在即使大聲嚷嚷，也跟放羊的孩子一樣吧。就算主張「這次是真的」，聽起來也肯定缺乏可信度。

這種時候，就姑且盡一下人情就好了吧？

就在他們甚至提出這種消極言論時，有人在議論中掀起了新的波瀾。

「必須在事前讓義魯朵雅人做好防備吧？我們應該要考慮進一步地公開情報源，向他們發出大膽且明確的警告。」

率先提議的是以優秀著稱的一名課長。

「金，理由是？」

「第一點，是第二戰線的重要性。第二點，是對義魯朵雅外交。最後第三點，是保險。即使可能性很低，但義魯朵雅徹底滅亡的問題太嚴重了。這樣一來，就得用我們自身的血去形成第二戰線。」

課長級情報部員指出的事實說到了重點。不過，他在場的屬下們卻苦悶著一張臉。

「我也不是不懂金的意見……但很難判斷義魯朵雅究竟脆弱到何種程度。」

能理解帝國應該會占有優勢吧。但究竟占有多少程度的優勢就議論紛紛了。

況且，在合州國甚至有可能介入的情勢下……很難相信帝國會單方面的勝利。

「義魯朵雅人也有加強國境地區的防備吧？」

「只不過，很懷疑是否支撐得住啊。要是給了傑圖亞上將奇襲之利的話，國境有可能會被輕易突破也說不定。」

「要是這樣的話，問題就在於……義魯朵雅會被逼退到何種地步了。」

「不是反過來嗎？這是帝國軍會在哪裡達到攻勢極限的問題吧。」

白熱化的討論方向，最後落在最初的攻勢會讓帝國推進多少距離上。

奇襲、火力優勢、空中優勢。

義魯朵雅軍無法守住義魯朵雅北部大半地區的可能性很濃厚。大半的野戰軍也會遭受損害吧

……就連實質上全滅的可能性，聯合王國情報部都有適當地列入考量。

儘管如此，他們也還是根據物理現象看出帝國的極限。

「維持不了兩週。帝國軍正在東方戰線與聯邦打得火熱。不僅砲彈基數沒有預置多少，最重要的是帝國軍的運輸網早已疲弊許久了喔。」

「頂多就是奪走義魯朵雅北部的部分地區吧？」

「這樣的話，帝國軍的目的是要確保防禦縱深嗎？」

就在他們估算出帝國軍大致上的目標，並搭配上義魯朵雅軍的能力後，聯合王國情報部得到一個非常簡陋的結論。

「哎，就拭目以待他們有多少本事吧。」

義魯朵雅人也好、帝國人也好，就讓他們自個去盡情享受戰爭就好。

聯合王國會由衷向他們送上聲援的話語。

[chapter]

V

第伍章

舞臺

Stage

敵方也好、我方也好，就盡情演出吧。

—— 傑圖亞上將　義魯朵雅戰役中的自言自語 ——

統一曆一九二七年十一月十日傍晚　南方國境附近

雷魯根上校倉促赴任的第八裝甲師團，是被帝國軍參謀本部視為重點部隊，奉嚴令要在開戰號砲後不顧一切一路南進的先鋒部隊之一。

實際上也分配到與先鋒相稱的新型裝甲戰力、充裕到傻眼的燃料供給，以及雖是基礎程度，但有受過確實教育的將兵。

此為近年罕見，保持著精悍戰力的帝國軍部隊吧。就連以戰前的基準來講，都能毫不顧忌地評為精銳。

正因為如此，他們在義魯朵雅戰役中扮演的角色十分重大，一旦來到作戰發動前，就算不是參謀將校也會忙得焦頭爛額。所以當得知師團長約爾格中將在傳喚自己時，雷魯根上校就只覺得工作量要增加了。

他可是首席參謀。猜想著大概是有新的難題，或是需要緊急處理的案件，小跑步衝進司令部裡的雷魯根上校，就在這時感到有點困惑。

司令官並不在司令部裡。

這是怎麼回事？——他左顧右盼起來，發現師團長的行政官向他使了一個眼色。心想著究竟是什麼事並尾隨他過去後，就被帶領到師團長的私室。

在抵達後，帶路的行政官就一邊說著：「已驅離閒雜人等。」一邊離開房間，即使疑惑也沒有留下半句說明。儘管摸不著頭緒，雷魯根上校也還是先依照規定向房間主人敬禮。

「下官奉命報到。」

約爾格中將點頭說聲：「辛苦了。」微微苦笑起來。他沒有下達任何命令，帶著有點不可思議的表情取出一張格式眼熟的信封。

「雷魯根上校，這是參謀本部要給貴官的密封命令。」

「給下官？」

「貴官是參謀本部的派遣將校。沒必要對我客氣。我大致上猜得出來，是傑圖亞閣下的特別命令吧。應該是麻煩事，但你可要確實做好。」

「下官就收下了……只能祈禱不會是難題了。」

一面答謝，一面立正收下信封。雷魯根上校一時忘記長官是帶來衝擊與恐懼的高手，就這樣若無其事地拆封後，詛咒起自己的大意。

眼前忽然一花。

「……！」

就算連忙用腹部施力站穩，也依舊感到一陣天旋地轉。

「上校？喂，你怎麼了，上校？」

在一臉擔憂的約爾格中將面前，雷魯根上校連忙收斂起表情。

「失禮了，下官稍微，那個……突然有點私事。」

「跟那張命令文件有關嗎？」

畢竟眼見他一看過文件，就立刻踉蹌地按著眼角的模樣。會感到可疑是理所當然的事。就算辯解，也不可能敷衍過去。然而約爾格師團長不但沒有譴責，反而還語帶自嘲地聳了聳肩。

「不對，是我太不識趣了。問這種事……是我不好。」

他不去追究命令文件的內容。

不論好壞，中將閣下都以行動表示了自己是善良的組織人，也是一名懂得分寸並具有良知的帝國軍人。

「你就隨意去做吧。不過基於作戰上的必要，我還是要跟你確認一下。貴官的私事，會在發動攻勢的預定時間之前結束嗎？」

「是的，這是不會錯的。」

很好——獲准離開的雷魯根上校親自逮住一個憲兵小隊，搭乘裝甲車趕往距離最近的軍方長途電話設施。

休息時間遭到妨礙的將兵們質問：「有什麼事？」雷魯根上校則徹底無視他們的抗議，不論再怎麼吵鬧，都還是堅決地依照命令行動。他霸占整間通訊室，將抱怨連連的將兵通通趕到室外後，就嚴令憲兵小隊長守在門外，「不准任何人靠近」。

當然，想打電話給人的將校並不只有雷魯根上校一個。家人、朋友、戀人，有時也是為了工作吧。就算基於各種立場發出異議、反駁，在參謀本部的權威之下，憲兵等人也一如字面意思地排除掉一切障礙。

於是在強行包下的室內，雷魯根上校做了一次深呼吸。雖然緊張得冒出一身冷汗，但是不能害怕。

下定決心，伴隨著覺悟拿起話筒。

「幫我撥國際電話。要打給義魯朵雅。」

「由於現在是深夜……」

「我以帝國軍參謀本部的權限要求你立刻照辦。」

催促著傳喚來的帝國方交換局負責人，強行通過夜間緊急電話的無理要求後，雷魯根上校讀出記錄下來的電話號碼。

「不好意思，這個電話號碼是義魯朵雅軍的軍事設施。雖說是從帝國軍基地撥出，但義魯朵雅軍相關人士以外的人是嚴禁進行私人通話的……」

「這是軍事通話。你沒有判斷內容的權利。還是說閣下能依自己的獨斷，截斷與義魯朵雅軍相關的通訊？這是正式的聯絡。我會正式提出抗議，追究這件事的責任歸屬。」

即使義魯朵雅的電話接線員不甘願地抗議，在暗示責任問題之後也退讓了。或許是最起碼的抵抗吧，等待時間莫名地久，但不久後也響起電話鈴聲。

還沒響完第一聲，電話就被接起了。

「您好，這裡是義魯朵雅軍諾斯特姆駐地值班司令部。」

「請問卡蘭德羅上校在嗎？」

「不好意思，請問是哪裡找？」

這不客氣的詢問，即使隔著聽筒也能深深感到對方的不信任。應該是值班軍官的義魯朵雅方人員，單從年輕的嗓音來判斷，是個不懂得通融的認真軍官吧。

作為軍官這種個性不能一概說不好，但要認同愚直也得視時間與場合。

此時雷魯根上校的立場，無法接受這種態度。

「這是緊急事件。請立刻轉接給卡蘭德羅上校。這可是需要在這種時間用長途線路打電話過來的事情。」

「……如不回答姓名與事項，我無法幫你轉接。」

一如規定的回答。

判斷這樣下去會沒完沒了後，雷魯根上校特意緊握住話筒大聲喊道：

「貴官有判斷的權限嗎！這可是義魯朵雅參謀本部的案件喔！」

「可是，要找人的話需要報上姓名與事項……」

「給我適可而止！只要說是『商談對象有緊急事件』，他應該就會知道了！如果是卡蘭德羅上校的話，我確信就算是深夜他也會接電話的！既然你阻礙的話，就要有覺悟負起毀掉這起案件的責任吧！」

期待卡蘭德羅上校的機智與名聲所提出的要求，得到了對方不甘願地說要去通報的答覆。

儘管在等待的短暫時間裡，一直處在電話是不是被掛斷的嚴重心理糾結之中……但寄予信任的「英明」對手還是確實接起了電話。

「失禮了，我是卡蘭德羅。請問是哪裡找？」

平穩的男中音，聽起來還真是舒服啊。這樣自己也能開始執行任務了。做一次深呼吸，將鬆懈下來的精神重新振作後，雷魯根上校開始言語的機動作戰。

「是我，卡蘭德羅上校。我想你能從聲音與語調聽出我是誰。」

「……是上校嗎？」

「感謝你沒有說出我的名字。還請原諒我現在無法再透露更多了。」

不知是否隔牆有耳。即使是半夜被人叫醒，卡蘭德羅上校的腦袋也確實有在運作。

「不會不會，我才要請你見諒。想說該不會是你打來的，連忙爬起床……是有急事吧？聽說你狠狠威脅了值班軍官……」

「沒時間與餘裕了。還請上校諒解。」

「我知道了。雖說是這種深夜，還是抱歉讓你久等了。」

「……感激不盡。」

雷魯根上校的耳朵聽到對方驚訝地「喔」了一聲。

「是什麼如此重要的事嗎？」

「還請記住我現在打電話給您的這件事。」

傑圖亞上將給予的命令很簡單明瞭。

要做的事情，是關於開戰的洩密。

換句話說，也就是要假裝親切地向義魯朵雅方告密。以「間接性的暗示」賣義魯朵雅方一個人情，藉此形成信賴關係。這樣即使在開戰後，只要他們認為這是（對義魯朵雅方來說）有價值的接觸管道，就能作為可用來對話的外交管道保持接觸，根據說明這是為了達成此事的手段。

要是能乾脆認為這是在痴人說夢，把這件事一笑置之就好了吧。

令人傻眼的是，就連接觸管道都仔細準備好了。似乎是看準義魯朵雅軍的軍政頭子加斯曼上將的派系作為洩密對象，而由他一手栽培的卡蘭德羅上校，則是被傑圖亞上將親自指名作為聯繫窗口。

並嚴令要取得在開戰後也能進行對話程度的信任。當然，不允許明示開戰的日期與時間。然而，密封命令上有提到引起不穩情勢與警戒是在「容許範圍」內。

這是骯髒的計謀。

實在是讓人無法鬆懈。

就連方才的短暫對話，都讓當事人的雷魯根上校差點被要慎選話語的重擔壓垮。考慮到傳達手段有限的限制，時間的缺乏，還有雷魯根自身的內心糾葛，到這裡就是極限了。

「抱歉，卡蘭德羅上校……我無法再透露更多了。」

儘管猶豫著是不是該多說些什麼，喉嚨卻乾到不行。

即將發動奇襲的軍隊將校，向奇襲對象的將校發出「警告」，就以軍事常識來看是難以置信的事吧。

腦袋知道這是在侍奉高度的戰略目標。

是為了不讓必要的外交窗口關閉所做的姑息掙扎。

不會誤解傑圖亞閣下這道命令的意圖。同時，雷魯根上校也多少了解自己。要他興高采烈地去做這種事，是不可能的。

因為他沒有連本性都變成名為參謀將校的怪物，就只是個凡人。

不過，身為一個人……他說出該說的話。

「……卡蘭德羅上校，我由衷祈禱您身體健康、武運長久。」

祈禱他武運長久也很奇怪。如果要祈禱自己等人的對手，亦即戰爭對象武運長久的話，應該是要向誰祈禱啊？

該向神祈禱嗎？還是向惡魔祈禱？

腦海中一面浮現這種無益的想法，被不可思議的事態發展玩弄的雷魯根上校一面緊握著話筒。

「深夜打擾真是抱歉。我差不多該休息了。」

以言外之意告知「時間緊迫」後，卡蘭德羅上校隨即間不容髮地接話說道：

「不好意思，我也突然想起一件急事。沒法跟你好好聊真是抱歉。下次還有機會聊天吧？」

「這是當然。這就是我打電話來的目的……不好意思，沒辦法再說下去了。」

最後在這麼說後，雷魯根上校掛斷了電話。他就這樣坐在椅子上，彷彿消耗殆盡似的晃著肩膀。

實際上，是由衷感到極限了。

雖說只是把該傳達的內容傳達過去，卻也讓人深深體會到言詞策略有多麼深奧。不斷重複著模仿外交官的行為，如今他對於康納德參事官等外交官們的敬意已是不可動搖。

「會當上軍人也是一種命運。不過，外交官……不是我能當的職業啊。」

雖說是在執行參謀本部的命令，但這要是走錯一步就形同背叛吧。雷魯根上校就像是為了抑制輕微的頭暈，在懷中摸索著香菸。

「……我是怎樣也想不到這種手段。」

以偽裝成事前通告的試探，保存「自己與卡蘭德羅上校之間的管道」。為了達成這件事，儘管給予的時間不多，也還是發出警告，將這種「友誼」作為「交涉管道」展現？

這種想法也太奇怪了。

儘管覺得奇怪，但在聽到後也能明白這是正確之舉。

帝國軍尊重外交交涉管道，並想維持下去的意圖應該有順利傳達給對方吧。

因為卡蘭德羅上校對於「下次的接觸」非常積極。即使是在開戰後，也不會無條件關閉交涉窗口吧。

「作為溝通管道，沒有比這更成功的吧……雖然很煩惱該不該為此高興。」

儘管無比重視奇襲效果，卻採取了很可能降低奇襲性的措施。這非常不符合軍事合理性。

但自己也能理解，這恐怕是必要的吧。

執行命令，完成任務，居然會受到如此不愉快的煎熬。

就像是要掩蓋口中難以形容的噁心感，雷魯根上校抽起一根菸。只能把香菸的煙氣吸入肺中，然後伴隨著煙霧將內心湧現的情緒朝空中吐出。

「……為什麼，會變成這樣啊。」

並沒有打算成為這種參謀將校。

曾相信自己能實現作為作戰家、作為軍人的夙願。擬定作戰，或是率領部下遭到敵彈擊斃都是早有覺悟的事。

但萬萬沒想到，自己會處於能用一通電話左右無數生命的立場。叼著香菸的雷魯根上校搖搖頭，端正軍帽。

至少現在就像個軍人，專心思考與敵人交戰的事吧。

他可是肩負著擔任前鋒的榮耀。要作為將校，率先去做該做的事。

也有自覺到這是一種代償行為。認真得無法逃避現實，但也沒有強韌到足以擁抱現實，這就是自己的極限吧。

然而，儘管如此。

「傳達過去了。既然如此，之後就是作為將校的我擔任前鋒了。」

他在起身後，立刻為了返回第八裝甲師團的參謀室離開設施。在向憲兵小隊宣告撤收，搭上裝甲車的瞬間甚至是鬆了一口氣。

就這樣去向師團長做歸還報告，並在前往作戰室時感到肩上的重擔變輕了。

與其在通訊室裡注視著電話，還不如作為師團的作戰負責人盯著地圖看，這毫無疑問對心理健康比較好。

「……總算要開始了。」

伴隨著拂曉開始行動。考慮喝一杯苦澀咖啡轉換心情的雷魯根上校忽然苦笑起來。

「轉換心情啊……傑圖亞閣下，還真是個曠世的詐欺師。」

儘管早就知道了……但所謂的轉地療養是個瞞天大謊吧。

或許多少有些擔心的成分在，但本質上是更加戰略性且「狡猾」的外交策略吧。

不對——雷魯根上校有意識地偏開觀點。

「言語的職責已經完成了。既然如此，現在只要完成參謀的職責就好了吧。」

當天　義魯朵雅國境司令部

在是否有傳達到這點上，雷魯根上校的傳言「確實是傳達到了」。

深夜，緊急來電。然後要具體來講的話，就是一連串明顯話中有話的話語奔流。哪怕是再蠢的情報家，都能看出剛剛接到的那通電話，比起「對話的內容」，更該重視「有過通話」的事實吧。

而卡蘭德羅上校絕非無能。

不對，恰好相反。

在義魯朵雅軍之中，他是名傑出且能幹的情報家。在這通奇妙的電話結束後，卡蘭德羅上校毫無迷惑。

在這點上，話語也盡到了責任。

接收到訊息的一方也緊握著聽筒，猛然開始動作。

為了立刻把所有人員從睡夢中叫醒，在深夜發布警報。

讓睡眼惺忪的通訊人員們坐在桌前，不管三七二十一的向各方面不停地打電話通報。敏感的部分有必要派出傳令軍官吧，但他立刻判斷這個情報有重視初報速度的價值在。

如有必要，卡蘭德羅上校甚至不惜獨斷獨行。

「把消息傳給更高層的人員！帝國有動作了。事態恐怕會有天翻地覆的變化！」

「有必要特意在這種時間把高層叫醒嗎？而且還要用電話進行通訊……？」

只不過，保守的、或是說忠於規則的通訊人員們全都一副不甘願的模樣，讓卡蘭德羅上校冷酷地下達命令。

「給我做。」

「可是，上校……」

「要是不叫醒高層，就確實會發生晴天霹靂程度的事。」

誰管他掛鐘現在顯示的是幾點。

他確實明白「非常時期」的意思。

「恕下官失禮，情報來源確實嗎？像這種用一般線路突然打來的電話根本無法信任吧……」

「值班軍官，你這是在追究情報來源嗎？要我用這傢伙向貴官的腦袋說明嗎？」

卡蘭德羅上校握在手中的，是一把手槍。

擔任傳訊者的雷魯根上校，應該要感謝對方的判斷力吧。卡蘭德羅上校就是有如此重視雷魯根上校的電話。

「上、上校，這玩笑有點過分啊。」

「你再廢話下去，這就不會是玩笑了。」

豈止是威懾，發狠到就像是真的要開槍的卡蘭德羅上校豁出去了。一臉認真堅持己見的態度，足以讓任何人理解到事態的異常性吧。

「這是在此種時機，由對方進行的接觸。就算認為這可能是在虛張聲勢，也有必要立刻研討對策！」

「雷魯根上校」這個人是「參謀將校」。並不是一個天真到會因為自己與義魯朵雅的友情而打電話通報的人。

這類模仿情報家的舉動，在他的經歷上是毫無跡象。

問題就在於，潛藏在這種人「緊急來電」背後的事情。

必要的預感向卡蘭德羅上校的全身發出迫切請求，徹底地要求他迅速且機敏地做出行動。實際上，在帝國準備起事之際……感受到異變的他是正確的。

置身在長年維持平時體制的義魯朵雅，還能夠速斷速決，不畏事後譴責地採取行動，這只能說是非常適當的判斷力與義務感。

傑圖亞上將要是知道卡蘭德羅上校即使處於享受和平中立許久的義魯朵雅，也依舊能做出如此果斷的決定與對應的話，還會不會同意這通「雷魯根電話」，也讓人非常懷疑。

然而……

這卻是——

一道有著致命性誤解的警報。

卡蘭德羅上校發出的警報，確實是讓義魯朵雅軍高層察覺到「帝國出現可疑的動靜」。

在這個時候，這還是很確實的警報。

會有什麼大動作吧。卡蘭德羅上校警戒著，並相信高層會在對照收集到的情報後，下達最適當的判斷吧。

想當然耳，義魯朵雅軍參謀本部也確實打算這麼做。

對應部隊馬上展開行動。沒有浪費時間，聚集起來的分析官們立刻開始分析情勢。

儘管是深夜的召集，一切都還是進行得非常順利。要不了多久，他們就在短時間內彙整好一個初步的推論。

只不過，帝國人要是聽到這個初步分析，想必會歪頭不解吧。

打從第一顆鈕釦起，他們就扣錯地方了。

「是非常時期！……帝國本國可能爆發了政治鬥爭！」

「快向帝都的駐外大使館與非法間諜發出急報！總之，必須得透過一切的情報管道掌握情勢……」

「給我政治情報！總之得掌握帝國的政情……！」

接獲了警報。

預見會發生變故。

然而，人類往往會以「自己的價值觀」做出判斷。相信其他人應該也跟自己等人有著相同的想法。

文化性的義魯朵雅人，太過於以自己等人的風格去思考。正因為是洗鍊的文明人，所以義魯朵雅英明的分析官犯下了錯誤。

很不幸的，他們忘記帝國人在政治面上並沒有義魯朵雅人這麼洗鍊。

總而言之——

他們連想都沒有想過。

相信暴力有時是唯一解決之道的傢伙，會是他們的鄰居。

因此，義魯朵雅當局人員連忙進行著政治方面的查證。

……就連想都沒有想過這會是錯誤的判斷。

統一曆一九二七年十一月十一日　帝國軍參謀本部

參謀本部深處，作戰室的壁掛鐘。在無數道視線所注視的方向上，刻劃時間的指針緩緩轉動著。

靜謐感與緊張感讓室內充滿緊繃的氣息。

佩掛著閃亮亮的參謀飾繩，穿著筆挺軍服的軍人們各個坐立不安，迫不及待地等著「時間」到來。

在這群人之中，就只有房間主人傑圖亞上將顯得從容自在。

毫不在意周遭緊繃的氣氛。

就像與自己無關似的優雅抽著雪茄，毫無忌憚地翻著不知從何而來的文庫本。

將軍在翻頁後揚起嘴角。

就像是被喜劇劇本的歡鬧情節給逗笑似的，放下雪茄，優雅地用手遮住不小心露出的笑容。

「世界如舞臺，世人皆演員。古典文學裡的話，還真是相當有意思呢。」

會開始寫起代替備忘錄的筆記，純粹是因為興趣吧。

說到底是看不下去吧。

輪到在傑圖亞上將身旁隨侍，擔任副官的烏卡中校登場了。

向長官提出忠告，請他考慮一下「狀況」。這事儘管很難辦，但也是副官該負起的一項工作。

不想打斷長官的消遣。

儘管如此，但考慮到作戰發動前的情況……

「閣下，那個……抱歉在您看得正愉快時打擾。」

「怎麼，烏卡中校。貴官也想看嗎？這樣的話，希望你能先等我看完呢。」

「失禮了，閣下。請恕下官直言，那個……」

「沒想到貴官這麼喜歡看戀愛小說啊。如果接受同一個作者的話，還有另一本討厭男人和討厭女人的兩人大談戀愛的作品。要不要先看這一本？」

副官發現自己被揶揄，蹙眉表示「下官不是這個意思」時，傑圖亞上將已重新叼起雪茄。

呼地吐出一口煙的長官，看起來相當地自由自在。即使想斥責，以立場來說也不得不保持沉默，於是烏卡中校蹙起眉頭。

只不過，傑圖亞上將這邊也同樣蹙起了眉頭。

「總覺得大家似乎都太緊繃了。集中精神是很好，但就算在這邊煩惱半天，也只是在浪費精神力吧。除了交給現場人員外，我們什麼也做不到喔。」

「這種緊張感，下官不論迎來再多次都無法習慣……」

「別搞得自己精神錯亂，給我振作一點，中校。我方主動向中立國發動攻勢，這還是頭一遭吧？」

「……這麼說來，也確實如此。誠如閣下所言，這確實是我方第一次主動發動攻勢。」

烏卡中校拿出手帕擦拭額頭。

儘管在被指出之前都沒注意到，但確實是這樣沒錯。如果是開戰前的緊張感，在場全員實際上都是初次體驗。這是超越作戰前的緊張感的某種情緒。

無法控制地冒出一身冷汗。

再度瞥了一眼……不知該說是令人傻眼、還是令人感嘆，眼前的傑圖亞上將十分自然地在專心看著文庫本。稍微迷惘了一會後，烏卡中校改變想法，認為這副模樣縱使是裝出來的也一樣可靠。

只不過，光是默默等待也讓人心急難耐。

於是他開口說出一句：

「準時開戰。要是可以的話，也希望能準時勝利，結束這場戰爭。」

「烏卡中校，貴官……是個凡人呢。」

「閣下？」

房間主人看著烏卡中校，像是覺得哪裡有趣似的笑了起來。

「參謀將校是惡魔的親戚。特別是在打著道理的算盤時。」

不論成功、失敗，所計算出的數字都絕對不會有錯。

讓惡魔藏在細節裡，跨越人類智慧的極限，然後摘下勝利的結果，將這個合理性包含在內的人造怪物。總體戰時代的參謀將校，就必須得要是這種生物。

「祈求計畫成功？那是人類在做的事。參謀將校以外的人就儘管去祈禱吧。在他們祈禱時，我們只要朝著不同的道路勇往直前就好。」

大半的人都處於看著時鐘感到焦慮的境界。儘管如此，唯獨傑圖亞上將一人領悟到作為戰爭祭司的道理。

「你就好好記住吧。」

作為傲慢不遜的智能怪物，真正的參謀將校就連在這個瞬間都確信能成功。填入適當數字，將變數最小化的算盤，所得到的答案是絕不會錯的。

會因為願望犯錯的人性，已在東部捨棄了。

「對付區區凡人，參謀將校是要怎麼輸啊。這很傲慢嗎？一點也沒錯。握有主導權的參謀將校，能預測到計畫完成是當然的事。戰爭終究是在準備階段就已經決定大半了。」

就容許戰爭迷霧的瀰漫吧。

就去擁抱摩擦的存在吧。

也去理解在面臨決斷時的內心糾葛吧。

要預測後勤，安排到萬事俱備。

在將所有要素通通考慮進去之後擬定大計畫。

參謀將校不是根據他的性格，而是必須根據他的結果說話。因為參謀將校是暴力裝置最為重要的齒輪，所以必須盡可能地完美無瑕。

細心打磨出來的他們宛如天神。或者說，有如惡魔附體。

所以怎麼可能會故障啊。

就像是要紓解部下的緊張，傑圖亞上將輕聲低語：

「第一波攻勢會確實拿下吧。」

向一臉被勾起興趣的烏卡中校，以溫柔語調述說的是戰爭之理。

「因為……義魯朵雅的各位，有在腦海中想像過戰爭吧，但內心的覺悟還太天真了呢。」

「閣下有如此期待奇襲效果？」

「把睡到一半的人踹醒，這樣哪有輸的道理啊。就算我軍是小貓，敵方是獅子也毫無疑問能贏。」

這番話充滿自信。不過，傑圖亞上將意志堅定的眼神比他的話語更加雄辯。儘管瞇細著眼，眼神卻絲毫沒有笑意。

直視他的烏卡中校微微倒抽了一口氣。

儘管自認為非常熟知長官有多麼能幹，但這是作為「戰務」的能幹。沒想到在「作戰」之際，竟會顯得如此凶狠。

是鬆懈下來了嗎？忽然間，他臉上露出了好奇心。

因為這是連想都沒有想過的事態吧。或者，是因為聽聞過「戰務」的傑圖亞副參謀長總是會準備好「B計畫」也說不定。

總之，他粗心地開口問道：

「要是失敗的話，會怎麼樣？」

烏卡中校在發言的下一瞬間就後悔了。

在室內人人都在忍受不安，畏懼著作戰挫敗的影子時，這是太過不謹慎的失言。中校連忙立正站好準備謝罪，卻被傑圖亞上將伸手制止了。

輕輕闔上戀愛喜劇的文庫本後……他用手撫摸起脖子。

「到時候，就賭上這顆腦袋向他們賠罪吧。沒什麼，就只是早晚的差別。」

「閣下？」

當我沒說吧——傑圖亞上將搖了搖頭，津津有味地抽起雪茄。那冷靜沉著的表情，一點也不像是作戰前的指揮官。

只不過，這也是當然。

對他來說，這種苦惱早在以前就已經超越了。

「人總有一天會死。既然如此，就讓我們像頭注定死亡的野獸，盡量掙扎吧，各位。」

好了——他看向時鐘。

時間是自己決定的。不僅想忘也忘不了，最重要的是就算忘記了，將校們莫名慌張起來的氛圍也會妨礙忘卻。無法維持適度的緊張感，讓人理解到大半的將校即使佩掛著參謀飾繩，骨子裡也還是凡人。

真正的參謀將校是非常難得的。

還真是可悲啊。

不過正因為如此，帝國才會迎來今日這個地步吧。考慮到這個事實，傑圖亞上將心中冒出了一點稚氣想法。

時間真的準確嗎？

壁掛鐘的時間只是個基準。要是上頭的時間錯了？比對著自己的懷錶與牆上的時鐘，不過沒有差異。

一切都是預定和諧。

沒有戰爭的樣子。

到頭來，雖說是「開戰」，也只不過是局部性的作戰。這是為了侍奉大戰略，在作戰層面上的軍事行動。

實在是簡單明瞭，實在是令人憐愛不已。

如果是現場的將帥，想必會較量起戰術的本領吧。作為在東部那般混沌之中痛苦打滾的人，就只能羨慕了。

不過，起頭的是自己。是自己扣下了扳機。

既然如此，在這邊抱怨連連也不合道理吧。

要是攻擊義魯朵雅，合州國也會跟著參戰。戰局會變得非常嚴峻。自己很清楚。因為是預期產生這種局勢，為了必要的答案打著算盤……就連遲早必須做出決斷這點也有考慮進去。

不過，正因為如此。

唯獨現在。

chapter V

唯獨這一刻。

能作為作戰家，進行局部性的戰爭。

……進行著或許是最初也是最後一場充滿榮耀的戰爭。

餘暉的戰爭，迎來開戰之時。

呼地吐了口煙，在放下雪茄，端正坐姿後沒多久。在迎來預定時刻的瞬間，傑圖亞上將朝著部內喃喃低語：

「愉快的戰爭時間到了。開始工作吧。」

這是幾乎同一時間，時鐘指針來到指定時刻時所發生的事。

集結在義魯朵雅國境附近的沙羅曼達戰鬥群，戰鬥群長提古雷查夫中校以非常簡潔的話語進行訓示。

「我的各位戰友！有個令人開心的消息。」

譚雅一面心想著這是自沙羅曼達戰鬥群組成以來的好消息，一面不掩感動地高喊著。

作戰與戰略的互相契合，實在是太痛快了。

「這次是取得主導權的攻擊戰喔！」

攻勢。純粹、堅決。明白的攻勢。

沒有什麼機動防禦、遲滯作戰、落於被動，還是反擊戰。

此為徹徹底底「純粹」的突破作戰。

有如客訴處理的被動對應讓人充滿壓力，但不論是誰都曾一度夢想過把投訴的客人痛扁一頓吧。

要是能這麼做的話，一定會很紓壓。

「能夠照自己的意思前進喔！沒必要配合他人的舞步！這次的軍事行動實在是非常輕鬆愜意啊！」

對義魯朵雅戰是很不像樣。

不論是誰，都知道這場仗還是別打會比較好。

譚雅就算撕破嘴，也說不出這場戰役是聰明之舉吧。然而，就以參與作戰的將校立場來講，這卻是一場「非常輕鬆的戰爭」。

「愉快的戰爭時間到了。各位，就讓我們盡情享受吧。」

譚雅一面向部下揚起激勵的微笑，一面把雙手放到背後交疊。

這是古羅馬軍團風格。以理論說明我方的優勢後，激發出將兵的奮戰精神，是經過實戰證明，傳統且信賴的準則。

沒有物理基礎的精神論是垃圾。不過，在物理基礎上累積意志之力的重要性也不容小覷。

要是不能讓每一個人都發揮實力的話就傷腦筋了。

與負責實際業務的人們溝通，是中間管理職理所當然的工作。

正因為如此，激勵演說告一段落後，譚雅走到各兵科的長官面前。距離最近的軍官，是瀟灑的裝甲家。

「阿倫斯上尉，這次會以速度決勝負吧。要一路突進，嚴禁遲到。」

「下官會以突破為目標的。」

「目標？你這傢伙是在開什麼玩笑啊。」

譚雅伴隨著嘆息，訂正部下的誤會。

要是他搞錯重點的話，可就傷腦筋了。

「突破不是應該努力的目標，而是應該達成的義務。給我突破。不論發生任何事，都絕對要做到。」

對義魯朵雅戰，時刻表就是一切。

能否依照時鐘的指針移動，也關係到作戰的成功與否。

因為這是時間相當緊湊的計畫，所以能容許失敗的範圍也非常小。

在戰史上，這麼沒有冗餘性的軍事作戰計畫，在過去曾有過多少其他事例啊？

不會說是完全沒有。

然而在這些稀少事例當中，究竟有多少是成功的？儘管令人傻眼，但為了成就這個例外，勤

奮地激勵、監督部隊正是譚雅的工作。

只憑激勵話語，就要求部下達成極難之事！這是無能上司的典型例子！無視現場的實際情況，只會強迫員工配合高層方便，這是最差勁的管理人員。

這要是平時的話，光憑這點譚雅就會向高層抗議了。

不過，唯獨這次是另當別論。

「身為專家，下官打從心底確信本作戰會成功。各位，沒必要祈求作戰成功喔？因為，參謀本部幫我們把惡魔藏在細節裡了。」

就只有突破被視為問題提出。

反過來說，就是除了突破的成功與否外，幾乎沒有其他變數。

舉例來說，像是沒有後續部隊支援，導致前線崩潰的愚蠢事態？絕無可能。後續部隊有確實準備了強力梯團。上頭制定了只要前鋒沒被擋下，就能依照時程表行動的作戰計畫，這實在是非常好。

即使後續遲到，讓作戰停滯導致失敗……也不在譚雅的責任範圍內。如果能免除連帶責任的話，就再好也不過了！

「吾等成功與否，光是這一點，就能決定作戰的趨勢吧。好啦，我們戰鬥群的突破力，就連聯邦軍的戰線都能突破。」

因此，能興高采烈地帶著確信說出這句話：

「由我軍航空戰力確保幹道上空，再由你們地面部隊衝鋒突破。好啦，就跟往常一樣……該不會有蠢蛋要說，義魯朵雅軍比聯邦軍強大無比，身經百戰的我們束手無策……這種不知所謂的言論吧？」

就連阿倫斯上尉都明白了吧，就見他微微點頭。

因為是可以接受的合理理由，所以這是顯而易見的結果吧。必須以市民的誠實性，去執行該做的工作。

「各位，這是非常美好的分工喔。」

擅長撬門的戰鬥群打穿防線，步兵以軍靴征服。

這是古典性、傳統性，甚至是近代性的步驟。

將戰爭的真理，極為忠實的實踐。重視基礎一直都是件好事。

「只要後續的步兵鞏固下來，就大功告成了。這是一個戰爭藝術。各位，就向義魯朵雅人展現我們在東部的集大成吧。」

李嘉圖也會大為滿足吧。這就是分工的精髓。儘管也有人說過分工會讓工作單調化，讓人喪失「勞動的喜悅」這種蠢話……但戰爭還是單純點好（註：指大衛．李嘉圖，英國的政治經濟學家）。

畢竟，譚雅無法對什麼戰爭的喜悅感到同感。雖然自認沒有傲慢到會去干涉他人的主義主張和興趣……但畢竟，自己是個和平主義者。

譚雅揮揮手，向一旁的步兵軍官喊道：

「托斯潘中尉，我不會要你送死。但是，我會狠狠使喚你的步兵部隊喔。給我一路前進。」

「也就是說，會比東部來得輕鬆呢！」

「你理解得很快，非常好！」

開朗地與步兵家談笑，只期待他能確實履行義務。

如果是就連死守命令都甘之如飴的頑強步兵軍官，在要他停下來之前都會一路前進吧。

譚雅接著搭話的是一臉凝重的砲兵軍官。

有別於其他軍官們，唯獨大砲家不掩臉上的憂鬱。

這也是沒辦法的事吧。因為他的工作一旦遇到機動戰，就不得不去擔心拖動大砲的事。而且大砲很重。不僅要從事機動戰、提供支援砲擊，還要不斷轉換陣地的話，可是相當繁重的業務。甚至得在戰死之前，先擔心會不會過勞死吧。

所幸，這次有個好消息。

「梅貝特上尉，很抱歉，貴官暫時不會有砲擊工作吧。戰鬥群砲兵的職責，儘管只限於這一次……但預定是由友軍的砲兵師團擔任。」

「砲兵師團？」

梅貝特上尉臉上突然浮現期待的神色。不過，他也是一路被希望背叛過來的資深人員。會表現出半信半疑的遲疑，是經由學習的幻滅吧。

還真是可憐啊。

不過，這一次他可以相信。如今是該分享對於砲兵師團，也就是並非冒牌貨的真正神明所懷有的滿腔感動的時候了。這與其說要相信參謀本部，還不如說要相信傑圖亞上將吧……因為這種人說到就真的會做到。

「有尊很靈驗的神明就坐鎮在後方。是非常美好的機械神明喔。」

會在必要的時候，對必要的場所，進行必要的火力支援。

「那、那麼……？」

「砲擊請求只要一通電話就能搞定。還給了我們就連軍團長都無法奢求的最優先順位喔。」

「這話如果是真的，就算要下官出賣靈魂也在所不惜啊。」

你還真會開玩笑──正想這麼笑道的譚雅，在看到他的表情後把話吞了回去。對於譚雅這種合理的自由主義者來說，無法理解「他為什麼能如此斷言」。

儘管如此，也知道砲兵家確實是認真的。畢竟，要是他的眼神與語調都這麼純粹的話，就算再不願意也會理解到這一點。

「是真的……閃閃發光的重砲排成一列，提供濃密的火力支援。就只是為了追隨我們的進擊速度，還特意安排了自走砲與運彈車喔？」

就算物資貧乏，也能靠巧思與努力做到某種程度的「精打細算」。

戰務出身，曾是東部戰指揮官的傑圖亞上將的戰爭指導，應該稱為名人特技吧。明確的優先順序，有系統的命令，還有最棒的領導能力。

他是個優秀到會讓譚雅捨不得轉職的上司。要是現在的上司一開始就在經營團隊裡的話……這是社會人不論是誰都曾一度有過的遺憾吧。

因為出色的上司幫忙準備好了一切，所以譚雅能帶著微笑向梅貝特上尉做出保證。

「只是牽引的話，辦得到吧？」

「只需要從幹道上衝過去嗎？……是簡單的工作呢。」

「相對地，嚴禁遲到。要好好記住喔？」

梅貝特上尉一副不用您說的態度用力點頭，肯定覺得如果要遲到的話，還不如把自己綁在砲彈上飛過來吧。

雖是荒誕無稽的比喻，但有著足以讓人確信他就連這種事都很可能實際去做的好心情，而且下定決心的戰爭狂，果然值得信賴。比起不甘願地做著工作的人員，當然還是自發性地做著自己喜歡事情的人員，會比較能期待他們的表現吧。

正因為譚雅個人不喜歡戰爭，所以能有一群樂意代勞的奇特傢伙擔任部下，真的非常感謝。

最後搭話的對象，當然是具有實績的副隊長了。

「那麼，拜斯少校。把魔導大隊分成兩隊。由你擔任主力直接掩護。抱歉，要讓你跟格蘭茲一塊在最前線受苦了。」

「遵命。那關鍵的中校是要去哪裡？」

「我嗎？是對你們頤指氣使的後方組。很羨慕吧。」

譚雅雖然高傲地挺著胸膛，但她知道果然不用擔心部下誤會這種程度的事。

實際上，拜斯少校這不就像是完全理解似的緩緩點頭了。

「戰略預備部隊還真是讓人羨慕啊。」

「你說得沒錯。是上將閣下的直屬部隊。只需要擔心會不會遭人忌妒呢。」

是顆方便使喚的棋子。

哎，在上工之前只需要待命也不壞吧——譚雅是這樣認為的……只不過，盤算是因人而異。

特別是就像難以置信地瞠大眼睛的格蘭茲中尉吧。

「是傑圖亞閣下的……預備部隊嗎？」

「喔，格蘭茲中尉。是對上將閣下的戰略預備部隊感到懷念嗎？要是願意的話，也能把你的部隊加到這邊來喔。」

「請容下官婉拒！在大人物底下的工作，就請由大人物去做吧！」

立即漂亮的答覆。

格蘭茲中尉恐怕是以生物學上人類所能做到的極限速度，就像在說不想惹麻煩上身似的拚命搖頭。

要說的話，太過於反應過度了。

譚雅基於些許的疑惑問道：

「喂喂喂，你就別跟我客氣了。我能理解軍官學校出身的中尉想要出人頭地的想法。即使是我，也不想被說成阻礙部下升官的老害啊。」

「中校的厚愛，請容下官心領了！」

「你不想跟上將閣下培養關係嗎？所謂的人際關係，我覺得並不是能小看的東西喔。」

雖說帝國軍是與露骨偏袒自己人無緣的功績主義軍隊，但也無法輕視上級長官的提拔。沒有傑圖亞上將的後援，在場最年少的譚雅也沒辦法坐穩最資深長官的位置吧。

所以能客觀看待自己的譚雅，老實承認自己受惠於上司的提拔。

「我對格蘭茲中尉的能力有很高的評價。憑貴官的能力，只要有機會的話，就能讓上將閣下對你留下很好的印象吧。」

對於職涯發展，必須始終抱持著真摯的態度。

就算是打算當作肉盾的部下，也是一個具有人格的個人。妨礙他追求職涯發展，是誠實的個人應該感到羞恥的行為。

「身為你的長官，有什麼我能幫忙的事嗎？我很樂意幫你寫一張推薦信喔。」

「還請饒了下官吧！雖然不知是對抗砲擊的火焰，還是敵戰車的大軍，但下官知道這毫無疑問是一張在戰場上沾滿火與鐵的單程車票！」

「什麼？」

格蘭茲中尉以就像是被百萬聯邦軍追殺的拚命感，神情認真地高聲婉拒譚雅所表示的關照。

「大人物就請交給能成為大人物的人去當吧！」

我最討厭後方了——這種戰爭家的說詞，身為合理市民的譚雅一點也無法理解。

不過這種主義主張的類型，她在知識上是知道的。如要補充的話，就是譚雅也理解自己與他人意見不合的情況，並兼具著不會強迫他人接受自己意見的正常良知。因為她十分自負，自己基本上是個善良的個人。

所以譚雅能夠理解，就像理解似的搖了搖手，露出苦笑。

「聽到了嗎？副隊長。最近的年輕人，相當沒有慾望呢。」

人類還是稍微忠於一下慾望會比較好吧。抱持著根本性疑問的譚雅，卻被人告知這是基於有限觀點所產生的誤解。

「我們拜見過中校在傑圖亞閣下底下被狠狠使喚的英姿。恕下官失禮，我們實在是不想成為相同的立場啊。」

大腦理解到副隊長的話語，咀嚼著意思。

「唔？」

盤起雙手，思考起來……的確，自己是稱不上輕鬆。

傑圖亞上將雖然提拔了我，但薪水也太少了。只要薪給等級沒有大幅提升，就實在是無法正當化目前的勞動量吧。

打算拿多少錢做多少事的合理年輕人，是不可能會主動跑去吃苦吧。

「……這算是我輸了。的確，我的待遇是相當過分呢。」

就連自己都想轉職了。

考慮到這點，事情就非常單純了。就連無法理解時下年輕人不想升遷的奇怪心理，也只要從性價比的觀點來看就能理解了。

但這些是為了保全社會地位與威信所付出的成本。

啊啊，太好了。

市場果然是偉大的。

譚雅抱持著發自內心的確信與毫無動搖的安心微笑起來。

「感覺就像是讓部下教導了一個非常簡單明快的原理。感謝你了，格蘭茲中尉。」

以這句話為開端，室內的氣氛瞬間鬆懈下來，甚至開始響起哈哈哈的愉快大笑，是職場氣氛良好的證明。

讓人自豪的是，就連在心情的切換上也很完美。

在稍微放鬆之後，從副隊長口中說出實務的話題。

「不過，戰力分配沒問題嗎？是已經不打算再稱他們是補充中隊，但是讓維斯特曼中尉的部隊擔任預備的話……」

就像副隊長所指出的一樣，把訓練水準不安的部隊派去緊急支援，會讓人感到害怕。快速反應部隊只會被丟入艱難的戰場，所以這是很合理的擔憂。

不過，這同時也是平衡的問題。

「是有難處，但預備兵力往往也容易變成游離部隊。要是拉走太多兵力，讓主力部隊喪失突破力的話，完全就是本末倒置了喔。」

預防萬一是很重要，但也得兼顧本來的任務。這是人手不足的部門所必須做出的艱難決斷。

如果要有效率地運用有限人力，就必須得接受某種程度的妥協與風險。

「這部分就照原定計畫執行。你跟格蘭茲中尉的部隊去前線，我跟維斯特曼中尉的部隊在後方高枕無憂是最好的選擇吧。」

會呼嚕嚕地睡大頭覺喔——譚雅朝他笑道……不過實際上，這並不是那麼好的立場。像是熟知快速反應部隊有多痛苦的謝列布里亞科夫中尉，這會兒就露骨地嘆了口氣。

「然後警報一響，就得立刻衝下床呢……」

那無奈的聲音，是經驗者的心聲。而最為雄辯的，是她臉上那張該說是厭煩的表情吧？副官蹙起眉頭的表情說著：「真不想去。」述說著她打從心底感到為難的想法。

「妳很清楚呢，副官。就跟萊茵的時候一樣喔。」

「是啊，中校……二十四小時快速反應待命很難受啊。」

「這我當然知道。即使是我，也不覺得高興啊。」

身為指揮官，不能在眾目睽睽之下口吐怨言。不過，譚雅也在心中全力同意謝列布里亞科夫中尉的抱怨。

如果是通常的緊急起飛待命的話，還有輪班休息的可能性。相反地，要是整個部隊進行二十四小時快速反應待命的話，不論是睡覺、用餐還是正在入浴，警報一響就得全員出動。

這樣就連放鬆的時間也沒有吧。

而且還是預備戰力不足的戰場。最壞的情況下，甚至必須要有二十四小時持續工作的覺悟。

「哎，就那樣了。拜斯少校。貴官就一路突進吧。不論發生任何事。我期待你能把事情趕快解決掉喔。」

「遵命！我會努力不去妨礙中校安眠的。」

「那我就期待你了。要是敢停下來，讓我得去踢你們的屁股，催促部隊前進的話，就給我做好覺悟吧。」

「我跟達基亞的時候不同了，就儘管交給我吧。」

歷史學家正確記錄了戰爭的開端。

與宣戰布告同一時間發動攻擊。

在這件事上，就連至今都睡昏頭的帝國外交部也沒有犯下疏失。沒有一絲的耽擱，以秒為單位的正確性在指定時間向駐帝國義魯朵雅大使發出宣戰布告。

等到愕然的義魯朵雅大使回過神來，向帝國外交大臣確認情況時，砲彈紛紛落到義魯朵雅國境地區，讓朝霞的天空響徹起爆炸聲與閃光。

在同一時間，發動航空殲滅戰。以確認沒發布停止命令的各編隊長為首，大量編隊突破義魯朵雅國境，襲向南方的攻擊目標。

集東部的戰鬥教訓於一身的傑圖亞上將徹底執行航空集中戰術。

既然一切都賭在第一波攻勢上，就沒什麼好保留了。讓簡易野戰機場前進到前線附近還只是個開端。不僅堆積起大量的零件、彈藥與燃料，還為了讓出擊架次最大化，從包含本國教育部隊在內的所有人力資源裡徵用維修人員。

並為了能實現連續出擊，沒有找來只擔任過防空管制的攔截負責人員，而是特意集中配置知道萊茵航空殲滅戰、西方空戰當初「攻擊性航空戰」的空中管制官們。

這一切都是熟知空中的重要性才做出的決斷。

西方工業地帶的防空、東方防衛線全面的空中支援、帝都上空的防空、教育部隊的教育人員與其他種種，就算要犧牲所有能動用的航空戰力也要在義魯朵雅方面確保局部優勢的努力，確實得到了結果。

地面部隊前進，航空艦隊占據上空。

以近年來帝國軍堪稱罕見的空中優勢為背景，就連最近在運用上受到嚴重限制的列車砲的巨砲，都有辦法投入粉碎義魯朵雅的防衛線。

當鐵與血的衝擊震撼著義魯朵雅的大地後，隨即化為政治衝擊波及到義魯朵雅的後方。遭到餘波捲入的義魯朵雅當事人們就只能驚慌失措。

等注意到時，他們就全都一起被推入驚愕的漩渦之中。

在國境司令部不斷想著首都會不會傳來分析、帝國那邊會不會傳來情報，徹夜守候的卡蘭德羅上校也不出例外。

當然，他是發出警報的當事人。

他個人自認為有做好心理準備，也有預期到傳令軍官驚慌失措的表情。

「上、上、上校！」

狼狽不堪的年輕中尉踏著蹣跚腳步衝進室內的模樣，暗示著事態的嚴重性，甚至讓他有了提高覺悟的因素。

做了一次深呼吸。

為了讓自己不論聽到什麼消息都能做出對應，卡蘭德羅上校繃緊小腹反問：

「是軍事政變？鎮壓？還是肅清？不對，什麼都好。不論是怎樣的情報我都歡迎！」

「帝、帝、帝國……」

「帝國？」

是在帝都的動向嗎？主語是「帝國」雖然讓他有點困惑，仍然等著下一句話。

「行動了！他們，行動了！」

等待部下開口的卡蘭德羅上校一時之間感到混亂。

「帝國，行動了！」

就像是不得要領似的，揮著手想傳達什麼事的中尉一點也冷靜不下來。

這副模樣幾乎是陷入恐慌了。他本來並不是這麼不得要領的人物……畢竟是擔任司令部傳令的軍官。這位平時冷靜沉著的認真好青年，究竟是怎麼了。

「中尉，深呼吸。帝國有了怎樣的行動？」

「帝、帝、帝、帝國軍，帝國！開戰了！是戰爭！他們發出宣戰布告了！」

「咦？」

他是在說什麼？

用自己的腦袋理解、困惑後，因為太過於混亂，就連卡蘭德羅上校都只能把話照說一遍。

「他們，宣戰布告……？怎麼會！居然是宣戰布告！」

就連大叫「怎麼可能」的時間都急不可待，他飛奔而出，連傳令中尉被他拋在後面都沒注意到。衝過驚慌失措地陷入混亂之中的軍營，趕到中樞區域後，就看到同僚們臉色大變的表情。

不論是誰，臉上無不都貼著一句無聲的話語：

「不會吧？」

而在遙遠的後方，義魯朵雅首都也受到衝擊的震撼。餘波並沒有因為距離衰減。

不對，可以說還增幅了吧。

一如字面意思的大吃一驚，眾多的高級軍官們發出慘叫：

「不會吧，帝國宣戰了！」

這是在作夢吧。只要捏捏臉頰，惡夢就會退去吧？

帶著虛幻願望捏起自己的臉頰後，他們伴隨著痛楚醒悟到這是現實。醒悟到世界並不像他們所理解的那樣，是由理性所構成的。

或者他們再稍微習慣一下戰爭的話，說不定就會有不同的觀點——支配帝國軍參謀本部的是與義魯朵雅不同系統的合理性，是基於野獸與怪物的觀點導出的「理性的決斷」。

可悲而且幸運的是——

義魯朵雅人並沒有因為總體戰讓腦袋沸騰。

就連他們的軍隊都認為戰爭是「例外」，將和平視為「平常」。

作為軍事與外交專家的義魯朵雅王國軍一致認為，他們要一面裝作局外中立，一面計畫讓自己的利益極大化。

相信這正是能期待周邊各國給予善意反應的政策。

對於能介入義魯朵雅與帝國之間同盟關係的反帝國交戰各國來說……光是這樣就是大勝利了。

同時對帝國來說，也能作為寶貴的中介人伸出援手。即便只是道義程度，也是對帝國友善的外交管道。對於進入全面戰爭已久的帝國來說，義魯朵雅能提供他們望眼欲穿的「終戰」。同時還能私下販售戰略物資，作為細小但是有用的補給路線以及供應商。

然後是看準戰後局勢，與合州國簽訂的武裝中立同盟。他們認為在鞏固如此稀有的戰略地位後，義魯朵雅的中立已是不可侵犯。

要是順利的話，義魯朵雅還能同時賣雙方人情。就算調停失敗，他們也沒有損失。能從帝國身上默默回收該有的權益吧。更重要的是，應該能從想拉攏義魯朵雅成為友軍的諸外國手中取得無數的利益。

就大半的觀點來看，義魯朵雅應該不用訴諸戰爭這種賭博行為，就能達成這些目的才對。因為與各國之間的管道，能為關係國帶來巨大的互惠利益。

各國就只會尋求義魯朵雅的善意，應該是不會有國家想跟義魯朵雅斷絕關係。如果要開戰的話，應該是由義魯朵雅發動攻勢才對。而且就算會發動攻勢，也頂多是在大戰趨勢決定之後的「名義上參戰」。義魯朵雅與帝國之間的國境線，應該在最終局面之前都會保持寧靜。

「應該是這樣。」義魯朵雅曾如此相信過。

「應該是這樣吧。」義魯朵雅曾如此推測過。

「曾經應該是這樣。」如今伴隨著衝擊醒悟到這個錯誤。

帝國軍越境的消息，讓義魯朵雅軍受到了晴天霹靂。

在無法理解的事態之前狼狽不堪的他們……卻經由此事在某種意思上成為與帝國共享著相同經驗的一員。

總體戰這個嶄新的現實。

一同加入這個狗屎般的世界。

盛大吹響歡迎的號曲，帝國高舉名為必要的真言，邀請鄰國來到新世界。

寫下的歷史是一則故事。

有時也會因為不經意的偶然，對腳本加上意想不到的修正。

以「幹道上的競爭」聞名的事態也是其中之一。

這是在後世的戰史課上不僅是學生，就連從事說明的教官們都苦於難以淺顯傳達的一場奇妙的軍事成功。

直截了當地說，就是意外的領導能力的事例吧？雷魯根上校這名所屬第八裝甲師團的軍人所達成的突進與突破。

這是任誰也預期不到的事態。

因為在與義魯朵雅開戰之前，傑圖亞上將徹底追求著空中優勢。而所達成的成果，是盡所能的萬全之計。

在裝甲部隊單點突破國境地帶後，帝國軍就以二線級戰力開始牽制國境守備部隊。

在實質上將大半的敵人留在後方，一路朝著南方邁進。在毫無防備的開闊戰場上疾馳的戰車雄姿，正是帝國軍所企圖的發展。

就連傑圖亞上將本人都被認為是以第八裝甲師團會「按照預定」前進在制定計畫。

然而，這終究只是不完美的人類所制定的計畫。

就算展開了在同時代無法期待更高水準的空戰，也無法完全阻止敵機的機翼從在大地進擊的地面部隊頭上掠過。

所以正因為這個師團，也就是第八裝甲師團的進擊順利，才會造成這次的偶然。

該師團在突破國境後，就按照預定計畫繼續猛烈突進。就連跟友軍相比都出類拔萃的前進速度，關鍵就在於師團長的約爾格中將身上。

與幕僚們一同搭乘指揮戰車，由師團長本人身先士卒擔任陣前指揮。這讓將兵們也跟著氣勢高昂。

對於作為首席參謀留守司令部，負責中介約爾格中將與各部隊之間的接觸與聯絡的雷魯根上校來說，這是讓他瞠目結舌的進擊速度。

此為幾乎讓「師團解體」的極限速度。

當前方上空出現敵影時，就是在隊列因為這種快速進擊延伸到極限時發生的事。

「敵機！」

在各處發出警報叫喊的瞬間，雷魯根上校理解到自己的角色。

「放棄車輛！遠離道路！」

雷魯根上校發出命令，同時自己也立刻跳下通訊車。

雖說是配合步兵腳程的車速，但要讓他切身體會到重力的力量，光是地面傳來的反作用力就綽綽有餘了。

承受到討厭的衝擊，卻沒有停止動作。

空中威脅的可怕，他是深入骨髓地明白。只要對這場戰爭的經驗愈深，就算再不願意也會學到這件事。總之，開闊的幹道上是最危險的。不論敵人是航空魔導師還是飛機，能從上空看得一清二楚的地面目標，就只會是一個剛好的靶子。

「疏散！快疏散！動作快！」

雷魯根上校一面引導駕駛至少掩蔽一下車輛，一面不斷向其他部下高呼趴下。

高度本身就是一種凶器。對匍匐在地上東逃西竄的人來說甚至感到可恨！他不得不低下頭，不顧隊列亂成一團，大聲催促著部下。

「散開趴下！別聚在一起！」

這樣能獲得的是些許的遮掩與微弱的防護。

戰鬥機就連主裝備的機槍，都有著足以充分撕裂人體的威力。就只能躲藏、趴下，然後祈禱子彈不會落在自己身上。

對遭受襲擊的帝國軍隊列來說最煩躁的是，遭遇義魯朵雅飛行中隊完全是個偶然。

這個義魯朵雅方飛行中隊，是在得知國境地區遭到突破，部分飛行中隊長不想讓飛機在地面上遭到殲滅並為了掌握狀況，而獨斷地決定起飛的部隊之一。

他們碰巧沒有與以跑道上的敵機為目標展開航空殲滅戰的帝國軍航空艦隊的航道交會，因為當機立斷的關係，完全迴避了遭到擊破的風險。

還不知道這有多幸運的他們，就這樣在兼作為偵察的北上飛行途中。

在幹道上發現成群結隊衝鋒的帝國軍先鋒裝甲集團，就是發生在這種時候。

當然，認為這對義魯朵雅軍是必要情報，飛行中隊打算回報他們發現敵軍一事。但儘管嘗試用無線電向地面的司令部傳達狀況，電波狀況卻不佳。

在遲疑了一下後，重視偵察的他們當場決定掉頭。如果只是這樣的話，帝國軍將兵就只是飛撲在地上，弄得軍服滿是土砂就沒事了吧。

不過，並非空手而來的義魯朵雅人，就像順便似的射出所搭載的武器。將義魯朵雅製八十公斤空用炸彈、聯合王國製空對地火箭，還有授權生產同軸機砲，兼作為試射地使用著。

這對義魯朵雅軍來說，幾乎算是在做兵器測試。

總之為了妨礙敵軍前進，在朝醒目的先鋒集團發射掛載武器後，他們就掉頭離去了。從規模來看，他們毫無疑問當這是一場小規模遭遇戰。對遭到掃射的帝國軍裝甲師團來說，可說是一場真會找麻煩的騷擾攻擊。

這種牽制程度的攻擊，頂多就是打爆幾輛前頭車輛。

然而，戰場上充滿著無法預期的混沌。

正當大半的帝國軍將兵低著頭，委屈地目送敵機經過時，直到方才都還維持的指揮突然混亂起來。

當注意到事態的第八裝甲師團將兵連忙趕往前頭車輛的殘骸時，自第八裝甲師團的約爾格師團長以下，大半幕僚都連同車輛一起被炸毀了。

「師團長閣下戰死！」

指揮官先行的弱點，就在這瞬間露骨地暴露出來。

負責指揮師團留守司令部的雷魯根上校，就只能伴隨著困惑接受才進行一次遭遇戰，自己就躍升為指揮序列首位的事實。

就算用未受創的通訊車聯絡師團的各個部隊，也還是沒有自己以外的高階人員。

陪同約爾格中將閣下的高級軍官們，全都一起踏上了晉升兩級的旅程。留下來的人，十分寂寞地就只有負責留守的自己，以及另外一名年輕少校。

陣容薄弱到讓人真心想從連隊或大隊之中抓指揮官過來接任的程度。

「看來，似乎就只剩我們了呢，約阿希姆少校。」

「……雷魯根上校，請下令。」

緊張兮兮的少校表情極為悲壯。

「唔」了一聲，雷魯根上校苦笑起來。

自己以上校來說也算很年輕了，不過要說到約阿希姆少校，他才離開軍官學校幾年啊？通常來講，幾乎是個才剛要升上尉的小孩子。

如今在軍隊裡，就連自己也算是資深將校啊。

再次讓人體會到帝國軍打太久戰爭了。

「……由我繼承指揮權。哎呀，居然是上校階的代理師團長。」

雷魯根上校一面嘆氣，一面用通訊車的機能向各部隊發出繼承指揮權的通知。所幸就硬體面來看，司令部機能依然健在。

問題在於軟體方面。

就在為了與約阿希姆少校協議善後對策，探頭注視起地圖時，他的提議讓雷魯根上校感到非常失望。

「雖然航空艦隊確保了某種程度的制空權，但狀況難以說是完美。在光天化日之下沿著幹道進擊，風險太大了。」

「所以？」

「要不要等到夜幕低垂之後再前進？」

心想這是在胡謅還是在說笑的雷魯根上校回看過去，就看到約阿希姆少校十分認真的表情。看樣子，他似乎是認真的。

當然，明白他想說的意思。大半的空中威脅，晚間都會回巢睡覺。考慮到這點，年輕參謀將校所提議的夜間行軍在理論上也有點道理。

不過，光是忘記最重要的時間要素就沒得商量了。雷魯根上校苦著臉默默搖頭。

「在敵地的夜間進軍，會趕不上時程的。」

如果得眼睜睜看著時間流逝，那就只能選擇在光天化日之下進擊了。要是不承擔風險，就會錯失大好時機。

突破的把握高於一切。

他們有著少量的自動車輛與馬匹，最重要的是，進軍路線是義魯朵雅自豪的南北橫斷道路。跟為泥濘所苦的東部不同，路面狀況不會對發揮速度造成任何障礙。

此外，就唯獨現在，敵人還尚未構築防衛線。

唯獨現在，唯獨這一瞬間，能通過這條道路。他們可是幫我們準備好了一條直達義魯朵雅首都的幹道。

「與時間的競爭高於一切。不能給予敵人緩衝的期間。」

「可是，實際上像剛剛那樣……」

「約阿希姆少校，要是在這裡停下腳步，約爾格中將閣下就白死了喔。」

有著開戰初期的奇襲效果，敵人的抵抗也很零星。

己方有空中優勢，而且後方有著強力的後續部隊。只要閉上眼睛，就能浮現在東部的最終任務報告文件中看到會背出來的「道路」。

只要能衝過去，那麼現在就跟突破前線一樣。

然而要是拘泥於巧遲，敵人就會重整態勢。牆壁，就很可能會阻擋在前。所以要是沒有在他們建起牆壁之前衝過去，一切就會功虧一簣。

「……難怪傑圖亞閣下會執拗地拘泥於速度。」

正因為熟知速度的重要性，約爾格中將也才會拘泥於陣前指揮……忘掉這點停下腳步，是繼任指揮官怎樣都無法正當化的行為。

雷魯根上校伴隨著嘆息，從口袋中掏出在方才跳車時被壓扁的菸盒。

在一面抽菸，一面注視著地圖研討敵情後，情勢果然很清楚。

只要前進，就有活路。突破口依舊沒有遭到封鎖。要是停留？機會的大門就會非常輕易地關上吧。

結論，不能錯失良機。

進擊是既定的路線。話雖如此，自己等人要是被敵方航空部隊發現到，也不是件愉快的事。

「約阿希姆少校，貴官是想要把傘吧？」

「如果是指空中支援的話，下官確實是這麼想……」

雷魯根上校心想，要是每次遭到零星襲擊就得停下腳步的話，就會對最重要的進擊速度造成阻礙。

想要高空掩護。

但是航空戰力正為了確保制空權，在以激烈的輪班速度全力出擊中。就算一切事情有八成是照著作戰計畫發展，也完全沒有能緊隨著地面部隊提供掩護的方便餘力吧。

傑圖亞閣下的調音非常徹底。

為了演奏戰爭音樂而排除一切多餘事物的管弦樂團，作為精密的戰爭機器善盡著各自的職責，這點毫無懷疑的餘地。

不過，有一個。

他知道一個該說是例外的密道。知識就是力量。

「出門在外，最需要的就是朋友啊。」

就算是走後門，能用的東西就要拿來用。

雷魯根上校盤起手走到通訊人員身旁，同時揚起一道淺淺微笑。

被這個舉動引起注意，追隨上來的年輕參謀將校以莫名感到擔憂似的眼神望過來。擔心進軍也就算了。研討風險也很重要吧。

不過，約阿希姆少校也是校官階級，是一名優秀的軍官。軍官在士兵們的眾目睽睽之下，不能老擺出一張不安的表情。

一面感到年輕少校的歷練不足，一面為了讓他安心下來，雷魯根上校決定向他搭話：

「我要提出掩護請求。我想只要叫來兩個中隊的航空魔導師就夠了吧。貴官的看法如何？」

「哪裡還有這種餘力啊？」

「貴官要是太小看我可就傷腦筋了。一旦是經驗豐富的參謀將校，就會有一、兩個能方便使喚的祕密預備兵力。」

「恕下官失禮，上校。打從方才，下官實在是……」

就訂正吧——在雷魯根上校在心裡發著牢騷。

眼前的約阿希姆少校是受到不安的驅使吧。

這是完全不合道理的奇怪表現。明明是在這麼有常識的戰場上，面對著這麼顯而易見的情勢。在這些條件面前，究竟是為什麼……讓人想歪頭困惑。

「……這麼說來，那傢伙有時也會不知為何地做出歪頭困惑的舉動呢。」

這會是個大發現，還是對她的理解有了進展呢。

今天，腦海裡經常浮現提古雷查夫中校的臉啊。儘管非常遺憾，但太過小看王牌也不是一件好事吧。

「抱歉，無線電借我一下。」

在從通訊人員手中接過聽筒後，雷魯根上校就面對著長距離無線電機。這種時候，如果要發送未經加密的信文……就多少要顧慮一下吧。

「既然是明碼文件，就得動點腦筋呢。」

話雖是這麼說，但對象可是她。值得信賴的軍官還真是讓人感激。

「首席戰鬥群長呼叫副指揮官／請速速前進。」

一臉詫異的少校是不懂吧，不過只要這一句話，就能充分讓她理解了吧。在她趕來之前，還能命令部隊稍作休息。

就在收容遺骸、將拋錨在幹道上的車輛移開的工作幾乎完成時，雷魯根上校注意到約阿希姆少校一臉驚訝地跑來。

「報、報告！是魔導部隊！友軍第二〇三航空魔導大隊派遣兩個魔導中隊來支援我們！說是會立刻開始掩護！」

「這樣啊，那就隨意使喚吧。」

「恕下官失禮，請問是怎樣叫來增援的？」

對於以尊敬眼神詢問自己的年輕參謀將校，雷魯根上校若無其事地丟下一顆炸彈。

「從傑圖亞閣下的口袋裡借來的。」

「還真虧上校借得到呢。」

「因為我是偷借的。」

年輕少校當場愣住的表情還真是難以形容。

老人們戲弄年輕人的理由，就是想看到這種表情嗎？指導粗心的青年將校是老人的義務……這也是種愉快的消遣吧。

就一面教育愚蠢的約阿希姆少校，一面好好疼愛他吧。

很不幸的，在這場大戰之中，從北方開戰初期倖存到今日的雷魯根自己也完全處於老人的立場上了。

這種年輕軍官與年輕代理師團長進行的戰爭啊。哎呀，這要是在以前，可是怎樣都想像不到的局面。

「我跟那邊的指揮官在各方面上都很有緣分。」

就這個意思上來講，那個小孩也是大人了啊。不對，從年齡來說是小孩沒錯。完全就是個小女生……唉，提古雷查夫中校在可愛上是缺了不只那麼一點。

雷魯根上校幾乎離題的思考，就在這裡緊急煞車。

向前跨出一步站穩腳步，忍不住仰望起義魯朵雅的天空。

天空是一如往常的蔚藍，卻讓他懷疑起自己是不是瘋了。

湧上一股暈眩感。

在這瞬間，他深深感到基於重責的精神疲勞與肉體上的疲勞。

畢竟，這是在說那傢伙喔？與其說是寵物犬，還不如說是獵犬的她喔。

「上校？」

「沒事，我似乎是累了。有點疲勞呢。」

「果、果然會有問題嗎……？這、這是在擅自借用參謀本部的預備兵力吧？」

就從年輕人擔憂的話語來看，自己也露骨得危險到需要讓人擔心的程度吧。身為指揮官，愈是疲憊就愈要抬頭挺胸。

雷魯根上校稍微聳聳肩，笑得像是沒問題一樣。

意識到周圍的將兵，並以自己的話語與態度作為示範。

「我們有提出掩護請求的自由吧？那麼，接下來就……」

稍微停頓一下，吸引注目。

雖然沒當過，不過指揮家在音樂會上準備指揮管弦樂團演奏時，也是這種心情吧？

將忽然浮上心頭的疑問收回去，雷魯根上校以堅定的語調發出宣言：

「向前突進吧！」

只要跟隨自己，就會成功。

高舉著單純且明瞭的希望。指揮官必須擺出自己總是掌握著狀況的態度。更何況是臨時繼承指揮權的部隊的話，就更該這麼做。

既然缺少平時累積的信賴這條救命繩，不讓將兵們喪失希望就是絕對不可或缺的事。

就算是常待內勤的將校，雷魯根上校也是個參謀將校。

是帝國、帝國軍，也就是世界最高峰的暴力裝置，經由睿智與經驗培育出來的一種名為參謀的怪物。就算是原本具有善良人格的個人，只要作為參謀將校成形的話，就只會是一個出色的齒輪。

順道一提，優秀的齒輪會期待他人也同樣如此。

「提古雷查夫中校，就跟往常一樣拜託貴官了。打開前進的道路，進行高空掩護，順便也做一下交通引導吧。」

「一切就照參謀本部的命令。」

一如雷魯根上校的希望，第二〇三航空魔導大隊毫不保留地發揮出以他們的經驗作為保證的通用性。

高空警戒、彈著觀測、地面掩護，還有傳令軍官與空中偵察，偶爾還會在地面進行交通管制，簡直無所不能。在東部累積的經驗乃貨真價實。

作為傑圖亞上將培育出來的萬能部隊，兩個中隊被徹底使喚。

對雷魯根上校來說，模仿上司的做法是非常有效率的行為。而提古雷查夫中校則跟往常一樣，只能把怨言往肚裡吞。

把這種事拋諸腦後，雷魯根上校一味地怒吼著前進。

「渡河！渡河！命令師團全力衝鋒！」

「馬、馬匹該怎麼辦？」

雷魯根上校用一句：「給我想辦法。」便踢著約阿希姆少校遲疑的屁股，不斷向前、繼續向前地推進著部隊。

「以速度優先！立刻讓師團司令部前進！」

就算只憑著在東部的些許經驗，這也是很單純的事。

指揮官必須身先士卒，比任何人都還要率先掌握情勢。

正因為如此，那位傑圖亞閣下才會陣前指揮。然後只靠著陣前指揮，就將曖昧的「指導」權限活用到最大限度，帶動部隊前進了吧。

約爾格中將閣下也是如此。

既然偉大的連隊學長戰死，那就只能代替他這麼做了。

雷魯根上校知道這是做得到的事。因為他知道，這是光憑自己所做不到的事。

沒錯，只有自己一個人的話，是沒有希望突破敵陣的。

正因為如此，只要是為了讓士兵們追隨自己，他會無所不用其極。將追上來請求自己回心轉意的年輕人們甩開的演技，倒不如算是不起眼的部分吧。

「側、側面會毫無防備的！只要稍等一下，就預定能與後續的步兵師團會合了！先等後續部隊抵達，之後再……」

「就讓大海保護我們吧。」

不顧苦苦央求的約阿希姆少校，向周遭發出「繼續進擊」的明示。

憑著要在能前進時不停前進的信條，現在並沒有裹足不前的理由。

因為在眼前的河川上空，航空魔導師已展開完畢。雷魯根上校指了過去，一面告知「我們是在他們的掩護之下喔」，雙腳一面不斷向前。

「讓、讓大海保護，上校！那內陸這邊要怎麼辦啊！」

「以進擊速度為優先。有其他問題嗎？」

「跟預定相比，我們師團太過前進了！」

「別擔心，少校。陸地這邊的側面應該會受到戰鬥群守護。如果是他們的話，在其他師團抵達之前的這段時間一點也不需要擔心吧。」

「咦？」

「沙羅曼達戰鬥群，應該就在我們的側方。」

他能確信這點。

上空配置著提古雷查夫中校，自己的側面則由她一手栽培的老兵所組成的戰鬥群守護著。這樣就算全副武裝的聯邦軍近衛裝甲師團突然出現，也無須擔心不得已陷入意外戰鬥的情況吧。

確信能在蹂躪之後加以突破。

他們在東部的戰功，就是在雷魯根心中留下如此巨大的信任。

「好啦，各位將校。帶上行李了吧？要小心得避免弄濕的東西啊。」

讓他在意的，就只有不得不趕快過河的焦躁感。

由於是剛接手的師團，基本上在下達命令之後，就只能依靠各級指揮官的指揮……但提供可能的支援是司令部當然的職務。

這在現狀下，就是煩惱該如何渡河吧。既然眼前沒有橋，渡河器材就會是造成拖延的主要原因。裝甲師團怎樣都得帶上許多重物。

「少校，這個師團的工兵有依照標準嗎？」

「有的，上校。」

這樣啊——雷魯根上校點了點頭，整理起想法。工兵裝備裡有包含渡河裝備，但頂多就是渡河用的小艇。

數量有限，而且主要是速度很慢。根據假定狀況，這時應該要奪取「橋梁」，但跟到處尋找橋梁的風險相比，會讓人想以進擊為優先吧。

既然如此，就只能把沒有的東西弄來了。根據必要，發出必要的請求籌備。

要是怎樣都弄不到的話，就算要從敵人身上搶來也要弄到。

這是在傑圖亞閣下底下接觸過戰務的所有參謀都會學到的原理。

那麼，為了達成此目的之手段是？

就拿起通訊機，拜託她一件有點強人所難的事吧。

「提古雷查夫中校，有在對岸發現可用來當作渡河器材的東西吧。」

「如果是小船程度的話，是有發現到。」

雖然不錯，但這樣不夠啊——雷魯根上校搖了搖頭。然後朝無線電拋出追加的要求。

「可以的話，我希望是速度夠快的東西。」

「是想要裝有發動機的船隻嗎？這樣一來，說不定就得稍微擴大搜索範圍了。」

要避免浪費時間且讓手頭上的戰力分散。

要是急著趕時間的話，就怎樣也難以接受這麼做。

「……那小船也行。就讓魔導師牽引了。」

是感到錯愕吧。提古雷查夫中校難得沒有立刻回答，而是在確實隔了一會後憤然回話：

「……我們不是拖船！是魔導師！」

「做得到吧？」

「……是有可能。」

在隔了一段以不甘願來說有點可愛的時間後，提古雷查夫中校迅速向他舉起投降的白旗。

收到想聽到的答覆，這樣就夠了。

雷魯根上校笑著點頭說「很好」之後，隨即結束對話。這是能力的問題，被粗暴對待的魔導師有什麼怨言都等以後再說。現在，這個瞬間，總之必須要以前進為優先。

畢竟眼前的問題不是實力，而是「時間」。

啊啊，總是這樣吧。

「有種被催促的感覺啊。」

時間。

時間。

時間。

是從什麼時候開始的啊。

帝國為什麼會陷入被時間追得如此緊迫的事態啊。

「就連我都這麼想了。」

高層、傑圖亞閣下，究竟是在想什麼啊。

不過在現場，就算去想這些也無濟於事。

煩惱也沒有用。

待在現場的自己，就只需要作為現場的最資深軍官，靠著裝甲戰力專心大舉入侵敵地就好。

「啊，原來如此。」

這就是原因啊。

忽然發現到一件事。

雖是偶爾，但提古雷查夫中校有時會不耐煩地向參謀本部提出意見的理由，他總算明白了。

「為什麼，就是沒有發現到啊。」

在不小心說出口後，雷魯根上校一面在內心焦慮著不曉得有沒有被周遭人聽到，一面做著深呼吸，重新端正表情。

戰場上看到的事，後方是不會明白的。

就算讓他們一覽戰場情況，後方也不知為何無法理解？

或許……指揮官的苦惱是得在現場煩惱，在嘔心瀝血之後，才能勉強理解吧？如果只有經驗才能促使理解的話……

儘管很殘酷……但盧提魯德夫閣下是無法理解傑圖亞閣下的想法吧。

「……也難怪事情會變成這樣了。」

戰勝義魯朵雅是確定的事。

至少，這場軍事行動的目的「毫無疑問」會達成吧。這可是前線歸來的傑圖亞閣下用他的腦髓所制定出來的作戰。

他不知道作戰以外的要素究竟會變得怎樣。

只是作為參謀將校的雷魯根「不太想跟這些扯上關係」，本能性地對此感到忌諱。

諸如義魯朵雅作戰的政治目的等等，在被告知之前他不想介入。

本分是作戰。然後，既然是熟知戰場心理陷阱的那位大人所制定的軍事作戰，那自己就唯有善盡本分了。

「……誰教我正在轉地療養呢。這種程度，他會原諒我吧。」

當天　沙羅曼達戰鬥群

就沿著義魯朵雅的幹道南進這件事上，帝國軍沙羅曼達戰鬥群對於自己等人位於友軍的最先鋒這點，就連懷疑的念頭都不曾有過。

一直都是最先鋒。

一直都在最後方。

總而言之，就是一如字面意思的常在戰場。

這要是日常化的話，甚至會讓部隊內蔓延起一種奇妙的意識，認為所謂的友軍就是在自己等人「背後」的存在。

正因為有著衝在前頭的自覺，所以代理指揮官的拜斯少校才會毫不遲疑地打算行使「第一名」的特權。

「去收集渡河器材吧！在友軍抵達之前通通收集過來。格蘭茲中尉，不好意思，想請你去收集對岸的器材。」

拜斯少校的命令就結果來說，是一道愚蠢的命令。

因為走在他們前面的第八裝甲師團已經搜刮走大半的資材。只不過，對沙羅曼達戰鬥群的成員們來說，他們完全沒預想過「自己等人會是第二名」這件事。

這是自拜斯少校以下，在全體軍官的腦裡就連作夢也沒想過的情況。

因為，他們總是作為友軍的先驅衝鋒陷陣。以最大限度活用敵方遺棄的物資，是他們習以為常的行為。

格蘭茲中尉的中隊一副駕輕就熟的模樣起飛，想必很快就能收集到必要的器材吧——所有人都確信這一點，正因為確信，所以才會分心思考起渡河後的事情。

結果，格蘭茲中尉太過意外的報告，讓拜斯少校一時之間反應不過來。

「少校，好像都被友軍拿走的樣子。」

「什麼？友軍？」

拜斯少校搞不清楚狀況似的瞠大眼睛。不過，格蘭茲中尉比他還驚訝，飆高聲音報告道：

「哎呀，原以為我們是最先鋒，哪知道友軍的裝甲師團衝得更快！是第八裝甲師團。第八裝甲師團在我們前面！」

「衝在我們前面？你確定是友軍嗎？」

就連拜斯少校也一時之間難以置信。

他們可是在東部一直都擔任著帝國先鋒的部隊居民，並帶著自己等人衝得很快的自負與實績來到義魯朵雅。

就連戰鬥群的魔導師也全都是Named。不論是戰車、砲兵，還是步兵，全都跟其他地方的傢伙們有著天壤之別。全體將兵都充分受到提古雷查夫中校的薰陶。

會作為不斷在槍林彈雨裡衝鋒陷陣的資深部隊，是有其相應的道理。

就是這樣的自己等人才會一直都是最先鋒，換言之，能得到率先取得敵方遺棄物資的權利。

這種確信全是來自於他們徹底運用魔導部隊的便利性。這樣的自己等人會落後？若是如此的話還真是驚人。第八裝甲師團是在這種時代之下，擁有著相當優秀的魔導部隊嗎？

「沒想到獵物竟然會被人搶先。看來帝國也意外地廣大。是第八裝甲師團吧。他們魔導部隊的指揮官是誰啊？」

「那個，是……」

「是隆美爾閣下出馬了嗎？」

「不是，這個……哈哈哈，就某種意思上是這樣呢。」

腦內響起警報。

直覺發布危險性的警訊。

「那個，是中校。他們的指揮官是中校。」

啊啊——拜斯少校儘管理解了一半，也依舊還是打斷了格蘭茲中尉的發言。這是他最起碼的掙扎。

「帝國軍很廣大，中校也有很多位喔，中尉。」

「可是，拜斯少校。恕我失禮，你不是也有猜到是哪一位中校嗎？」

「這樣一來，那就是參謀本部附屬的航空魔導軍官，我等所敬愛的大隊長了？」

拜斯少校帶著「只可能是她了吧」的確信發出詢問，而格蘭茲中尉也像是打從心底同意似的點頭。

「因為，沒有其他中校了呢。」

這個世界還真是小啊。抑或因為這裡是戰場嗎？常在戰場說得還真是好啊。

「中校在牽引小船的模樣，還真是讓人印象深刻。看來是快我們一步把周圍的渡河器材通通回收走了。」

嗯嗯——這是只能盤起雙手嘆氣的展開。

光是聽到他們派魔導師去牽引船隻，第八裝甲師團打算徹底活用一切的企圖就很明顯了吧。

「這樣的話，有用的東西都被拿走了啊。」

儘管不覺得進擊速度有慢下來，但是總覺得有點太天真了啊。

「……沒想到得和中校競爭呢。」

忍不住發出的抱怨，隔著無線電得到一道深深的嘆息。

「讓人笑不出來啊。」

「就是說啊。」

一如格蘭茲中尉所指出的，如果要和那位中校競爭的話，事情可就嚴重了。是會讓人想抱頭苦惱的情況。只不過，一旦身為代理指揮官，就必須得做出決斷。

必須得準備善後對策。

「得讓中尉辛苦一下了，但無論如何都得找到替代用的器具。」

拜斯少校一面要求格蘭茲中尉籌措物資，一面為了讓大家了解狀況，將戰鬥群的各軍官們召集到附近。

「各位，情況有點不太妙。」

性急的阿倫斯上尉，只聽到這一句話就猙獰笑道：

「是敵人嗎？」

「不，上尉。意外地是友軍。」

咦——他就像沒興趣似的應了一聲。彷彿看到方才的自己，拜斯少校實在冷靜不下來地重複說道：

「上尉，是友軍。是在前方的友軍啊。」

聽到這裡，愣住的裝甲軍官就像理解似的敲了下手。

「是後續的友軍先鋒部隊有什麼聯絡嗎？後續的步兵耽擱了？」

他的臉上大大寫著：「不就跟往常一樣，有什麼問題嗎？」這一句話。要順道一提的話，就是絲毫沒有前方是指「自己等人的前方」的想法。

反過來說，也是他對友軍不抱持期待很久了吧。就連拜斯也很痛切了解這種心情。這在戰鬥群裡算是常識了。

不過，要說這世上有著令人難以想像的新問題，或者說狀況，還是該說扭曲嗎？總之雖然很迷惑，但偶爾也會經常發生不可思議的事。

認知到僵化的固定觀念妨礙了理解現實，拜斯少校就特意明確地說道：

「有部隊走在我們前面。」

作為裝甲家，他有著什麼感觸吧。阿倫斯上尉茫然地反問：

「抱歉，我好像沒聽清楚。你剛才說什麼？」

「是友軍。友軍搶先了我們一步。」

拜斯少校在看到其他軍官們全都露出「你在開玩笑吧」的表情後，就先發制人地補充說明。說不定，他們有點太過傲慢了。

「這是事實。是友軍的裝甲師團。雖然沒差多少距離，但第八裝甲師團……確實，毫無疑問地是在我們的前方進擊中。」

難以置信。

在眾人這種表情之前，他儘管一副很明白大家心情的模樣點了點頭，也還是繼續說明下去。

「順道一提，我們親愛的中校正擔任那邊的直接掩護。」

這消息足以讓就算聽到敵襲也面不改色的軍官們瞠目結舌。不論是好是壞，出乎意料的發展都會使人狼狽。

「……這也太狡猾了。難怪我們會落後。」

即使是梅貝特上尉這句有如小孩子般的抱怨，此時也足以讓人舉雙手贊同。

因為大家都是這麼想的。

「這也太狡猾了」。

只不過，他們的思考也在這時重新啟動完畢。腦海中想到的是狀況。

他們理解到了。

中校在前面……也就是說，自己等人是第二名。就像是被這個想法所影響一樣，軍官們一齊思考起落後所代表的意思。

雖然無法大聲宣揚，但第一名是有特權的。

也就是能拿走最美味的戰利品。這不只是比喻或戰功的意思，也包含「床鋪」與「徵用」這種實質利益的部分在。

衝在最前面的部隊，能擁有最好的條件。

在先鋒拿走大部分的好處後，後續部隊就得在缺乏有用物資的條件下致力於借物競賽吧。

拿走敵方遺棄的物資，或是從周邊收集食材與燃料作為勇往直前的糧食。

來自敵方的資源就是如此重要。在像東部這種來自友軍的補給常常拖延的戰場上，就更是如此了。

然而，敵方遺棄的資源大致來講是有限的。

就連友軍都是爭奪的競爭對手。

根據時間與場合，一馬當先有時也是必要之舉。而當無法依靠敵方資源時，就會不得不停下腳步。

就這點來講，不太會遲疑的托斯潘中尉果斷地率先提議：

「要放棄勉強進擊嗎？」

嗯——拜斯少校也差點點頭同意。擔任先鋒與後續的接點，也是很出色的軍務。

不過，也很難坦率地贊同。理由非常明確。

「只不過，該怎麼說好，這樣也很糟糕啊。」

說到這裡，身為魔導將校的拜斯少校搖了搖頭。只要看部下們愣然的表情，便顯而易見他的說明不夠清楚。

作為魔導將校，他太過於習慣接收魔導反應了吧。

「要說是提古雷查夫中校的督促吧。就連現在也能偵測到她不停地放出魔導反應。這樣要是我們拖延的話……」

會很可怕。

哎呀，儘管不是小孩子，但腦海中光是浮現長官變臉斥罵的畫面，就讓人不由得感到害怕。

足以讓老大不小的軍官們一齊渾身發抖。

對於斥責的恐懼，在這件事上甚至對腦袋造成奇妙的刺激。

「該不會？不對，可是……」

伴隨著驚叫，是一張恍然大悟的表情。直到方才都還盤著手沉默不語的阿倫斯上尉，突然間失去了冷靜。

「就魔導部隊的基本原則來講，會不停地放出魔導反應……也就是以我們會注意到作為前提吧？」

真想現在立刻跳上自己的指揮戰車。他以這種表情提出疑問，其擔憂得到眾人的「理解」。

「沒錯，阿倫斯上尉！就跟貴官說得一樣！」

有種火燒屁股般的焦躁感。

伴隨著由衷的迫切感，拜斯少校有點半是慘叫地喊道：

「長官不是說了嗎！」

提古雷查夫中校仔細叮嚀過的事情，拜斯少校就算想忘也忘不掉。

「其他人也就算了，但我們可是奉命要成為『最先鋒』啊！哪怕對手是下令的中校本人也絕對不能落後！」

都那樣嚴格下令了，她有可能會容許「例外」嗎？答案很簡單。

沒有例外。

即使對手是提古雷查夫中校本人，也不會認同例外。

這是不用討論就顯而易見的事。

因為是命令。哪怕爆發了明天太陽不會升起的天災地變，也必須要實行所下達的命令。能悠哉談笑著「他們太過突出了吧」、「既然是第二名就放慢腳步吧」等話題的餘裕，已從他們的腦袋裡消失得一乾二淨。

他們奉命要成為「衝在最前面的部隊」。

以上。

因此，戰鬥群的各部隊就只能以衝在最前面為目標。

「倒不如該懷疑，為什麼中校會這麼強調這點吧。」

拜斯少校一臉恍然大悟的表情盤起雙手，深深點頭。

「友軍的強力戰鬥單位居然會衝到前面去了。她是假定了這種情況才下達此命令啊！」

姑且不論譚雅的用意，但部下是這樣理解的。

根據平時的經驗與軍人特有的思考迴路所導出的這個答案，說不定跟譚雅想做出的暗示不同。

只不過，有別於不在現場的譚雅用意，她的部下們將所想到的個人見解奉為正確答案。

托斯潘中尉再度率先說道：

「……這樣一來，由聯合兵種編成戰鬥群的沙羅曼達戰鬥群要是『遲到』，看起來甚至會像是無法原諒的怠慢。」

梅貝特上尉一臉苦澀地點頭。

「比尋常部隊強大，並且身經百戰的各部隊停滯不前啊。」

這對沙羅曼達戰鬥群的軍官們來說是絕無可能的事態。遲到的應是他人，不會是自己等人。遵循作戰，嚴守時刻。

這說不定是他們一點點的自豪，卻是有實績保證的驕傲……如果這是傲慢的話，就必須要不顧一切地洗刷汙名。

「補給之類的其他雜事，就等『之後』再去煩惱。」

拜斯少校的這句低語，獲得軍官們的一致點頭。

他們在把頭抬起之前的動作全都一致，但之後就露骨地展現各兵科軍官的習慣。

裝甲家阿倫斯上尉一臉現在就想跳上自己戰車的表情；砲兵家梅貝特上尉坐立不安地思考著移動程序；至於步兵，則是擺出一張深思熟慮後的嚴肅表情做好覺悟。

只不過，方向性一致。沒有任何一個人對拜斯少校說要「突進」的見解提出異議。畢竟提古雷查夫中校本人都不停揮著大旗，表現出她的態度了。

總而言之，先鋒集團就算要胡來也得勇往直前。

確認到簡單明快的前進命令，戰鬥群軍官們已將腦內的優先順序改掉。

「進擊吧。命令固然要遵守，但最重要的是不能讓先行的雷魯根師團遭到孤立。」

拜斯少校宣布既定方針。

同時，他帶著苦笑接著說道：

「梅貝特上尉，抱歉要勉強你了。恐怕會請砲兵以直接射擊支援我們。」

考慮到砲兵師團還在遙遠的後方，現在就必須得派出所能動用的全部戰力，努力維持著前進速度吧。

「就覺得不可能沒有我們的事。也就是會被狠狠使喚一頓吧。」

砲兵軍官苦笑起來，但也一絲不苟地進行著熟悉的工作。

「不論是馬匹或牽引車輛，都能設法維持下去吧。但燃料就快不夠了。必須得特別提供部下一瓶葡萄酒才行。」

對於梅貝特上尉幾乎是牢騷的希望，拜斯少校毫不遲疑地點頭應許。

「我保證會給。」

「哪裡還有這種剩餘物資啊？」

因為機靈，所以裝甲軍官代表全員率先提出疑問。

大家都很清楚補給情況。如果是以進擊為優先，就怎樣都不得不揀選行李，諸如葡萄酒之類的物資，戰鬥群不論去哪都沒有帶上。

拜斯少校對此給了一個堂堂正正的答覆：

「這種東西，就找敵軍補給就好。縱使敵軍沒有，也應該會有後續部隊大搖大擺地帶過來。最壞的情況下，只要從友軍那邊搶來就好了吧。」

斷言「這很簡單」的拜斯少校充滿自信。

這讓平時總是贊成積極方案的裝甲軍官，在點頭贊同的軍官們之中當起了煞車角色，引發了這種不可思議的機緣。

「跟友軍搶，會很糟糕吧？」

相對於啞然詢問的裝甲家，梅貝特上尉與托斯潘中尉則是早已失去認為規則是「神聖不可侵犯」的陋習了。

「阿倫斯上尉還真是高雅呢。」

「沒錯沒錯，這種事就是要發揮巧思與多方籌措唷。」

有著創意巧思餘地的兩名軍官，歌頌著對臨機應變的愛。不論好壞，海軍都教會了他們用自己的腦袋思考的習慣。

軍港勤務的規則教育足以改變一個人。

「托斯潘中尉？」

一臉意外的裝甲家，讓步兵中尉輕輕微笑。

「這稱為需求是發明之母。我在軍港防衛時對此是深有痛感。我可不想為了遵守規則而戰死。」

他以一派認真的表情，真情流露地說下去：

「首先，我不想跟那位中校解釋遲到的理由。只要有過想槍斃無能的經驗，就不想讓自己也成為無能。」

對於愣住的眾人，梅貝特上尉在一旁以無奈的口吻補充說明：

「你們知道嗎？我們在軍港防衛時，與負責管理的海軍發生衝突的那件事。要我們在構築野戰陣地之前得先提交文件，堅持要我們遵守規則。拜他們所賜，讓我們在聯合王國軍的突擊部隊上門遊玩時，沒能完成應該要有的歡迎陣地。」

不掩對無能的憎惡，托斯潘中尉猛然點頭。

「那可不只是辛苦啊！我討厭這種重視規則更勝於現實的傢伙。發自內心由衷感到憎惡與輕蔑。」

作為極為合理且實戰性的軍官，他們在沙羅曼達戰鬥群裡經常被長官灌輸要直視現實的金科玉條。

與東部聯邦軍的戰爭，讓他們成為極度的現實主義者。

而敵人也一樣。

被視為共產主義者軍隊的聯邦軍，如今已拋開意識形態的蒙昧，就只是作為「戰爭機器」不斷地與帝國軍激烈交鋒。

當敵軍的重砲打下來時，官僚主義的神聖性一點用也沒有。

正因為經歷過鐵與血的洗禮，他們才會伴隨著發自內心的認同，理解托斯潘中尉的憤慨。

不論好壞，都針對戰爭最佳化了。

他們將名為必要的環境理解為所給予的前提條件，不容拒絕地接受下來。現場氣氛甚至已經開始將搶劫友軍視為「可行」的辦法了。

但即使是他們，也確實不是完全沒有猶豫。

只不過，全員都是這麼想的。

跟友軍解釋與跟戰鬥群長提古雷查夫中校解釋，究竟哪一邊比較容易啊？

打從一開始，前進就是作為最高命令了。

既然如此——他們決意共謀。

「如果是官僚主義跟中校的話，優先順序就很清楚了。就讓官僚主義自個去哭吧。因為我可不想被中校弄哭啊！」

拜斯少校代表眾人做出決斷。

在場軍官們沒有異議。就像充滿幹勁似的，全員一致點頭。

基於義務與必要的請求，讓他們毫不懷疑這個決斷。因為比起敵人，淪為無能的部下等著長官大發雷霆還比較可怕。

在這世上，往往會因為意料外的相乘效果讓事態加速。

在入侵義魯朵雅的帝國軍各部隊當中，位於最先鋒的是俗稱雷魯根師團的部隊。

對於只是暫代指揮的雷魯根上校來說，將戰局帶入機動戰撕裂敵軍的快感，伴隨著時間經過漸漸轉為會不會遭到孤立的恐懼。

在敵陣中淪為孤軍是很可怕的一件事。

交通線暴露在危險之中，後續的步兵部隊只以合乎常理的速度在進軍途中。

就算想期待掩護，友軍部隊也幾乎……就在他思及此時，前去周邊偵察的提古雷查夫中校等人傳來最新情報。

真是令人傻眼，居然還整理成正式的文件格式。

是在飛行時寫在紙上的吧。未免也太能幹了。

「……儘管知道魔導中隊很好用，但沒想到會這麼好用啊。」

偵察、密接支援，而且還能兼任聯絡軍官的魔導師，真是太好用了。這要是身經百戰的航空魔導軍官的話，一個人就能做到好幾個人的工作。

不幸的是，就是太好用了。因為過度的便利性讓他們在各戰線上遭到消耗，甚至損害到補充的人員基礎，這是個讓人遺憾不已的事實。

如此貴重的魔導師，一旦是銀翼突擊章持有人，而且還是代表拿過數次的槲葉章的話，就會更加非凡。不僅能偵察敵情，還能探索友軍的情勢。就連敵防衛線的破綻都能掌握到。指揮官想知道的事情，她瞭若指掌到令人眼紅的地步。

只不過，雷魯根上校在看到追隨部隊的清單後苦笑起來。

「後續部隊居然是沙羅曼達戰鬥群啊，提古雷查夫中校這傢伙。」

雖然並沒有小看她，認為她只是一匹擅長戰爭的獵犬，但她卻總是超乎自己的想像。像自己這樣的常識人，似乎怎樣都很死腦筋的樣子。

喃喃說出半是讚賞、半是傻眼的話語。

「她把部下訓練得還真好啊。」

當聽到她讓自己作為預備兵力時，還對這種不像是指揮官先行的統帥感到詫異……哎呀，要是有徹底做好軍紀教練的話就另當別論了。

像她這種不僅是能幹的魔導軍官，還能兼任參謀將校的人才要是再有幾打的話，就連機動戰都能打得非常輕鬆吧。
不對——雷魯根上校就在這時搖了搖頭。
「量產那個，大量配備？」
就連自己都覺得這是要不得的妄想。甚至想逼問自己，為什麼會去幻想這種事情。
這要是成真的話，會造成多麼嚴重的慘劇啊。
「自己今天究竟是怎麼了。」
發著牢騷，伸手拿起香菸與打火機。攝取尼古丁，吐出煙霧，即使用其他味道掩蓋呼氣時帶有的苦澀，卻也依舊沉澱下來。
一會兒希望提古雷查夫中校有著可愛的一面，一會兒又考慮把她量產。
「……戰爭真可怕呢。」
雖然只有一瞬間，但自己居然會覺得要是有許多提古雷查夫這種理論之獸就好了，妄想著這種事情。換作是在軍官學校第一次認識她的自己，肯定會懷疑自己是不是瘋了。
「我是瘋了嗎？」
深深覺得現實的變化真大。
叼著的香菸灰燼落在地上，雷魯根上校改用稍微詼諧一點的觀點看待這個束手無策的現實。
不論訴苦、怨言，還是常識，戰爭全都一飲而盡。

這裡有的就只有理論。

既殘酷又明瞭，只要不幸地有所「理解」的話，就是淺顯易懂。原來如此，難怪傑圖亞閣下會把自己丟到這裡。

所需要的是在東部窺看過深奧的經驗啊。或許也能認為，傑圖亞閣下帶有著不同於自己的本質。但不論如何，都不認為這是尋常的理論。

令人討厭的理論呢──如此心想著。這是作為人類的反應。

不過，更加恐怖的是──

「……我理解了。」

這是為了達到最佳解的一步，理解了這個事實。

良知在悲鳴著，說著：「這不是真的。」

然而，理性卻傲慢地回道：「沒有問題。」提古雷查夫中校這種人，是怎麼處理這種內心糾葛的啊。

「上校！請等一下，上校！」

儘管雷魯根上校還在思索這件事，準備搭上指揮戰車時，聽到直奔而來的約阿希姆少校叫喊，擺出有點厭煩的表情。

「還有事嗎？少校。」

「……上校，不是其他事情。」

轉過身來，站在地面上的這些人還真是讓人不耐煩。雷魯根上校儘管感到煩躁，但也還是姑且聽少校訴苦。

「士、士兵到極限了。雷魯根上校，就連師團主力的掌控都已接近混亂。請暫時進入長時間休息，給部隊重新編制的時間。」

「不准。」

「可、可是！」

年輕的參謀將校，用精疲力盡的聲音訴苦著。雷魯根上校就像在模仿自己的長官一樣，就連瞧也不瞧他一眼地把人趕走。

將校要是有空在士兵們面前訴苦，應該要先採取行動吧。

「不能給敵軍重新編制的餘裕。更進一步來講，我們要是停下來，就會讓沙羅曼達戰鬥群的側面毫無防備。」

只要「理解」的話，這就是顯而易見的事。

在戰爭之中，等待下一個時間與良機——沒有這種笑話。一旦開始走起鋼絲，不是走到底，就是摔下去的二選一。

要是作為救命繩的國力沒有餘裕的話，就只能不顧一切地衝過去了。

「在混沌之中，勇往直前是最好的辦法。只要有一個旅團，只要是現在的話，就能突破敵方的防衛線。」

「……疲勞已經達到極限了。」

年輕將校的話千真萬確。

雷魯根上校也承認約阿希姆少校所說的疲憊是事實。儘管點頭表示認同，不過他還是補上一句話：

「只要還沒死就好。」

愣住的他還不明白吧。不過，要是他武運不錯地活下來的話……就算再不願意也肯定會理解到這件事。

不限於約阿希姆少校，這是全體將校都該知道的一件事。

「能前進的時候，就要前進。這是戰爭的真理吧。」

這種時候，忽然想起軍大學那場毫無道理的參謀旅行。

在疲憊不堪時遭到教官們的痛罵，面對著難解的戰術問答。被逼著立刻做出判斷，鞭策著精疲力盡的腦袋。

那真的是最派得上用場的教育。

就算肉體疲勞侵蝕著自己的判斷力，也必須根據必要，實現勇往直前的戰爭藝術，他直到今日才終於理解這個道理。

「現在是這樣吧。疲勞的士兵就只是不滿而已。」

但是——雷魯根上校帶著確信，說出放棄機動戰優勢的愚蠢之處。

「明天，會很悲慘吧。說不定會聽到在戰壕陣地前喪命的慘叫聲。」

只要有時間，就能構築簡易陣地。

儘管不知道義魯朵雅人會構築怎樣的陣地，但就連單薄的散兵坑都很棘手。死守在陣地裡的對手，去吃屎吧。在排除抵抗之前，究竟會要求多少的時間與鮮血啊。浪費多到不願去想的人力資源，喪失時間，最後導致作戰挫敗，這種事完全沒得商量。

「能節約的犧牲就是毫無意義的犧牲。跟遺族的怨言相比，士兵的怨言聽起來還不錯吧？正因為人還活著，所以才聽得到這些怨言。」

如果溫柔會害死士兵，這份溫柔就是邪惡。邪惡的組織人必須只基於必要與理論來使喚部下，讓他們得以生存下來。

對於不果斷的將校，雷魯根提出一個令人悲傷的事實。

「我們是在用速度購買時間。要是不想辛苦，停下腳步的話，就會本末倒置變成是要用人命贖回時間吧。」

「我們很可能會在敵陣中遭到孤立！要是突出的話，即使是裝甲師團也會被包圍啊！」

很正當的疑問。

突出戰線，在敵地遭到孤立的危險性！

如果是在戰前，約阿希姆少校的這種意見會被視為賢明吧。只不過在這場總體戰之下，已無後路的帝國用來衡量風險與利益的天平早就壞了。

正確答案不一定總是正確的。

「現在要是停下來的話，就會跟你說的一樣。好啦，繼續南進吧。」

「上校！」

對於就像在懷疑他瘋了似的約阿希姆少校，雷魯根上校輕輕笑了。

「速度正是我們的友人。軍官不要訴苦。等到了英靈殿，再聽你盡情抱怨吧。」

「……上校是認真的嗎？」

「自己是指揮官，心中有著參謀本部的命令。此外還需要什麼嗎？你聽好，要前進了。去讓戰車前進吧。」

雷魯根師團的突出，甚至被同時代的目擊者形容是「自殺性的衝鋒」。一部分的師團將校，甚至還懷疑起指揮官的精神狀態。

然而，歷史並沒有記錄下帝國軍的失敗與統帥問題。

「傳說性的突破」。

在戰史教範上，寫著這是「稀有的例外事例」的注釋。

儘管附帶說明這是絕對不能一般化，不該當作是常識的指揮範例，但就算不願承認，眾多專家也還是不得不動筆寫下這是一場偉大的成功突破。

專家們儘管感到糾結，也還是不得不承認這是現實的一個事實。

歷史學家則是更加單純地讚揚這是「偉大的奇蹟」。

稍微熟悉一點情況的內行人，則是會擺出深知內情的嘴臉向人解說，這是根據「東部歸來軍人老練的戰術判斷」所進行的「臨機應變的突破」。

這可是自東部歸來，而且還精通義魯朵雅情勢與兵要地誌的雷魯根上校。

側面有過去老巢的雷魯根戰鬥群所構成的友軍，由身經百戰的參謀將校率領著指揮習慣的裝甲師團，以「適當的判斷」成功達成突破。

就軍事上來看，這對帝國在義魯朵雅方面確保完美的抗衡狀態做出了極大的貢獻，所以這些也算是很中肯的讚賞。

奪取軍事要衝。

確保防禦縱深。

排除對帝國本國的威脅。

然後，在義魯朵雅北部展開悽慘的「泥沼」。並同時與對峙的同盟國各軍隊展開各式各樣的戰略。

取回國家理性，為了生存苦苦掙扎的帝國，他們的固執所造成的空間就在這裡。

人稱「傑圖亞的玩具箱」。

放進這個玩具箱裡的，是屍體，還是砲彈。

堆積起來的屍體，是在國家理性的要求下殉身的愛國者，是試圖先發制人的詐欺師，還是無辜的犧牲者。

這是個人人都緘默不語、憤然唾罵，然後搖著頭拒絕對話的世界。

被敵人厭惡地說是稀世詐欺師的傑圖亞上將，他的戰爭指導總歸來講，就是混沌。

正因為如此，即使是同時代的人，置身在戰場上的將兵們也全都不得不喃喃說道。

他是個可怕的存在。

在每日的戰爭當中，他們即便不願意也會得知他的存在。

漢斯．馮．傑圖亞。

貴族出身，有著不起眼的學者性格，看似溫厚的老軍人。

他所創造出的是「玩具箱」。

這個箱子上，就只用鮮血大大寫著「必要」兩個字。

正因為如此，被捲入其中的義魯朵雅絕對忘不了。

他們詛咒著跟他有關的一切。

就連「雷魯根」這個名字也不例外。

正因為知道他所扮演的角色，所以才會變成極為厭惡的對象。即使當時不知道，之後也會知道。儘管作為外交當事者來訪，卻在背地裡暗中活動，作為刺在義魯朵雅心臟上的「傑圖亞的短劍」。

此外，在當事者雷魯根上校的回憶錄中，儘管詳細敘述著義魯朵雅戰役「導致發生的來龍去脈」，但對於關鍵的戰役本身卻只有記載著「在這場並非本意的戰爭之中，我盡到了作為帝國軍人的義務」這一句話。

[chapter]

VI

第陸章

衝擊

Impact

在這種時代，人們徬徨的靈魂
需要確實的引導吧。

於是，在此誕生的是不會迷惘的火箭！
筆直地！筆直地！
就只會筆直地前進！

——修格魯主任工程師

統一曆一九二七年十一月十二日　義魯朵雅軍國境司令部

只限於對義魯朵雅戰役，開戰時的帝國作為戰爭機器發揮了十分以上的機能。

在這次大戰當中，帝國打從開戰初期就作為當事國一路奮戰過來的經驗並不是擺好看的，經過實戰洗禮的帝國軍早已捨棄戰前的陳舊典範許久。

即使是義魯朵雅軍，要說他們沒有記取戰鬥教訓，並反映在部隊的訓練與教育上的話，也是騙人的吧。

只不過，對手實在是太糟糕了。

帝國軍可是作為交戰國，向教師支付了血的代價作為束脩。經歷過火與鐵洗禮的差距，向曾是中立國的義魯朵雅軍展露出決定性的差異。

作為當事國一路奮戰過來的暫時國家，熟知戰爭的氣氛。這份知識的差距太過於殘酷。不論再怎麼努力、抵抗，要是不知道戰爭之理的話就毫無意義。

畢竟平時意識的義魯朵雅軍，就被戰時意識的帝國軍給衝垮了。

在這種漩渦之中，擔任國境司令部的山岳旅團，狀況就跟其他義魯朵雅軍部隊一樣糟透了。

在國境地區會戰之際還是準戰時體制，所以處於不完全動員狀態的部隊就連人數都湊不齊，被迫在這種狀況下與完整編制的帝國軍爆發激烈衝突。

這在軍事上就只會是一場惡夢。專注在戰爭上的軍隊與平時的軍隊有著天壤之別。當後者清醒過來時，戰火已敲響了自國的大門。被帝國軍的重砲與長距離列車砲，這種鋼鐵的攻城槌以全力敲響。

這樣除了勇敢的抵抗之外，無法有任何期待。

卡蘭德羅上校很快就看出這個讓人無法接受的真實。

不知是幸還是不幸，卡蘭德羅上校「看過」這種手法。是作為「雷魯根戰鬥群」的隨軍武官進入東部戰場，在熟練的專家身旁直接學習到的手法。

「……啊啊，該死。」

讓人覺得腦袋有問題的手法。

瘋狂到令人傻眼的突破優先。

朝著聯邦軍而去的暴力奔流。

「這些全是配菜，他們的目標是『突破』。該死、該死、該死。」

捨棄高雅的舉止，他加速思考的大腦裡浮現出大略的戰局地圖。是槍。這把長槍，朝著祖國刺去。不過長槍的槍尖雖利，側面卻很脆弱吧。

「能繞到側面嗎？」

不行，在徹底混亂的現狀下，實在是沒有這種餘力。就算想召集反擊的兵力，自己卻連指揮官都不是！

必須要後退，而且還要是即時且徹底的後退。可能的話，最好是能搭配聯邦風格的焦土戰吧。唯有堅定的措施，是唯一能讓帝國的銳利槍尖變鈍的方法。

在連忙整理好想法後，忽然對「他們會接受嗎？」這點感到疑問的卡蘭德羅上校，伴隨著自嘲聳了聳肩。

「……真是過分的策略啊。」

將國土防衛視為任務的司令官，即使向其提出燒毀國土、一溜煙地落荒而逃的建議，會有怎樣的下場是可想而知。

「居然只能建議……真是急死人了。」

無法讓人接受的知識毫無意義。他知道對抗帝國軍的方法，然而自己終究只是作為「編制外」的外部人士，配置在國境的「參謀本部」人員。真想要指揮權。

即使飽受無力感的煎熬，他也依舊忠於義務。同時也是個會為了盡到職責，直接跑去與司令官本人交涉的愛國者。

會變成這樣吧。

適合於目前戰爭這個異常事態的提議，與擁有正常良知的司令官其感性爆發正面衝突。

「開什麼玩笑！你要我後退！」

「閣下，這是必要之舉！」

「給我注意貴官的用詞，卡蘭德羅上校！在稱這是必要之前，貴官應該要先懂得羞恥！」

說服的嘗試是白費工夫了。

面對的是司令官閣下充滿憤怒的怒顏。就像斷然拒絕似的搖了搖頭後，國境司令部的司令官就用接下來的發言，在歷史上留下自己是善良之人的證明。

「卡蘭德羅上校！王國軍是為了守護國土而存在的啊！」

「不能為了守護部分而失去全部啊！請發布退後命令！」

「這裡是義魯朵雅！義魯朵雅沒有能割捨的部分！我們可是義魯朵雅人啊！」

雙眼充血的斥責聲。

長官的這道怒吼，足以讓有良知的組織人退縮吧。不過，並不是能免除義務的怒吼。

既然身為職業人士的義務凌駕了良知與良心，那就得要遵從自己的職責與必要，不得不開口說出骯髒邪惡的戰爭原理。

「閣下，對手是信仰總體戰的戰爭機器！他們雖是不懂政治也不懂外交的粗暴軍國主義者，但也正因為如此，就只有戰爭非常在行！」

「所以就要我將國境地區通通捨棄嗎！」

「已經無法保住全部了！事到如今，是時候去撿起還有得救的部分了！」

「我軍正在各地抵抗啊！敵軍的攻擊，幾乎都有辦法擊退！」

一拳敲在地圖上的司令官，所說的話也有部分是正確的。

帝國軍「幾乎」與義魯朵雅國境地區的各部隊發生衝突，並被阻擋了下來。

不過，並不是這樣子。

「閣下！這些全是敵人的助攻。在友軍遭到『牽制』的時候，敵方主攻很可能會切斷我軍的後勤路線！」

「堅守崗位，轉守為攻！貴官是不是誤解了防禦的基本啊！」

不是這樣的——卡蘭德羅上校開口反駁。

即使渾身顫抖地拚命解釋，對方也聽不進去的焦躁感。帶著不耐煩的語氣，彼此開始情緒性互相吼叫。

就在這種時候，一名闖入者在「砰」一聲推開門後衝進室內。

「什麼事！」

卡蘭德羅上校一面連忙擋在指揮官身前，一面嚴厲地發出質問。不過話才說到一半，他就注意到「闖入者」很眼熟。

「是中尉啊。又是貴官嗎？」

傳令……要是當得這麼慌張也很傷腦筋。

看來他真的不適合當傳令的樣子。

「閣、閣下！啊啊，請快點，閣下！」

軍官一口不得要領的慌張話語，卡蘭德羅上校為了讓他冷靜下來，勸他在椅子上坐好。不過，中尉在搖了搖頭後，這不就像是趕時間似的接著說道：

「是、是敵人，敵軍的裝甲師團……」

「打算突破防線嗎？給我冷靜下來。向司令官閣下說明。」

站在攤開地圖的桌前，卡蘭德羅上校預見到該來的終究還是來了。

東部也是如此。

帝國軍的裝甲師團也跟「雷魯根戰鬥群」那些傢伙是同類。將戰線的脆弱部分徹底擊潰，打算靠僅僅一次的戰術性勝利，就奪走作戰層面上的勝利啊。

「報告要確實！是在哪裡？」

對於他看準情勢發出的質問，被問到的軍官用手指著位在下方的某處。

「……是、是這裡。」

不過，這樣誰看得懂。

他在指地圖的哪裡啊？在這種分秒必爭的時候！

「給我明確指出來。是在哪裡！」

面對卡蘭德羅上校充滿怒氣的質問，他就像決堤似的脫口說道：

「是這裡！就在司令部旁邊了！」

「什麼？你說是這裡？」

「是友、友軍的憲兵發現到的……就快到——」

附近了——代替他把這句話說完，大砲演奏起音樂。

砲聲。

這種轟隆聲，毫無疑問是近彈。是戰車砲嗎？還是野戰砲？不對，這種事怎樣都好。

了解到一切後，卡蘭德羅上校發出接近慘叫的悲鳴。

「是斬首啊！」

司令部攻擊。

這是在東部，傑圖亞上將頻繁使用的典型複合戰術。砍掉腦袋，以徹底的機動戰擾亂戰場，

等敵對者反應過來時就已經一個人獨贏了。

等到大喊糟糕，感到後悔萬分時也已經來不及了。

卡蘭德羅上校連忙喊道：

「閣下，請讓指揮系統脫離！」

「你才是趕快離開。司令部就在這裡……」

「這裡沒有能死守的兵力！在遭到蹂躪前，請快逃！」

要是無法守住腦袋，全身就會腐朽。

依照戰爭的要求，卡蘭德羅上校大聲喊道：

「就只能犧牲空間來換取時間了！我軍會在準備好防禦態勢之前，就連同北部一起失去野戰軍的核心啊！」

他的拚命感與危機的二重奏，終於讓司令官本人動了起來。

「我會轉移司令部機能。只不過……」

敵人就在附近。

這個事實讓他欲言又止，不過這種事對卡蘭德羅上校來說就只是不值得一提的簡單問題。

「我自願殿後。」

「等等，貴官要殿後？」

「雖是外部人員，但我姑且擁有權限吧。在軍令上我有被編入指揮系統之中……所以有辦法代理執行帝國人歡迎委員會吧。」

他有請求指揮權的依據。這不會是件愉快的工作吧。然而，如果工作需要人力，而自己也算在人力之中的話，就沒辦法拋下工作逃跑。

注視著受到責任感驅使的上校眼神，司令官搖了搖頭。

「……抱歉，上校。看來我——」

誤會貴官了——在司令官把話說完之前，卡蘭德羅上校就開口打斷了他的發言。

「他們的突進力是有極限的。各部隊的脫離也拜託您了。」

自己的事，自己擔心就好。

卡蘭德羅上校以必要的手續進行司令部機能的轉移與脫離，同時召集士兵作為指揮權之下的戰力。

只不過，這絕不是充分的人數。

「就算榨取到極限，能掌握到的就只有兩個大隊啊。」

也就是在徹底動員，將警衛部隊改編之後也才這點戰力。如果是戰時編制的話，國境司令部的戰略預備部隊應該足足會有好幾個師團耶。

不過，作為意料外的副產品，讓他們不用煩惱武器的問題。

挪用戰略預備部隊的儲備物資，只論大砲與裝備的話是無比充實。儘管如此……但因為尚未進入戰時編制，所以操作兵器的人員數量完全不足。

無法否認裝備與人數對不上，這是一支幾乎只有收集到裝備的混編集團。

「戰鬥群啊。」

一手拿著提供給司令官階級的雪茄，卡蘭德羅上校苦笑起來。這是司令官的餞別禮。作為辛苦的當事人，至少能允許他品味一下吧。

這一根菸，能讓精神獲得局部性的療癒。

即使如此，這也只是為了面對痛苦現實，就像是儀式一樣的舉動。

「……只能用帝國風格上了。」

東拼西湊的運用形態，是帝國人在戰場上反覆嘗試之後所發展出來的戰術。

集合離散的模樣，是為了靠現有戰力應急的權宜之計。這是那群戰爭步調太快的傢伙們，為了不停下腳步所制定的準則，他現在對此是深有痛感。

只要成為模仿的一方，就能明白這麼做的真正價值。

還真虧他們能靠這種東拼西湊的戰力打仗啊。

「面對內行高手，用模仿對方的部隊打過去是自殺行為吧……」

卡蘭德羅上校立刻就看出狀況很不利。

這並不需要專門的見識吧。敵人是戰意旺盛的強力部隊，而我方是就連戰時編制都尚未進入的粗心部隊。

只能盡人事聽天命了。

就在想著有什麼辦法時，他忽然醒悟到一件事。

不被「繳獲」是他們的勝利條件。

「遲滯作戰！把跑不快的火砲捨棄掉。給我確實做好爆破處理。儲備物資要全部燒掉！」

就在他起草命令，下令準備炸藥時。

儘管不能把這裡儲藏的物資送給他們，但物流的管道也很重要，卡蘭德羅上校想起了這個事實。

霎時間，到底是會感到遲疑……在深呼吸後，他說出了這句話：

「把橋炸掉吧。」

於是，他鋪設了一條道路。

一條通往讓歷史學家憎恨他，對他的暴行罵不絕口的單行道。

或者說，單純是基於軍事合理性的「焦土作戰」。

以「卡蘭德羅的玩火」聞名，這場做得太過頭的遲滯作戰，卻在這個決定性的瞬間成功地讓帝國軍的銳利槍尖停下。

只不過，據說就連在同時代裡，這都是飽受惡評的做法。就連受領爆破命令的臨時工兵隊的指揮官，都當場向他提出強烈的抗議。

「這、這裡的橋梁幾乎全是……歷、歷史的遺產啊！」

對此，卡蘭德羅上校所給予的答覆，將來就作為典型的軍人困境在義魯朵雅廣為流傳。
他也帶著苦澀的表情喃喃說道：
「我不想讓義魯朵雅王國也成為歷史的遺產。」
雖是結果論，但大半的歷史學家儘管不甘願，卻也還是「偶爾」會承認「這是適當的處置」這個事實。
這是很好的決斷——如果是第三者的話，偶爾也甚至會如此讚賞。
只不過，就只有愛憎各半地飽受批判與讚賞的卡蘭德羅上校本人，最為冷靜地看待自己的所作所為。
因為對他來說，這是在無法自豪的戰役中所留下的一段痛苦記憶。

統一曆一九二七年十一月十六日　北部義魯朵雅地區

當以第八裝甲師團、沙羅曼達戰鬥群作為代表的帝國軍先鋒集團完全耗盡南進的突破力，進入到要與後續部隊會合，意圖擴大戰果的階段時，譚雅等人就從被雷魯根上校方便使喚的工作中解放了。

譚雅的行動很迅速。

在進擊途中看上的地點到處巡視，籌措食材與糧食。

戰利品是以當然合法的方式購入的火腿、起司、咖啡、白麵包，還有其他各種嗜好品與食品。

第二○三航空魔導大隊所屬的兩個中隊，就有如凱旋似的抱著這些物資火速歸返。

不用說，他們在基地受到盛大歡迎。

戰果、戰利品，還有美食的食材。

人類是有時會迷惘的生物。對道路迷惘、對人生迷惘，對煩惱感到憂慮。

不過，事情有時也會很明確。現在該做什麼，對譚雅與其部下們來說只會是顯而易見的事。

那就是慶功宴。

因為太過認真地投入戰爭的話，會導致精神異常。鑽牛角尖對心理健康非常不好。

人類所需要的是，能去享受義魯朵雅豐富文化的內心餘裕吧。

所以譚雅特別重視社會性與文化。相信要是在前線時放棄人性的話，戰後要重返社會也很可能會非常困難。

要讓對戰地與後方的溫度差感到焦慮的風險最小化。

就環境的意思上，譚雅打從心底愛著義魯朵雅這個空間。

畢竟，這裡有陽光與豐富的農業經營。

跟東部的泥濘不同，是很舒適的環境。

人也很好。跟東部的聯邦人不同，沒有染上全天候的襲擊與不顧一切的總體戰，這種悠閒感讓她非常喜歡。

最重要的是，在工作結束之後的一杯咖啡！

優秀的咖啡豆，喝起來格外美味。

在慶祝之前，光是喝上一口就能讓心情雀躍。

「一切都太美好了。這樣也難怪會讓人想大喊：『光啊，給我更多的光啊。』」

從義魯朵雅軍繳獲到的咖啡豆，品質甚至比以法蘭索瓦式美食自豪的自由共和國軍的個人配給食糧還好。

所謂的中立，還真是美味啊。

「對習慣帝國本國假咖啡的舌頭來說，這喝起來太過刺激了。」

也讓人不由得想邊吃著珍藏的巧克力，邊享用咖啡，度過這美好的一刻吧。

快樂的時間倏忽即逝……但如果是在盛大的慶祝之中與時間競爭的話，就不會是一下子就結束了。

白晝過後，黑夜來臨。也就是在優雅的午餐過後，會迎來華麗的晚餐。在最近糧食情況窮困已久的帝國，就只有作夢才能夢到這般嗜好品盛宴。

以自然發生的晚餐會，譚雅執行著慰勞部下的任務。

「各位，幹得好！就盡情吃吧！」

即使發出命令，反應卻不怎麼好。

平時總是淺而易見地盡情喧譁的將兵們，這不是擺出一副像是少了什麼似的表情嗎？

肉、起司、火腿、麵包。

儘管自認為大致湊齊了美好的食物……譚雅所抱持的疑問，就在副官伴隨舉手提出的詢問之下獲得冰釋。

「不能喝酒嗎？」

「雖說是形式上，畢竟我們可是在快速反應待命喔！還是想請你們自重一下。」

不認為他們是會喝到爛醉的笨蛋。

不過，也不能忘記善良管理人注意義務。

率領著因為酒精讓判斷力下降的士兵們打仗，這種事有誰會認同啊？必須讓一點也不想要的風險最小化。

「首先，這裡沒有人需要借酒澆愁吧。」

倒不如說，正因為他們是一群戰爭販子，不知道這群喪失理性的傢伙會幹出什麼事來，所以才不想讓他們喝酒。

朝他們瞥看一眼，就看到一對對飢渴的眼神。

到最後部下們這不就嘀嘀咕咕地抱怨起來了。

「中校就不能體諒一下我們嗎？」「工作都結束了耶！」「這種時候，就是想豪邁地喝上一杯啊。」「不對……要沒喝過酒的人體諒，到底是有點奇怪吧？」「就當作是工作結束後的炒熱氣氛，只要乾杯就好了。」

領悟到他們這麼想喝酒後，譚雅當下就只能目瞪口呆。

要是允許酒後飛行，就必然會導致長官的責任問題。因為部下犯錯而導致自己失勢，這種事可是敬謝不敏。

她可不想在轉職時，聽到對方說出這種話：「妳的經歷是很優秀，但好像曾放任過部下酒後駕駛呢。」

「還真是奇怪。誤認為總是能無視規則的人，似乎偏偏就在我們帝國軍裡頭的樣子。」

先狠狠一瞥，強迫他們靜默下來。

判斷有必要劃分界線，譚雅厲聲喊道：

「伏地挺身開始！二十下！全員立刻動作！跟我一起！」

連帶責任真的很邪惡。

軍隊會偏好這麼做，就表示軍隊確實是個必要惡的組織，這讓自己想起了這件事。

要是在下令後，無法唯獨自己不做的話，就更加讓人想哭了。

伏地挺身二十下並沒有多累。只不過，因為部下犯錯而蒙受牽連的事實令人不爽。就是這麼討厭連帶責任這句話。

為部下的失誤負責，是作為上司的義務。儘管可以理解……但就算被告知部下喝酒闖禍了，也很困擾啊。因此，譚雅草草結束代替懲罰的伏地挺身，特意在連一滴汗都沒有流的他們面前嘆了一口氣。

「不准喝。理解了嗎？」

遵命——這句精神飽滿的答覆足以讓人滿意。只要他們願意在勤務時間內自制的話就夠了。她不打算連私人生活都介入。

不過有必要作為上級長官顧慮到整體氣氛吧。

於是，譚雅就像個善良至極的中間管理職，以自己的方式向能幹的將兵們發出貼心的詢問：

「……還有其他希望嗎？」

作為管理職，這是很誠實的詢問吧。

但由於不許飲酒，所以這就類似是社交辭令。

不僅省錢，性價比也很優秀……譚雅在心中自賣自誇著。我怎麼會這麼擅長掌握人心啊！

「可以拿巧克力和咖啡出來嗎？」

「什麼？」

面對一臉無憂無慮的副官如此詢問，譚雅察覺到自己的粗心。

怎麼會說出這麼大意的話啊。

要是能讓世界倒回數秒的話，這是足以讓人想把這條說出蠢話的舌頭剪掉的重大失態。

「機會難得，那個……中校要是能分我們一點的話……」

圓滑地、恭敬地，最重要的是以不太好意思的態度提出要求。然而副官所煽動的慾望之焰，近乎是必定會燙傷的熱情。譚雅就算再不願意也看得出來。

在戰時狀況下，對偏好的嗜好品感到飢渴的人，並不只有酒精愛好者。

部隊內的那群甜食黨。

要說到這些傢伙的眼神，這不正滿懷著期待，翹首盼望著自己點頭允諾嘛！

譚雅對咖啡與茶點很講究這件事，副官也很清楚，這點實在是太致命了。做出這種粗心的約定，就彷彿是像自己這樣理性的合理經濟人，墮落為有如存在X般的蠢蛋一樣，讓人甚至想進行自我批判。

全都是戰爭的錯。

先不管這個，等下就去確認自己的精神狀況吧……等處理好這裡的事情之後。

該怎麼辦？就算迷惘也無濟於事。

必須得做出決斷。

「……該死，我知道了。就拿出來吃吧！」

這雖是苦澀的決定，但也是繼續當個「好上司」的必要經費，譚雅在心中的帳簿上記下這筆支出。

甜食黨們興奮地大喊：「太棒了！」不會忘記他們所進行的反叛。就在心中的評分表上記下這件事。遲早要他們進行相應的工作補償。

絕對會，充分地。

我一定會奪回來的——譚雅一面發誓，一面朝副官看去。

「就從我的私人物品中搶『適當』的量過來。別得寸進尺喔？」

「下官遵命！那麼，下官這就過去！」

飛奔離開的副官，腳步毫無迷惘。

本來就讓她知道儲備物資放在哪裡。看這樣子，必須得做好手邊物資會喪失大半的覺悟了。只有放在本國的份讓人不太放心，要是能在義魯朵雅值勤時想辦法「籌措」的話就好了。

目前就享受美食來作為彌補吧。

餐刀與餐叉是美好的裝備。

就大快朵頤著前菜、魚料理，還有主菜吧。要是能享用到義魯朵雅式美食的話，心情就不得不感到雀躍。這要說的話，就是文明的滋味吧。

儘管對副官扛回來的咖啡豆與巧克力的數量感到暈眩，但表面上還能冷靜地微笑，是因為內心還有餘裕。

正因為如此，引頸翹望著餐點上桌的譚雅耳朵，才會沒有漏聽那道朝她走來的腳步聲。

「提古雷查夫中校，請問提古雷查夫中校在嗎？」

「我在這裡。」

譚雅一手拿著餐叉，朝著這名沒禮貌的闖入者看去。真奇怪，怎麼會有服務生是空手而來。

不對，根本沒看過這傢伙。是剛來的設施運用人員吧。

也沒端料理過來就直接喊名字，真想問他到底有什麼事。

不過，階級是少尉。是軍官嗎？

從年齡來看，是剛大學畢業的嶄新少尉。是填補用的吧。哎，在後方運用的話沒問題吧……帝國軍的低齡化也很嚴重。跟煩惱高齡化相比，究竟哪一邊比較好啊。

儘管很傷腦筋，總之用對待小孩子的方式對應就好了吧——譚雅慎選著用詞。

「警報也沒響，是有什麼事嗎？」

就算是譴責，也不能太過嚴厲。

一面適當混合著不愉快與困惑，一面徹底對他的工作表示敬意。

「至少想請你讓我慢慢享用工作完成後的餐點呢。」

少尉抱歉似的沉下表情，但隨後他就像是想起要事般大聲喊道：

「有來自帝都的電話！不好意思想請您前往接聽！」

「什麼？那就沒辦法了。」

譚雅伴隨著嘆息，放下刀叉起身離席。中途離席一事雖然十分遺憾，但也不能無視帝都的電話。

「話說回來，少尉。下次最好先告知我是誰打來的電話。」

「失、失禮了。是傑圖亞閣下的電話，說是有『緊急』要事。」

喂——譚雅的態度當場硬化。就算是新任少尉，這也太糟糕了。這是在有沒有教育好之前的問題。

譚雅不得不一面深深嘆了口氣，一面明確指出問題所在。

「你下次給我記好。不要省略『緊急』這兩個字。不適當的傳令，可是會演變成重大的責任問題啊。」

這不是害她很可能把讓對方久等會很可怕的對象置之不理了！

在快步衝進擺放電話的房間後，譚雅立刻就對遲到害他浪費時間一事進行謝罪。

「下官是提古雷查夫中校！閣下，真是非常抱歉，在您繁忙之際讓您久候多時。」

時間寶貴。更何況上司的時間比什麼都還要寶貴。

在犯下錯誤時，藉口是沒有意義的。

就算這是傳令的錯，也要先行謝罪。而且還必須分秒必爭地迅速傳達遺憾之意。

「中校，別在意。我就只是有點事要找妳談談。」

就假設上司隔著聽筒，傳來和藹可親的聲音吧。

一般來說是不會認為這是壞事。不過，也得要對方不是以詭計多端的詐欺師傑圖亞之名惡名昭彰的副參謀長閣下本人。

「閣下有事找下官嗎？」

「沒錯。有一個好消息，和一個壞消息。」

理解到這是要她選擇的譚雅，毫不遲疑地選擇了壞消息。

「那麼，就先聽壞消息。」

「義魯朵雅海軍的戰艦部隊很可能會在沿岸地區發揮威力。沿海幹道路線將無法使用的危險性濃厚。」

戰艦艦砲是很可怕的火力。

不理會陸軍將二一〇㎜口徑號稱是重砲的行徑，將四〇㎝級的龐然大物一字排開，毫不客氣地展開火力投射的海上要塞。

「是作為火力投射據點的戰艦啊。真是棘手。」

「就是說啊。要用正常手段的話，就幾乎是束手無策了。頂多只能想到用水雷封鎖，限制活動範圍這種對策。」

「沒錯。敵方的戰艦群確實是個威脅……但危機就是轉機。」

「只不過，還有一個好消息吧？」

「您是說轉機嗎？」

莫名故弄玄虛的發言，讓譚雅起了疑心。電話對面的傑圖亞上將心情很好，是有點危險的徵兆。儘管還不知是吉是凶……但在東部培育的危機感正不可思議地發出警報。

「雖是敵戰艦群，但有辦法在一擊之下盡數殲滅的樣子。」

「……恕下官失禮，下官只覺得這話太過美好。閣下。如果是一、兩艘的話，說不定是有辦法擊沉，但您說盡數擊沉？」

剛好有機會能用航空母艦艦載機，圍剿無法動彈的戰艦嗎？但覺得這是帝國所無法奢求的情境。況且，十一日開始戰爭。到十六日的現在，還會有能慢條斯理地當成標靶的敵人？

就軍事常識來看，譚雅不得不感到混亂。

「難以置信嗎？這也是沒辦法的事吧。不過，這是事實。」

因為——傑圖亞上將愉快地說出這句話：

「義魯朵雅戰艦部隊的主力，他們……正在北部軍港地區進行現代化改裝。」

「……咦？」

讓戰艦這種戰略資產，在國境附近的軍港慢條斯理地改裝？

「能理解成他們沒有進入快速反應態勢嗎？」

「沒錯，正如妳說的。是無法動彈的巨大標靶。一旦戰艦停靠不動，就會是令人垂涎三尺的獵物吧？」

「實在不覺得這會是在戰時狀況下做的事。義魯朵雅人是瘋了嗎？」

將高價值目標懸掛在帝國眼前置之不理。

到底是發生了什麼事，才會做出這種決斷來啊。

「是想法的不同。對義魯朵雅人來說，這是打算作為自己等人並沒有假定『戰時狀況』的訊息吧。從他們的立場來看，有著一定的合理性在。」

在指出這點後，譚雅立刻就理解了。

在戰艦部隊全都停進船塢時，會有辦法發動戰爭嗎？

這就常識來想是不可能的。

所以帝國人會想：「他們為什麼要做這種蠢事。」相對地，義魯朵雅人的想法似乎恰好相反。

作為「我們堅守中立，不打算引發戰爭」的信息，而讓戰艦停進船塢。

真是抱歉，帝國並沒有能體察這種顧慮的餘裕。

「也就是說……戰艦群依舊停靠在船塢裡？」

「他們沒有戰爭的覺悟，也沒有進行準備。如今似乎正在連忙把戰艦從船塢裡拖出來，準備出港的樣子。是意想不到的奇襲副產品。」

嗅到機會的味道，譚雅敲了一下手。

「也就是說，有辦法靠地面部隊扣押！」

帝國的艦艇情況很絕望。要是能期待改善的話，不論是什麼都會想拿來運用。就算不是這樣，戰艦的衝擊性也很大。對譚雅來說，是不打算給予海上王者的評價……但「輿論」非常喜歡戰艦。可以說是高估了戰艦的價值。只要能繳獲戰艦，就能得到對內對外最好的政治宣傳素材吧。

就彷彿玫瑰色的夢想擴大開來一樣。

一網打盡，一擊殲滅！原來如此，真是淺顯易懂！

「沒辦法吧。」

傑圖亞上將淡然但是明確的發言，戳破了這個夢想。

「輕易放過扣押敵艦的好機會是……」

「別痴心妄想了。就連義魯朵雅北部的攻略，都還在中途。而就連這邊，也一直維持著在極限狀態下走鋼絲的狀態。」

處於主力南進，打開幹道的階段。考慮到戰局叵測，上司的話也不無道理。

但無論如何都會湧現一股可惜的心情。

「……只要有戰力的話。」

「兵力不足。時間也來不及。就只能擊沉了吧。我可不想太過貪心，反而讓他們給逃了。」

貴重的東西是人人想要，就連在戰時狀況下也一樣。

說到唯一的差別，就是在戰時狀況下無法成為自己所有物的貴重東西，就只會「礙事」吧。

所以，要破壞掉。

基於理論上的必要性，理解並了解這點的譚雅很乾脆地放棄奪取戰艦，切換思考模式。

「那麼，是要用航空艦隊襲擊軍港了。」

「我方光是要維持空中優勢，能力就達到極限了。即使派去襲擊軍港，也無法保證能確實擊沉戰艦吧。」

總覺得掌握不到狀況。

這樣的話，該不會是要走旅順軍港模式吧。那就是用重砲或是列車砲對船塢砲擊了。

在這種情況下，考慮到戰艦的裝甲，會是用列車砲嗎？

「閣下，下官總算是掌握到狀況了。」

不是二〇三高地，而是靠二〇三航空魔導大隊進行觀測砲擊。即使是列車砲的連射速度，如果是要用來打不會動的船塢，情況就會有如旅順港一般吧。

「就請放心交給我等航空魔導大隊吧。彈著觀測是我們駕輕就熟的工作。」

說是這麼說，但在敵地的引導可不輕鬆。甚至可以說是難題。哎，如果是跟在諾登與萊茵的單獨砲兵支援任務相比的話，就另當別論了吧。

因為不管怎樣，總是會有辦法的。

譚雅甚至思考起觀測與通訊等器材方面的問題……但就在這時，卻因為一句出乎意料的話語陷入恐慌。

「感謝貴官的志願。只不過，要請你們做的不是觀測。」

「咦？」

「詳細內容會請博士向貴官說明。去殲滅敵戰艦吧。」

「博、博士？」

腦內響起一道警報。

不妙。

糟糕。

該死。

「我已安排好加速裝置了。就去完美地達成『偵察』任務吧。」

是那個啊！

在去打擾共和國軍萊茵戰線司令部時所用過的那個，我才不要！

「閣、閣下。我的部隊才剛結束戰鬥，不是能發揮全力的狀況……」

全力迴避。

譚雅試著列出各種藉口、辯解，與無法執行的要素，但可悲的是，卻沒能防備到上司殘酷無情的逼問。

「要撤回前言嗎？還真是不可思議呢。我才剛聽貴官說，貴隊處於能在敵地進行彈著觀測的狀況喔。」

不能說謊。

既然無法做出虛偽的答覆，就只能以真實的情況讓對方誤解了……但是就活用錯誤與混亂這點來講，傑圖亞上將可是這方面的高手。

自然而然地，譚雅感到自己就只能舉白旗投降了。

「只、只要閣下下令。」

幸福的時間。對著美食嘖嘖不已的時刻，響起可怕的警報聲。

在條件反射地抬頭並豎起耳朵的將兵們當中，由老兵組成的第二〇三航空魔導大隊的隊員們開始把食物火速塞進嘴裡。

這是能存活下來的好士兵條件。能吃的時候就要盡量吃。

一旦是連在帝國全軍之中都屈指可數的老兵們，就會在這個瞬間毫不遲疑地一抓到自己愛吃的東西就往嘴裡塞。

「唔唔，等、等等，那個！是我的！」「中尉，妳剛才不是才吃了這麼多起司！這就讓給我吧！」「我打算做成三明治帶走的說！」「我的巧克力被咬了一口！是誰幹的！」「白麵包還真好吃呢……」

伸手、把手拍掉，或是搶先一步把能存放的食物俐落地打包帶走，在這種混沌但不知為何很和諧的不可思議餐桌上，大量堆放的食物就這樣被塞進胃袋與背包裡消失無蹤。

航空魔導師的消耗卡路里本來就很多。

所以吃也是一種了不起的戰備。

只不過，會讓注意力分散。當方才中途離席的指揮官踏著不開心的步伐趕回來時，不會漏聽腳步聲的警戒力，不論任何時候都是必備技能。

警戒也是有限度的。

一出現在室內，指揮官譚雅·馮·提古雷查夫中校就以不是白銀，而是符合受眾人畏懼為鏽

chapter VI

銀的凶惡表情開口喊道：

「全員集合！全員集合！」

維多利亞．伊娃諾娃．謝列布里亞科夫中尉雖是資深魔導師，而且是身經百戰的勇者，但也還是瀕臨差點讓麵包與火腿占據喉嚨的危機。

「唔！嗚，咳咳，咦、咦！」

語調、氣氛，還有用詞。

只要在戰爭途中，就算不是預言家，老兵們也能以接近百分之百的機率猜中接下來的事態。不妙的發展。

總之，毫無疑問是麻煩事。

一旦是謝列布里亞科夫中尉這種經驗豐富的航空魔導軍官，就會假定最壞的事態，根據狀況立刻行動。

更正，她的身體沒有動。

動的是雙手與嘴巴。

「第二〇三航空魔導大隊！所有人員立刻全副武裝集合！」

「才剛完成一份工作耶！」

趁部下抗議時，嚥下用新鮮小麥粉烤好的麵包。

那是沒有苦味的白麵包。她也不是特別討厭本來的黑麥麵包，但沒有摻進雜物的白麵包是格外美味。

「有聽到命令了吧！」

「等、等等，等等，請等我吃完這些！」

不知是誰的慘叫，就趁他慘叫時用咖啡把麵包灌下去。

居然這麼隨便地喝著真正的咖啡，真是難以置信的奢侈。這是對會讓人昏倒的金額與價值的冒瀆性浪費吧。不過比起這種事情，現在還是想先把火腿丟進嘴中。

吃到肉的滋味。儘管沒時間品嘗，但跟粗糙的代食品就是不同。

味道是如此美好。雖然很浪費，但錯過機會還比較可惜。咕嚕地吞下去後，伸手拿起下一道食物。

「不准再吃義魯朵雅飯了！趕快集合，集合！聽懂了吧！」

在長官不耐煩的話語中，能輕易感受到臨界點。

只要在第二〇三航空魔導大隊的年資夠久，就會知道長官有著無法容許的界線在。儘管如此，但還沒吃夠啊——謝列布里亞科夫中尉試著說出一句抵抗。

「……請、請容許我們補充出擊所需要的卡路里！」

一道冰冷的視線狠狠瞪來。

同時，長官提古雷查夫中校向她發出的……是以緩慢的語調，說出甚至是溫柔的話語。

「謝列布里亞科夫中尉，這就是貴官的主張嗎？」

臨界點。

而且還咕嚕咕嚕地沸騰著。

搞砸了——注意到這點的她連忙試著滅火。

「沒有，沒有沒有沒有沒有！當然，下官這就去準備出擊！」

對於在起身後，就迅速抓起東西帶走的謝列布里亞科夫中尉，長官伴隨著完全是在看可疑人物的視線發出警告。

「喂，維夏。」

「是的！」

「把餅乾給我放下。」

謝列布里亞科夫中尉以堅決的態度做出主張。

「這是緊急口糧！」

那副自信滿滿的表情，假如不是譚雅這種認識她很久的上司的話，那頑強臉皮足以讓她硬闖過關。

「貴官不是有一大堆我的巧克力棒嗎？」

「這是兩碼子的事！」

「知道了！知道了！不過，喝我的咖啡豆就要好好品味。」

「遵、遵、遵命！」

混在匆匆忙忙跑走的魔導師們之中，謝列布里亞科夫中尉俐落地帶走譚雅等人份量的咖啡豆。用途自不待言。

那是會議用的飲料。

於是，依照提古雷查夫中校「應該要在輕鬆的氣氛下開會」的意思，提供著咖啡與巧克力的會議室氣氛非常良好。

在開發者，同時也是改裝V-1的修格魯博士展開說明與感人演說的會議室裡，香氣四溢地瀰漫著咖啡的芬芳。

只不過，魔導部隊的成員們也在自家指揮官開始說明作戰概要時正襟危坐。

在熟練的魔導部隊，曾運用過V-1、V-2這種奇特武器做出實績的資深人員面前，譚雅也省略不必要的說明簡潔說道：

「目標，敵戰艦群。以上。」

在理解般的點頭後，魔導部隊的成員們就為了搭乘瘋子親手打造的加速裝置開始移動。

也就是要在臨時趕工整備好的發射設施搭乘V-1改良型。

只不過，主張核心部分已有革新性改良的人，就只有修格魯博士一個。要譚雅說的話，變得能微妙轉向的V-1依舊只是V-1。

在義魯朵雅的蔚藍天空中，靠著聯胺燃料的推進力直奔而去。

待在鐵塊裡頭，由譚雅等資深魔導師們組成的部隊在反覆進行微妙的方向調整之後，形成衝鋒隊列。

V-1的速度到底是非常迅速，以猛烈的速度消化著所指定的航路。只要照這樣下去，就能在不給對方對應時間之下完成任務了吧。

然而，義魯朵雅軍不是法蘭索瓦軍。也就是不像後者那樣，具備著能冷靜等待V-1著陸的精神。

最主要的是，義魯朵雅人是戰爭的後發參加組。

不論好壞，他們都能明確認知到，帝國軍經由空路的斬首戰術已成功過無數次的事實。

正因為是中立國吧。

義魯朵雅有著能用來警戒的預算、資源，甚至是管道。駐帝國武官探聽著戰術內容，駐聯合王國武官調查聯合王國的對策，他們甚至還能進行這種分工合作。

就算不論哪一邊都做得不上不下，也還是基於藍圖著手「研究」了。至於這是不是適合實戰的適當做法，就另當別論了吧。不過作為事實，他們整備好了警戒網。

既然如此，該做的事情就十分明瞭。守備部隊沒有一絲遲疑。在開戰報告自國境地區傳來的同時，義魯朵雅海軍就盡全力將人力配置到港口防衛設備上。

有裝備、有人員，然後是一如假定的敵人。

義魯朵雅海軍按照既定方針，盡全力展開行動。朝著軍港上空盡可能地發射防空砲火。儘管單純，卻也因此很有效率。

足以讓譚雅傻眼的濃密彈幕網就這樣形成了。

「還離這麼遠耶？」

只不過，令人傻眼的要素也包含距離在內。還遠在十分難以命中的長距離時就發射了防空砲擊。要是一般情況的話，會嘲笑他們嚇得胡亂開砲吧。

不過考慮到不斷戲劇性惡化的狀況，就讓人笑不出來了。

「他們的目的，是視野啊……」

防空砲火的密度，如果以譚雅的基準來看，是稀疏到有辦法突破的程度。

但也知道對敵人來說，光是這樣就十分足夠了。因為爆炸的砲彈與四散的黑煙正在讓視野加速惡化。

黑煙。而且該死的是，只要往地面看去，就能清楚看到敵人無所不用其極的模樣。

驅逐艦發出像是煙幕的濃煙。儘管不知道他們是打算把鍋爐操得有多過分，但是實際上非常有用。

照這樣下去，視野會被遮蔽的。

「嘖，該死的義魯朵雅人。動這種讓人討厭的歪腦筋！」

V-1在進入終端路線後難以進行細部修正。

對這類的兵器來說，就連些許的目測失誤都會影響到後續發展。就阻止效果來說，義魯朵雅人的選擇完全是正確答案。我方帝國軍也會採取相同的手法吧。

「……說對手是和平痴呆，是太小看他們了。」

怎麼輕視他們是沒有實戰經驗的對手。對義魯朵雅陸軍大勝的結果，說不定讓我們低估了敵人。

必須得承認這是天大誤會的事態。

因為，義魯朵雅就本質上是「海軍國家」。就跟聯合王國陸軍雖然不值一提，但聯合王國海軍卻是恐怖的威脅一樣，這群船藝的化身可是老奸巨猾啊。

得不到手的東西，總是讓人羨慕不已。

「該死，就是這樣我才討厭海軍。」

我方的水面艦艇無法依賴，就只有敵方的有用。這是很嚴重的不平衡。未免也太不公平了。

家裡的海軍，除了潛艦之外都應該再稍微反省一下。

這群薪水小偷。

真想把他們趕下船，編制成海軍地面步兵丟到東部去。這樣一來，水面艦艇部門也會打起幹勁了吧！

譚雅忍住牢騷，將意識切換過來。

「……比起他人，還是先擔心自己吧。」

不在假定狀況裡的視野惡化。

我方的火力就只有十二根。

以飽和攻擊來說太過稀疏了。要是個別的命中率下降，能獲得的戰果也會相應減少。

要全彈命中？

這也太蠢了。

現實可不會這麼剛好地讓夢想與希望實現啊。

即使是資深中隊，也無法期待全彈命中……讓人非常懷疑能不能將五艘敵戰艦全部擊沉。只有直擊到上部結構的程度，戰艦這種硬物是意外地不會沉沒。

乾脆集中攻擊兩艘或一艘——腦中閃過這個主意。

主要是視線的惡化很不妙。在任務愈來愈有可能因為煙幕與砲彈硝煙而失敗的現在，應該要研究一下是否要重新考慮其他選項。

不過，這也是已在執行中的計畫。

「在緊要關頭變更，反而很不妙吧？」

與其在大混亂之中實行最好的計畫，應該選擇次好卻是可靠方法的瞬間，在這世上是常有的事。

首先，命令不該輕易變更。

在這裡把事情搞砸，陷入混亂的弊害甚大。

這次要是搞砸的話會怎樣？到底還會不會有下一次的機會？不對，我並沒有想一而再地搭乘V-1，但這是基於職業必要性的疑問。

能清楚知道的是，機會很少。

一旦出海的話，V-1就無法鎖定目標。如果是V-2的話，儘管是能抓到機會吧，但也無法無視招式已經曝光的情況。

「結論很單純啊。」

甚至微微苦笑起來。

敵人在能減少的時候就要盡量減少。除此之外不需要任何理由。不能錯失良機。

與其隨便更改命令，一艘也好、兩艘也好，還是確實擊沉會比較好。

「問題只有一個吧。」

而且，還是相當棘手的問題。

這個V-1是那個瘋子親手打造的。真的能賭在這種東西身上嗎？不知是幸還是不幸，但得到強制性的答案也很讓人煩惱。

「既然都來到這裡了，就不容拒絕啊。」

譚雅儘管想保留意見，但上級想賭在這東西身上。這是命令，換句話說，譚雅也被迫賭在這東西身上了。

沒有選擇的餘地。

說到底，命令早就安排好一切了。

「真是過分。」

當官還真是一點好事也沒有。雖然已決意轉職，但也不能做出會被立刻槍斃的舉動。

「話雖如此，但沒想到會讓V-1載這麼多次……」

甩甩頭，把雜念趕出腦海。

現在只要專心想著把這東西砸在敵艦上頭就好。不管怎麼說，只有威力是有的。要是只論威力的話，是毫無疑問。

正因為是視野不佳的環境，所以才必須得要專心。

「01呼叫全員。就按照計畫進行吧。」

正因為如此，譚雅在進入目標領域之前向部下們宣告。

「直擊是最為理想，但近彈也無所謂。可能的話，給我瞄準後部的推進器！」

就算是無法移動的戰艦，也是十足的威脅吧。不過，能夠移動的戰艦會更加棘手。有必要讓義魯朵雅海軍在這裡喪失資產。

「各位，我對各位有著很大的期待。期待會有著跟往常一樣的結果。以上！」

上司的演說，一直都得簡明扼要。在簡略告知任務內容後，譚雅向自己的副官發出通訊。

「副官！就跟分配的一樣。跟我一組瞄準最後方的戰艦！」

「收到！」

聯胺推進器的狀況？

實在是好得不行。以十分令人傻眼的推進力一個勁地劃破天際，直奔而去。

完全是破壞力的化身。

再過不久，就會直接撞上停泊中的軍艦。

即使是阻止方也沒有疏忽。一如字面意思的全力射擊，為了阻礙V-1前進而自大地發射而來。防空砲火的彈幕、統一射擊的區域，以及縝密的防空陣地，構築在譚雅等人前進的路線上。

「義魯朵雅海軍很優秀呢……明顯不熟悉實戰，動作卻很俐落。」

對於副官的評價，譚雅一如字面意思地點頭。

「真是令人羨慕。」

徹底的訓練。

還有受過教育的人員。

這恐怕是在這次大戰之中，交戰各國所無法指望的奢侈。如果對手是珍惜培養出來的人員，帝國這個夕陽產業就是全體部門都處於追求即戰力的狀態吧。

競爭對手是良心企業，是非常不期望的一件事。就算我方不是黑心企業，他們執行相同業務的效率性也會很可怕。必須得承認敵人的優勢。不過現在的話，還能在經驗上勝過對方。必須得徹底運用這份優勢才行。

「我們可沒義務讓他們累積實戰經驗喔。」

「中校說得是。」

在副官回應的空檔，也開始進行角度的最後調整。映入視野的煙幕儘管煩人，但也早已習慣這種方式的干擾了。

「就招待敵艦享用大餐吧。」

目標，義魯朵雅海軍戰艦群。

在微調後，以射出形式將乘員從V-1本體中彈射出去。

一飛出義魯朵雅的蔚藍天際，譚雅以下的魔導師們就立刻以飛行術式拉開距離，完成脫離。

chapter VI

視線看向方才的軍港上空，那裡還是一樣非常熱鬧。

義魯朵雅海軍依舊朝著這裡胡亂發射防空砲火。

而且還很眼尖地目視到我們的位置吧。

「真煩！」

甚至還用上小手段，將防空砲火的射擊線集中在「魔導師個人」身上。當然，靠著防禦膜與防禦殼保護的魔導師是不會因此受到危險。儘管如此，暴露在敵火力之下也讓人非常不愉快。

不對，只要沒有被打會感到爽快的特殊性癖，就沒有比這還充滿壓力的事了。

「這雖是個人的自由，但我可沒有這種癖好啊……喔？」

在視野角落發出閃光的物體，是瘋子以真心完成的，由瘋子親手打造的瘋狂兵器。

貫穿力超群、炸彈載滿、加速萬無一失，進入直擊路徑的那東西，不論有著再頑強的戰艦裝甲，都只會一如設計工程師的性格，毫不客氣地照自己的意思前進。

那個就是希望達到這個效果才製造出來的。

因此，才會變成這樣。

帝國軍這名射手所射出的十二根V-1，劃破義魯朵雅的藍天與藍海，然後紛紛落在急忙想要出海的義魯朵雅戰艦群上。

一如字面意思的作為災難降臨。

就算受到煙幕遮蔽，也不會改變位在那裡的事實。

直擊有六。就連近彈也有四。

效果出類拔群。

即使急著出航，港灣也跟大海不同，沒辦法任意進行迴避。

一旦是停泊在軍港裡的話，就會是個「很好的靶子」。就在這種時候，遭到保有最精銳訓練水準的第二〇三上門鬧事。這是在理想環境下的戰果吧。

僅僅一個航空魔導中隊，就當場一如字面意思地炸毀兩艘戰艦，還成功讓另一艘盛大地翻覆。

特別是爆炸沉沒的兩艘十分驚人。在誘發爆炸的巨響、以及衝擊波的撼動之下，甚至是稍微擾亂了空中機動姿勢。只要滿意地遠望港灣，就能看到爆炸的衝擊。

雖然義魯朵雅戰艦群之中最新銳的兩艘還勉強浮在海面上……

「可以認為是讓它們觸礁了吧。」

已奪走了機動力。儘管不知道是會觸底，還是會浸水翻覆。但未來的事，誰會知道啊。

不過，就只有一點很清楚。

「變成那樣的話，就無法再自由移動了。」

將義魯朵雅海軍自豪的棘手戰艦群，一如字面意思地擊破。毫無疑問會從義魯朵雅海軍的戰列之中脫離。

眼前的光景勝於雄辯。

三艘擊沉，兩艘確實破壞。

大量的鋼鐵與油汙的殘骸，在蔚藍的義魯朵雅海面上逐漸沉沒。就連方才擋住視野的礙眼黑煙，如今也變成漂亮的色彩。

因為夾雜著敵艦盛大燃燒的火紅啊！

另一方面，脫離的中隊成員們也平安地在這裡重新集結完畢。沒有發生從V－1脫離失敗的不幸意外，真是太好了。

要是損耗零，戰果大的話，結果就再好也不過了。

「要擴大戰果嗎？」

最近有點太過偏愛欺負弱小的副官在一旁提議。就譚雅個人來說，這瞬間對部下的將來感到些許不安。

「中尉，我一直都覺得……我們可是在打仗喔。」

懂得適時撤退才是職業軍人。

敵人醜態畢露的現在正是定時下班的好機會，為什麼就是不懂啊。謝列布里亞科夫中尉該不會認為能靠工作價值無限地工作下去吧？

「中尉，貴官喜歡工作價值嗎？」

「咦？是、是在說工作的時候嗎？」

雖然部下稍微警戒起來，但她的反應也很正確。

長官詢問工作意願，基本上是不太受歡迎的舉動。儘管想要她放輕鬆，但唯獨這點，就連相當擅長溝通的我也無法輕易辦到吧。

唔——稍微想了一下後，試著以輕鬆的語調詢問：

「啊啊，沒事，就只是有點在意。貴官是不是有在追求工作價值呢，這樣。」

有點擔心她聽不聽得懂。不過就表情來看，她看來是順利理解了譚雅的言外之意。

「那個，要是有的話就好了呢……的程度吧。」

「謝謝妳回答，維夏。」

也就是普通啊，就只是表現出一點這種傾向。是標準的人類吧。就連譚雅自己也認為比起無益的工作，去做能感到工作價值的工作會比較快樂。

這種程度，就叫做人生。

「全員脫離！到目前為止工作都很完美！就毫無損傷的完美到最後吧！」

發揮逃跑速度。

在這點上，第二〇三航空魔導大隊的資深魔導師們可是擁有著被評為在同時代屈指可數的輕快速度。就像在說自己沒有在敵地上空久留的奇特興趣似的回轉脫離。

不久後，眾人儘管以空中隊列說說笑笑，也沒有放鬆周遭警戒。直到最後一刻，在以毫無多餘的動作平安歸還指定據點後，譚雅滿意地點了點頭。

「全員辛苦了！」

在宣布「解散」後，譚雅就改變主意，認為有必要對在一旁立正站好的副官說幾句個人的慰勞話。

「副官，貴官也是，真是辛苦妳了。」

「謝謝中校……中校，那個，我們接下來是？」

「嗯？喔喔，我打算移動。」

「是要往哪個方向？」

目的地早就決定了。

是前線——譚雅微笑著。

「我們也差不多得到前線去，擔任拜斯他們的後援了。」

「那個……我、我們才剛獵完戰艦耶。」

還要工作嗎？——副官似乎勉強忍住了這句蠢話，但她的言外之意譚雅也很清楚。

幫雷魯根上校開路，順便也跟敵艦隊戰鬥。有鑑於最近的工作狀況，很明顯是過勞了吧。想要勞基署。

然而，這是痴心妄想。勞基署是不會保護帝國軍人的。

正因為如此，才要作為自力救濟的一環向前移動。畢竟要是作為預備兵力待命的話，就會有數不清的麻煩事襲擊過來。

比起高風險、高報酬的後方待命，選擇在前線待命的中風險、中報酬，能迴避最壞情況的可能性很大。儘管如此，帝國軍並沒有這種精神性，會把到前線去的行動稱之為「逃跑」。既然如此，就從風險迴避的志向來看，甚至沒有理由不在前方展開部署。

「我明白副官的擔憂，但我想預先掌握好戰鬥群的整體戰力。」

「畢竟是這種狀況。這也是沒辦法的事呢……」

「這是當然的吧。我們可沒空待在這種地方吃閒飯。」

譚雅的發言，卻引起意料之外的反應。

「那個。該、該不會——」

「怎麼啦，副官。」

「中校還在生氣嗎？」

生氣？我嗎？困惑不已的譚雅老實反問：

「生什麼氣？」

「那個，在出擊前，我把火腿……」

「是指貴官把食物塞得滿嘴都是的事嗎？我可沒小氣到，會為了我沒吃到的火腿被某人吃走這種事生氣啊。」

統一曆一九二七年十一月十九日　帝國軍占領地區

只要無視義魯朵雅作戰在軍事上、政治上的如此這般，義魯朵雅戰線其實是個非常美味的戰區。

不光是火腿、起司等食物。

就連義魯朵雅自海外進口的咖啡豆，譚雅也眼尖地回收了。豈止如此，甚至還帶回全新的工具。取得了一組萃取器。這樣以後就能享用濃縮咖啡了吧。雖然用濃縮咖啡機沖泡會比較輕鬆，但追求沒有的東西也沒辦法。

在占領地區散步，順便採買必要的物資。當然，是合法的。

譚雅總是徹底教育部下，比起組織性的掠奪，組織性的徵用會比較合理，而且也比較安全。最重要的是，這是合法的。

「謝列布里亞科夫中尉，之後幫我準備聯合王國的法定貨幣。」

「是要去採買物資嗎？」

「沒錯。」

在敵地最好用的就屬外幣了。畢竟，這雖然是理所當然的事，不過比起軍幣，外幣的信用度可是出類拔群。順道一提，取得來源是敵司令部的金庫。

只要襲擊敵軍，（這是其他友軍很難仿效的取得手法吧）就意外地能弄到手。除了在最前線激戰時，要在占領地區籌措物資，這將能發揮出類拔群的效果。

孫子也寫得很好。取用於國，因糧於敵。他肯定具備當經營者的才能。具有成本意識，跟馬克思完全不同。

「要先去視察。我走了。」

「請容我隨行。」

在說了聲：「好啊。」兩人結伴在占領地區散步一會後，就算再不願意也會明白到一件事。不對，就算不用視察，這也是顯而易見的事。

「跟帝國不同，一切都很『乾淨』啊。」

「不過，有一些地方剛被破壞呢。」

一如副官的指摘，不乾淨的地方，或者說設施與住家被破壞的部分有點顯眼。就算認為原因大半跟帝國軍的侵略有關也無妨吧。

最新的傷痕，是彈孔吧？

「說到我方的地面部隊，還真是不顧形象。義魯朵雅的傢伙們在這點上就太過高雅了吧。」

大半的敵人連橋梁都沒爆破就撤退了。哎，不過當中似乎也有例外地做好覺悟的傢伙在。因為聽說有一部分的地區徹底化為焦土，甚至會讓人誤認為是聯邦軍下的手。所幸的是，這種地區仍有限。大半的義魯朵雅人似乎還是照著平時的想法在行動。

帝國也好、聯邦也好，聯合王國也好，不論是哪裡都好。明明就沒有人會讓進攻路線完整無缺地讓敵軍奪走吧。就這點來講，義魯朵雅甚至是還很悠閒。

「早在會對破壞基礎建設感到遲疑時，就非常不適合戰爭了吧。」

「我們也，姑且，那個……」

副官戰戰兢兢地發表自己的意見。

「並不是因為想破壞才破壞的。」

譚雅對此也有同感。

「沒錯，是在必要的命令之下去做的。」

只是，有一個問題。

名為必要的女神，究竟真的是女神嗎？

這個重要觀點，可說是深不見底的疑問。

就譚雅所見，早在對存在X這種傢伙置之不理時，這個世界就問題重重了。要用公平世界假說進行理解，也太過強人所難了。

「為什麼自己這麼辛苦，自己所得到的回報卻這麼少？」既然這個問題沒有答案，我們就只能自力救濟。

譚雅忽然伸手拿出塞在口袋裡的東西。

「維夏，妳瞧。」

「咦。這是什麼啊？」

「是馬鈴薯，馬鈴薯唷。」

以馬鈴薯來說太過小顆，而且形狀也很醜。

但就算長成這樣，這也是馬鈴薯。在出擊前把食物塞進口袋裡，對士兵來說是基本中的基本。畢竟不太能期待補給。

只是，譚雅向一臉不可思議的謝列布里亞科夫中尉點了點頭。

「以塞進口袋裡的東西來說，說不定很奇怪。」

「是呀，一般都是塞巧克力之類的呢。中校也很愛吃。」

妳說得沒錯——譚雅帶著苦笑，在手上把玩著馬鈴薯。

「因為機會難得，所以想跟義魯朵雅的馬鈴薯比一下大小，就從帝國軍基地裡隨便拿了一顆走。」

還真是驚訝啊。就連要拿走一顆這麼粗糙的馬鈴薯，都必須得靠參謀本部與航空魔導大隊的頭銜強行拿走。這儘管不是需要跟副官提的事情，但身經百戰的Named、航空魔導軍官、參謀本部附屬中校，居然得為了一顆馬鈴薯十分認真地進行交涉。

順道一提，也沒有真的拿去比較。

「本來是打算比較一下的，但最後還是放棄了。」

「這是為什麼啊？」

答案自不待言。「哎呀」一聲，譚雅伴隨著嘆息說出不愉快的現實。

「因為就只會感到悲哀唷，副官。」

在義魯朵雅拿到的馬鈴薯非常漂亮。不論是色澤、大小，就連重量都完全不同，甚至會讓人認為這是不同的蔬菜。內在也很飽滿充實吧。我們的明明就乾扁到不行。

就連主食的馬鈴薯都這樣了。

總體戰的毒素，完全侵蝕了帝國這個國家的根基。

「遵從必要女神的命令，我們來到了此地。」

要是朝著祂悄然指示的道路前進，終點除了破滅之外，不可能會是其他結果。命運一直都是殘酷的。

所以傑圖亞上將才會朝命運丟糞，意圖與命運訣別。就譚雅所知道的，傑圖亞這名人物就以個人來說，或許是一名非常善良虔誠的信徒……但以組織人來說卻是徹底邪惡的現實主義者。

大概是不會允許觀念上的「神」這種存在擋住自己的道路。

對於計畫的障礙物，就算要爆破也會在自己的道路上勇往直前。要是命運的女神拋棄帝國的話，帝國軍參謀本部副戰務參謀長閣下就會朝命運的女神豎起中指。

就算對手是神，他也不會手下留情吧。

諷刺的是，如果能不用走上「通往結束的道路」，傑圖亞閣下不論對方是神、是沙丁魚頭，就算是飛天義大利麵怪物都會依靠吧。

沒錯，結束了。

傑圖亞閣下所勇往直前的是一條為了讓戰爭結束的道路。如果要不加修飾地說，就是為了輸得比較妥善的硬著陸戰略。

總而言之，就是帝國要關店了。

摸索如何閉幕。

如今在處理掉義魯朵雅方面後，擠出了些許的時間。傑圖亞閣下會以此作為資本，開始進行東部的結算吧。就像債務整理似的，讓帝國的資產逃離，或是切割。

……如果合理思考的話。

不過，要說到這是不是正確的假定，譚雅也無法斷言。譚雅心中有著些許迷惘的心情。根據直覺，譚雅深深覺得在傑圖亞上將的指導下，這場義魯朵雅戰役包含了某種並非「軍事作戰」的意圖。

如果是政治目的的戰役的話，卻難以看出是怎樣的政治目的。

並不是「沒有」吧。有聞到被徹底隱匿的味道。儘管沒有基於物理證據的確信，但譚雅的直覺聞到某種「內幕」的存在。

攻打義魯朵雅，帝國所能得到的利益是什麼？

只要無法看出這一點，作為在盤面上任憑上將閣下擺布的棋子，會難以決定將來的方針也是實情。

有必要繼續當個有前途的棋子吧，但即使是棋子也想要思考。必須得自己決定價格標籤，因為說不定會被賣給奇怪的買家。

對於這方面的分寸，需要細心地警戒與安排。

人脈與關係在今後也很重要。回頭瞥一眼副官的模樣。在可能的範圍內，也不得不考慮部下的職涯了。要是有辦法，就作為管理職，要是有辦法，就作為自己的手下，想跟他們配成一套，以整組搭配的方式提高附加價值提供給買方……但是，會有地方想買嗎？

共產主義者是沒得商量。

這樣一來，就會是資本主義者。

如果是資本主義者的話，就能以利益說服吧。

不對，雖然共匪也有著國家理性，但共匪終究是共匪。對於富裕且具備文化性與文明性的譚雅來說，是無法在市場經濟以外的世界呼吸吧。

如果要強行推銷的話，買家當然是富裕的對象會比較好。既然合州國已被硬拖到義魯朵雅方面，那要是能跟他們在這裡交易的話就好了。

「……嗯？」

雖然感到些許的不對勁，譚雅也還是對腦中浮現的陰謀論一笑置之。

「哎呀，是我想太多了吧。」

目的不至於會是「那個」吧，這也太穿鑿附會了。

我也累了吧。譚雅始終不發一語，在帝國軍剛占領的地區上，就像是要重啟散步似的動著雙腳。追隨過來的副官儘管遞來詢問的眼神，但她是個明白人，沒有更進一步地追究下去，讓人感到非常舒服。

如今，自己、帝國軍，正在攻打義魯朵雅。

然而，只要看到占領的土地就能一目了然。就連廢墟，義魯朵雅都是色彩豐富的石造建築。人民的健康狀態良好，相對地帝國陣營就只能說各個都像是沒吃飽一樣。

毫無辦法地，國力出現了差距。

要是帝國就跟攻入羅馬的阿提拉一樣強大的話，歷史說不定就會不同。可悲的是，我們就跟匈人一樣無力。

「……無力的國家，很可悲啊。」

「中校？」

「只是發牢騷罷了，中尉。」

譚雅一面在形式上擺手要她別在意，一面仰望著義魯朵雅的天空。

蔚藍、透徹的美麗藍天。

日照豐富，是位在陽光之下的世界。

作為闖入者南下的自己等人的軍服，才顯得相當不配這個明亮熱鬧的世界。

在這個世界裡，帝國就像是沒有容身之處。

帝國所擁有的力量體系在戰爭中縮水，作為利益體系十分貧弱。但最重要的是，價值體系已在戰爭中磨耗。

已經難以期待戰前的榮光了。人稱萊希的帝國，無論願不願意，都得面對世界的破滅。於是在毀壞的廢墟之前，譚雅一面單手把玩著小巧馬鈴薯，一面苦笑起來。儘管不是凱撒，但對凱撒的心情是深有同感。

雖然不得不渡過盧比孔河，但渡河之後，就是跟「昨日為止的世界」完全不同的世界。

譚雅不會否定轉職。提升職業能力也很重要。人類不該否定以自由意志做出選擇的權利。

儘管如此，也還是會想。

事到如今，不論是誰都只能一路衝下去了。

不會說她期待這種發展。

不過，她知道。因為她知道了。

傑圖亞閣下以敗北作為所給予的前提條件，開始死命掙扎。不論會擲出多少點數，都已開始搖動骰子。

骰子的點數，在擲出之前都無人知曉。

然而，那可是傑圖亞上將。應該要假定他有在骰子上作弊吧。

不知是要欺騙世界、欺騙帝國，還是欺騙一切。

就連譚雅也不清楚全貌。

前方會有著什麼？那個結果會有助於自己嗎？還是會成為新時代的濫觴？就只能去想像了。

只是，事態已經開始了。

雖說是沒辦法的事，但就到此為止了。就像這顆小巧馬鈴薯一樣窮困潦倒的帝國，所能選擇的道路只有一條。

在渡過盧比孔河後，就只能一路衝下去。

「……骰子已經擲下。」

我們已經無法回頭了。

（《幼女戰記⑪　Alea iacta est》　結束）

Appendixe

附錄

【外交相關圖】

外交相關圖

❶戰前

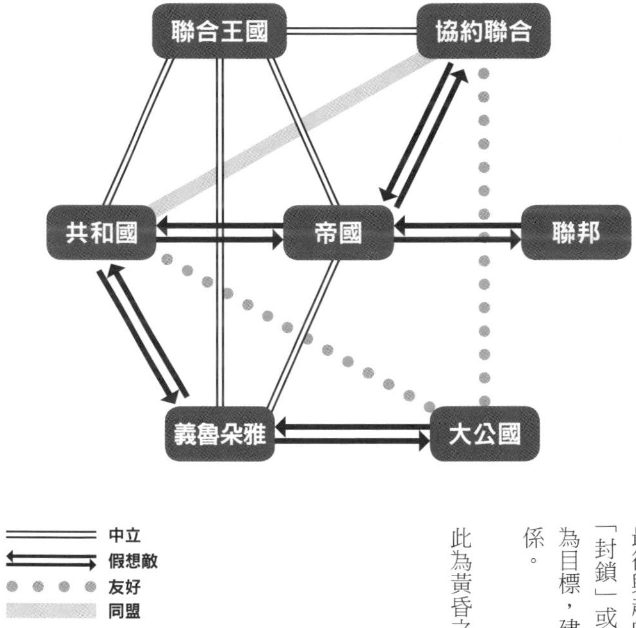

對於帝國這個新興，或者說最後興起的列強，周邊各國以「封鎖」或是「奪回紛爭地區」為目標，建立起寬鬆的合作關係。

此為黃昏之前的平穩時間。

❷大戰中期

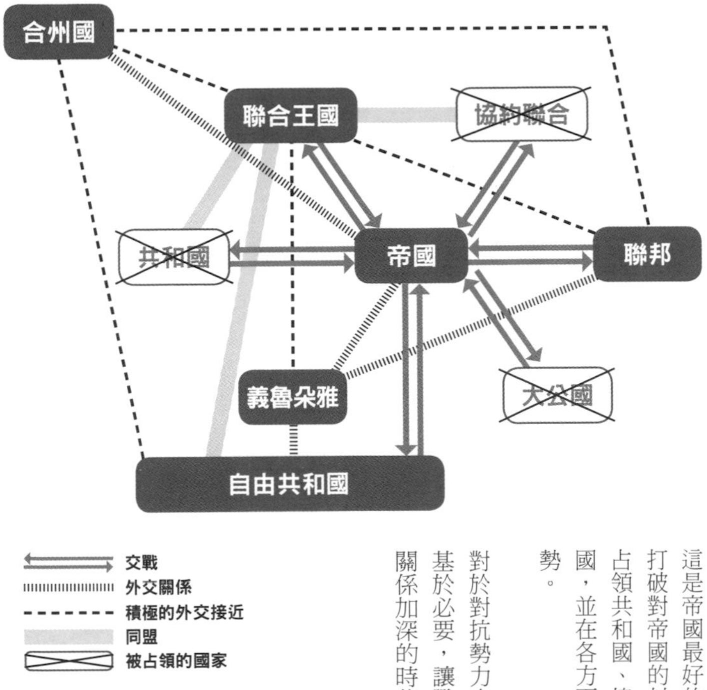

這是帝國最好的時代。以實力打破對帝國的封鎖。占領共和國、協約聯合、大公國，並在各方面維持著軍事優勢。

對於對抗勢力來說，是不得不基於必要，讓戰前曖昧的合作關係加深的時代。

外交相關圖

❸義魯朵雅的時代

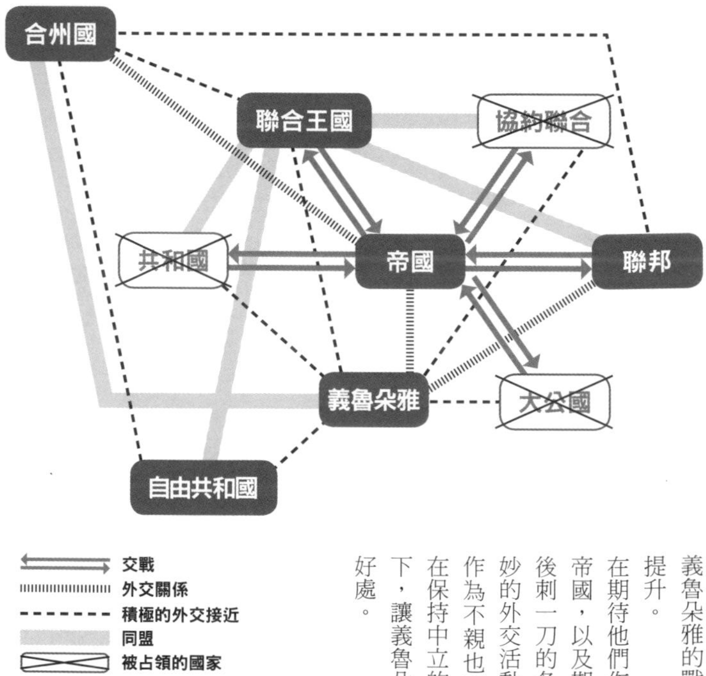

義魯朵雅的戰略立場戲劇性地提升。

在期待他們作為議和中介人的帝國，以及期待他們從帝國背後刺一刀的各勢力之間展開巧妙的外交活動。

作為不親也不反帝國的列強，在保持中立的國家理性引導之下，讓義魯朵雅飽嘗著中立的好處。

❹現狀

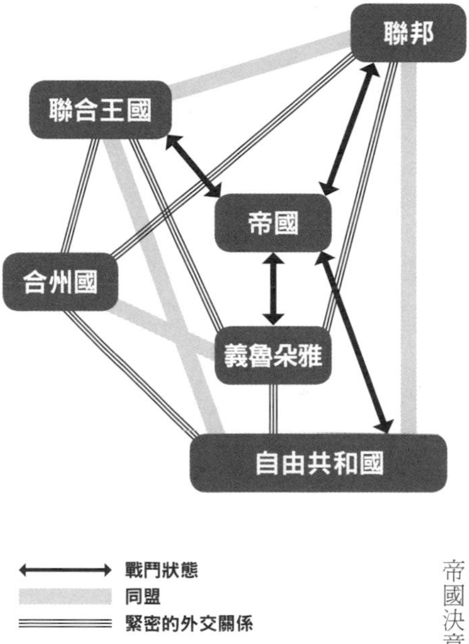

帝國決意與全世界為敵。

總評

沒有對外交投入成本的帝國，憑著他們過剩的腕力，持續進行著貫徹其要求的行動。

這是因為他們相信，在這前方有著自己所期望的「和平」。

只不過，得到的卻是有別於期望的未來。

帝國一如字面意思地淪為世界公敵。

如今，就只有總體戰的火焰不斷擴大。

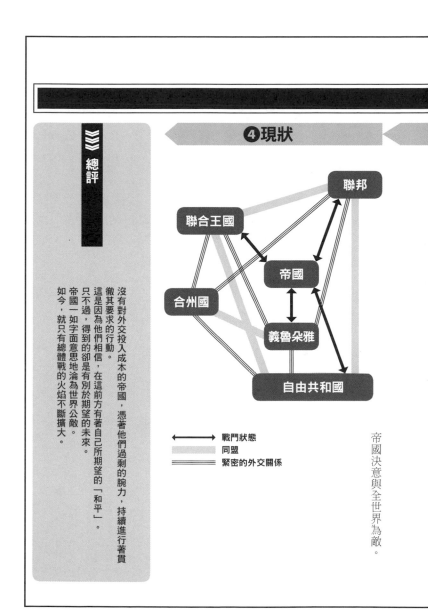

後記

我是カルロ。

雖然已經過了很久，但祝各位新年快樂。

招呼就到此結束也沒問題吧。

也能節省行數與字數。

不是件壞事。

只不過……說不定至少會有一個，一口氣買齊十一集的勇者存在。

也許大概會有著這種可能性也說不定。

不過，我想相信。

或許至少會有一個人這麼做吧。

所以，我要說了。

致收到訊息的勇者，初次見面。我是創作小說與擔任漫畫原作的カルロ。

又吃拉麵又喝咖啡的，讓我最近在意起健康也開始減肥了。減肥這事很簡單。我已經做過三次了呢！

這種兼作為玩笑的自我介紹就先暫時不管吧。

儘管成功把編輯部嚇出一身冷汗，但第十一集還是順利發售了。希望各位讀者能跟二月公開的完全新作劇場版一起觀賞（註：本文時間皆為日本出書狀況）。

說到劇場版，譚雅與瑪麗的格鬥場景、羅利亞的聲音，還有參謀本部帥大叔搭檔的如此這般的演出很厲害喔。

（不過說真的，在我寫這篇後記時，電影還「尚未」完成，不過「應該」會在十一集發售之前完成，希望各位讀者能順利觀賞到電影。）

我想相信會沒問題。應該沒問題的。大概！

同時也稍微提一下與電影同時寫下的這本第十一集。

雖然會劇透到內容，不過傑圖亞這傢伙還真是一個麻煩的角色。

以前還算是善良，容易描寫。畢竟，那傢伙也曾對在軍隊裡使喚幼女一事感到良心的譴責唷。

結果呢，隨著他愈來愈適應戰爭後，居然開始發光發熱。

網路連載時就相當難寫了，等到要仔細描寫末期戰的主軸時就大鬧特鬧起來。

讓我寫得這麼辛苦又快樂的角色也很罕見。

雖然我也很喜歡把譚雅逼入絕境，但說不定也超愛這種背負使命感的帥大叔。角色擅自動起來，或者說擅自失控，雖然讓我又喜又怕……但我會努力不輸給角色的。

劇情到此也能說是看得出大致走向了，今後我會以作者的方式努力避免讓各位猜到劇情發展，同時要是能盡可能地發揮興趣就好了。

我能持續衝刺到今天，也全是多虧了許多人的支持。

擔任設計的 next door design、校正的東京出版服務中心、責編的藤田大人、玉井大人，還有插畫的篠月老師，承蒙各位的照顧。

同時，這次要稍微離題，也向NUT公司致上謝意。

貴公司第一份工作就是幼女戰記的動畫化，這次還麻煩各位製作了劇場版。原作者真是一群麻煩的傢伙對吧。給貴公司添了這麼多麻煩，還真是深感抱歉。動畫做得非常好看，謝謝你們。

然後，也要向各位讀者依舊不變的關愛再次致上謝意。

每次看到至今以來的成果，都會讓我重新體會到，只靠我自己一人是無法來到這個階段的。

今後的成果，也敬請各位繼續期待吧。

今後還請繼續多多指教。

二〇一九年二月吉日　カルロ・ゼン

賀11集發售
篠

國家圖書館出版品預行編目資料

幼女戰記. 11, Alea iacta est / カルロ.ゼン作；薛智恆譯. -- 初版. -- 臺北市：臺灣角川, 2020.11
面；　公分. -- (Kadokawa fantastic novels)
譯自：幼女戦記. 11, Alea iacta est
ISBN 978-986-524-057-8(平裝)

861.57　　　　109013949

Kadokawa
Fantastic
Novels

幼女戰記 11

Alea iacta est

（原著名：幼女戦記 11 Alea iacta est）

２０２０年11月11日　初版第１刷發行
２０２４年４月25日　初版第２刷發行

作　　者：カルロ・ゼン
插　　畫：篠月しのぶ
譯　　者：薛智恆

發 行 人：台灣角川股份有限公司
總　　監：呂慧君
總 編 輯：蔡佩芬
主　　編：林秀儒
編　　輯：邱璟萱
設計指導：陳晞叡
美術設計：黃永漢
印　　務：李明修（主任）、張加恩（主任）、張凱棋、潘尚琪

發 行 所：台灣角川股份有限公司
地　　址：１０４台北市中山區松江路２２３號３樓
電　　話：（02）2515-3000
傳　　真：（02）2515-0033
網　　址：www.kadokawa.com.tw
劃撥帳戶：台灣角川股份有限公司
劃撥帳號：19487412
法律顧問：有澤法律事務所
製　　版：巨茂科技印刷有限公司
ＩＳＢＮ：978-986-524-057-8